ギリシア
ローマの智恵

國方栄二

未知谷
Publisher Michitani

はじめに

本書は二〇〇四年二月より西洋古典叢書（京都大学学術出版会）の月報に連載していたコラムの「西洋古典ミニ事典」および「西洋古典名言集」に必要な訂正や加筆をして一冊にまとめたものである。第Ⅰ部は事典と言うよりはむしろ西洋古典に関連する事柄について自由に書いたものと言うほうが実情に近い。第Ⅱ部の名言集は西洋古典にちりばめられたさまざまな格言のたぐいをテーマごとにまとめたものである。ギリシア・ローマのことわざ辞典は西洋に何種類かあるようであるが、執筆にあたってはとくに参考にした書物はなく、古典作品の索引などを利用しながら集めたものである。本書を手にとって読まれる人には、そうした辞典のたぐいではなく、直接に西洋古典の豊かな言葉の海に飛び込んでみることをお勧めする。かつては限られた著名作品の翻訳しかなかったが、今日では新しい翻訳が続々と登場しており、簡単に入手できるからである。

冬の季節には
囲炉裏のそばで
柔らかい寝椅子に
横になりながら
ひよこ豆を肴に
甘酒を飲んで
おなかを満たし
こんな話をするがよい。

……………………クセノパネス「断片」二二一

目次

＊各章小見出し詳細は巻末の「小見出し索引」を参照のこと。

ギリシア・ローマ世界
（紀元前 4 世紀頃）

ギリシア・ローマの智恵

I　西洋の古典世界

デルポイ

デルポイ（現デルフィ）は、パルナッソス山（標高二四五七メートル）の南側の麓の、六〇〇メートル弱のあたりに位置し、古代ギリシア世界においては宗教の一大聖地として知られた。オリュンポスの神であるアポロンが古い地下の神々ととって替わったのはミュケナイ時代の終わり頃とされているが、ホメロスの作と伝承されている『アポロン讃歌』は、ゼウスの息子としてデロス島に生を享けたこの神が、この地にやって来て、弓矢で大蛇ピュトン（Python）を射殺して、その贖罪のため流浪の旅をしたあげく、再びデルポイへの帰還を果たして、今度は、みずからがピュトンの神の権能を引き継いで、予言の神として神託を降ろすようになった次第を歌っている。聖域は長壁によって矩形に取り囲まれ、壁の上は数々の銅像で飾られていたという。シチリア島出身の前一世紀の歴史家ディオドロスが著わした『歴史文庫』（第十一巻一四）に、その神域が「カルケステパノン」すなわち「青銅の冠を頂く」というエピセット（添え名）で形容されているのはそのためである。

アポロンによる神託は、最初は一年に一度のことであったらしいが、その名声を伝え聞いた巡礼者たちがおしかけて、それに比例してお告げを下す回数も増えたらしい。ただし、三ヵ月の間はアポロンはデルポイを留守にすると信じられ、その間は神託もやんだと言われている。神の託宣を告げるピュティア、すなわち巫女はデルポイの村出身の女であり、たいていは若い処女の中から選ばれた。彼女らがどのようにして神懸かりの状態に入るのか正確にはわかっていないけれども、おそらく麻薬のようなものが使用されたのであろう。彼女らはこれによって攪乱状態になった。伝説によれば、大地の裂け目から煙霧がたちこめていたとされるが、これまでの現地の調査ではそのような裂け目は見つかっていない。彼女らが語ると解釈官たちがこれを人間の言葉に直して巡礼者に伝えた。それは曖昧な言葉であることが多く、それがためにどのようにも理解することのできるものであった。いずれにせよ、神託は国事にもおおきな影響をおよぼしたから、その信憑性は古代でもしばしば論じられた。有名な寓話作家イソップ（アイソポス）は、デルポイの神官たちを「アポロンの寄生虫」と呼んで、そのために彼らによって殺害されたと伝えられている。

デルポイの神殿跡（写真／内山勝利）

＊『ホメロス風讃歌集』（Homērū Hymnoi）と称されるギリシアの神々を称えた詩集が、今日に三三篇伝わっている。代表的なものが、『デメテル讃歌』『アポロン讃歌』『ヘルメス讃歌』『アプロディテ讃歌』であり、韻律や文体がホメロスに近いところからこのように呼ばれている。『四つのギリシャ神話』（逸身喜一郎・片山英男訳、岩波文庫、一九八五年）、『ホメーロスの諸神讃歌』（沓掛良彦訳、平凡社、一九九〇年）。アイソポス（イソップ）は前七～六世紀頃の寓話作家で、ヘロドトス『歴史』（第二巻一三四）やアリストテレス『弁論術』（第二巻 1393b22）に言及があるが、詳細は不明である。アイソポスは、小アジア西にあったリュディア王国のクロイソスの命でデルポイを訪れるが、デルポイの神官たちを侮辱したために、神殿荒らしの罪を着せられ、崖から突き落とされたとされる（プルタルコス『神託が遅れて下されることについて』一二）。中務哲郎『イソップ寓話集』（岩波文庫、一九九九年）、『イソップ寓話の世界』（ちくま新書、一九九六年）。

サモス

トルコの地中海岸にクシャダシという町があるが、ここから片道二時間ほどのクルーズでギリシア領のサモス島に着く。サモス島はエーゲ海で最も東にある島で、今日ではサモス（ヴァティ）、ピタゴリオンといった町を観光客が訪れる。白ワインの名産地でもあり、SAMOS VIN DOUX は世界でも有名なサモス産マスカット・ワインである。かつては、ヘラ女神の聖地でもあったため、ヘライオンの神殿などで熱心に崇拝された。

サモスというと、哲学者ピュタゴラス、エピクロス、あるいは地動説を唱えた天文学者アリスタルコスといった著名人を輩出した地としても知られている。対岸にはミレトスやエペソスなどのイオニア諸都市があるため、知的な交流も当然あったと予想される。歴史家ヘロドトスは『歴史』（第三巻六〇）においてサモスについて長々と記述しているが、それはサモス人が遺した三つの事業を紹介したいがためだと言っている。その一つは、高さ一五〇オリュギュイア（約二六七メートル）の山にうがった全長七スタディオン（約一三〇〇メートル）のトンネルで、エウパリノスという技師が完成させた。第二は、港湾に築かれた防波堤で、深さ二〇オルギュイア（約三五メートル）、全長は二スタディオン（約三七〇メートル）を超えるものである。第三は、（ヘロドトスの時代で）世界最大の神殿であった。これらはいずれも現存しており、当時のサモス人の技術力がいかに卓抜していたかを今日に伝えている。

これらの事業を敢行したのはサモスのポリュクラテス（前六世紀）であるが、この独裁者は富裕な生活と対照的に哀れな最期をとげた。伝えるところでは、自分のこれまでの生涯があまりに幸運続きなのを訝しく思って、盟友のエジプト王アマシスからの、神々は妬み深いものであるから、人間は万事が幸福に終わることはなく、むしろ幸不幸を交互に味わいつつ生を終えるのが望ましいという忠言を容れて、自分の運命を変えてみようと一番大切にしていたエメラルド製の指輪を海中に投じた。しかし、数日後漁師が捕らえた魚の中に指輪を見つけると、自分に定められたことを変えることはできないと悟ったという。後日ポリュクラテスはペルシアの総督オロイテスおびき出されて殺害されるが、オロイテスは死骸をさらに磔刑に処したと伝えられている。

アクロポリスの岩山から古代防波堤跡の残る港を見下ろす（写真／内山勝利）

＊　サモスの独裁者ポリュクラテスの話は、ヘロドトス『歴史』（第三巻三九以下）に出てくる。サモス人が遺した「ギリシア全土に比類のない三つの大事業」への言及もヘロドトスの同書（第三巻六〇）にみえるが、このうちのサモスのトンネルについては、内山勝利「エウパリネイオンの知的風土」（『哲学の初源へ――ギリシア思想論集』、世界思想社、二〇〇二年）に詳しい。

ミレトス

西トルコの遺跡巡りというと、必ずといってよいほどエーゲ海三大遺跡エペソス、プリエネ、ミレトスが観光ルートに組み込まれる。トルコ有数のリゾート地クシャダシから、まず近くにあるエペソスの遺跡を訪ね、そのあと四〇キロメートルほど南下してプリエネ遺跡を見学し、さらに南へ二〇キロメートルほど行くと、かつてのイオニア文化の中心地ミレトス（現ミレト）に着く。町はマイアンドロス川（現ビュユク・メンデレス川）がエーゲ海に流れ込む河口付近にあるが、古代からの流水による堆積土のために現在では海岸線より離れたところに位置している。ミレトスの遺跡に到着すると、まず目を奪われるのが、二万五〇〇〇人以上は収容することのできた野外劇場跡であろう。

ミレトスは、イオニア地方の中心的な商業都市として前六世紀頃最盛期を迎えるが、タレス、アナクシマンドロス、アナクシメネスといった哲学者らを輩出した土地として知られる。同地出身の歴史家ヘカタイオスの著作は失われたが、その記録の多くはヘロドトスに受け継がれている。ほかにも、時代はかなり下るが、イスタンブールのビザンチン文化を代表する建物アヤソフィアを建てたイシドロスがいる。

このうち古来より七賢人の一人と称せられたタレスは、最初の哲学者、科学者、そして数学者であった。また、「汝自身を知れ」という言葉は彼のものだとする記録もあるが、プルタルコスの『七賢人の饗宴』に登場するタレスを見ると、なるほどとうなずかせてくれる。アリストテレスの『政治学』（第一巻1259a6）を読むと、タレスが天文学の知識を利用して富を得た話が出ている。オリーブが豊作になることを予測して、町の搾油機を自分のところにかき集めた。そして実際豊作になってみると、にわかに搾油機の需要が増してきたので、望みの値段で貸し付けることができたという。むろん、これはタレスの本来の仕事であったわけではないが、彼の機知の一端を示す話としておもしろい。天文学では前五八五年五月二十八日の日食を予言し（ヘロドトス『歴史』第一巻七四）、数学者の仕事としては、五つの定理が彼に帰されるのが普通である。哲学者としてのタレスは、「万物の始原は水である」と言った。マイアンドロス川の豊かな水流を見て、そのように思いついたのかもしれない。

ミレトスの野外劇場跡

＊　初期ギリシアの歴史家ヘカタイオス（前六世紀）には『世界周遊記（ペリエーゲーシス）』『系譜学（ゲネエーロギアイ）』という著作があったとされるが、現存しない。「エジプトはナイルの賜物（正確には贈り物）」という言葉がヘロドトス『歴史』（第二巻五）にみえるが、もとはヘカタイオスの言葉であったと考えられる（アリアノス『アレクサンドロス大王東征記』第五巻六・五）。イスタンブールのアヤソフィア（Ayasofya）は、もとは東ローマ（ビザンチン）帝国時代のキリスト教大聖堂として建設された。ビザンチン建築の最高傑作と目されるが、その後はイスラーム教のモスクとして使用され、現在では博物館になっている。古典ギリシア語ではHagia Sophiāと記され、聖なる知恵を意味した。

エペソス

小アジアにおいてギリシア人が建設した都市国家にエペソス（現エフェス）がある。エペソス出身の哲学者と言えばまずヘラクレイトス（前六〜五世紀）が思い浮かぶ。「暗い人」と呼ばれたが、キケロはこれを obscurus というラテン語で訳しているから、難解な言葉を語る人、謎をかける人といった意味であろう。そのヘラクレイトスにエペソスの人が法律を作ってくれるように頼んだとき、すでに悪政の下にある国家においては無用のことであるとして断って、むしろ子供たちと賽子遊びに興じたと言われる。

万物流転や火を始原とする説がヘラクレイトスの中心思想のように考えられることが多いが、おそらく最も重要なのは彼のロゴスの思想であろう。ロゴスとは言葉、理法のことであるが、この概念を最初に哲学の基礎にすえた人はヘラクレイトスであると言って間違いない。「私に聞くのではなく、ロゴスに聞け」（断片五〇）。「ロゴスは公的なものであるのに、大衆は私的な思いにふけっている」（断片二）。これらの断片は、真理が私的な思いにではなく、世界を支配する公的な理法のうちにあることを教えているが、それとともにロゴスは神的な法として国家における法と対置される。断片一一四は神の法の人間の法に対する優位という観念の哲学史上最初の表現であるが、同様の思想は、ソポクレス『アンティゴネ』で兄の埋葬をめぐって、国の法を遵守して埋葬せずとのクレオンの命令に逆らって、神の法を守って埋葬すべしと主張したアンティゴネなどにも現われている。

エペソスの大通り

しかし、これは遠い昔の話である。今日エペソスを歩いてみると、その中心に古代劇場がある。二万五〇〇〇人を収容できるこの劇場は、いまでもイベントなどに使用される。劇場を南下して、聖なる道と呼ばれる大理石の道を行くと、右手にはアゴラの跡と言われる草地が見え、さらに行くとケルススの図書館がある。ガイウス・ユリウス・ケルスス・ポレマエアヌスは二世紀に小アジアの総督であったが、ケルススが亡くなると、その息子が父の霊を慰めるべくこの図書館を建てたと言われる。建物の正面にはアレテー（美徳）、エンノイア（熟慮）、エピステーメー（知識）、ソピア（知恵）の四体の女神像が立っている。像はレプリカで、オリジナルはウィーンの博物館に展示されている。

エペソスでもう一つぜひ訪ねたいのはアルテミス神殿の廃墟である。唯一残されているのは石柱だけであるが、ここはヘラクレイトスが子供と戯れて暮らした場所でもある。

＊　ヘラクレイトスの伝記については、ディオゲネス・ラエルティオス『哲学者列伝』（第九巻一以下）が最も詳しい。加来彰俊訳『ギリシア哲学者列伝（下）』（岩波文庫、一九九四年）のほか、内山勝利編『ソクラテス以前哲学者断片集』（第1分冊、岩波書店、一九九六年）に所収。

テラ

サントリーニ島は、エーゲ海の数多の島々の中でもよく知られた観光名所のひとつである。島は「デロス島をとり囲む（キュクロス・デロス）」という意味をもつキュクラデス諸島の南端にある。町の多くは崖の上に立てられ、冠水した島の中央の火山湖を望む景色は雄大である。町には毎年大勢の観光客が押し寄せるが、坂道が多く、主たる交通手段はロバである。観光の目的はなんと言っても海に沈む夕陽を眺めることにある。夏時間を採用しているギリシアでの日没は八時頃であるが、ホメロスが「葡萄酒色の（オイノプス）」と呼んだ海はその間さまざまに色を変え、エーゲ海が見せるもっとも美しい光景となる。

この島は古代にはテラと呼ばれた（現在でもこの島はティラともいう）。前十五世紀にこの島を襲った大規模な火山活動の結果、島の中央部は陥没し、大カルデラを形成し、そのため現在の三日月型の島になったと言われている。当時はミノア文明が栄え、アクロティリ遺跡からはクレタ島のクノッソス宮殿にあるのと同じような壁画が発見されている。これはギリシア人考古学者マリナトスを中心とする発掘調査隊の発見によるものであるが、「ボクシングをする少年たち」「漁師」「二匹のアンテロープ」など、色鮮やかで躍動感に溢れる作品から、この文明がもっていた高い芸術性を想像することができよう。島の形を変形させるほどの噴火は、当時ミノア文明の中心であったクレタ島の文明をも破壊したのではないかと臆測されている。

　おそらく前三五〇年代に哲学者プラトンは『クリティアス』という対話篇を書いたと思われるが、これはプラトンの対話篇の中でも唯一中断された作品である。この中には古代アトランティスとアテナイの戦争という夢物語が書き記されている。ヘラクレスの柱（現ジブラルタル海峡）の以西に突如海中に没したとされるアトランティス大陸の位置の同定をめぐって多くの考古学者、海洋学者たちがさまざまな仮説を立てたが、テラ島の火山活動（こちらは地中海域での出来事であったが）との関連を推測する研究者が少なくない。プラトンは「書きながら死んだ（scribens est mortuus）」（キケロ『老年について』一三）と言われる。そのプラトンが晩年にどのような夢を見ていたのか、興味は尽きない。

＊　プルタルコスは『ソロン伝』（三二）の中で、プラトンは最晩年にアトランティスの物語を書き始めたために、完成することなく他界してしまったが、書かれた部分がおもしろいだけに、未完に終わったことが悔やまれる、と書いている。しかし、これが本当かどうかは分からない。『ティマイオス』の冒頭部から、プラトンは『ティマイオス』『クリティアス』『ヘルモクラテス』の三部作を予定していたことが推測できるが、まったく書かれることがなかった『ヘルモクラテス』の主題は、同じく最晩年の著作であった大著『法律』において新たな構想のもとに書かれたとも考えられる。

左・サントリーニ島、右にカルデラを臨む
右・サントリーニ出土のフレスコ画「ボクシングをする少年たち」

オリュンピア

古代オリンピックは、前七七六年に最高神ゼウスに捧げる祭典として開始され、後三九三年廃止されるまで、およそ一〇〇〇年にわたってペロポンネソス半島西部の聖地オリュンピアにおいて開催された。オリュンピア紀（オリュンピアス）とは、よく知られているように、四年に一度開かれる祭典をもって数えるギリシア特有の年号のことである。年代記の作者は、通例オリュンピア紀の何年目という仕方で年代を記録する。古代の祭典には、ほかにピュティア、ネメア、イストミアの競技会があったが、なんと言ってもオリュンピアの競技会は歴史も古く、ギリシア各地のみならず小アジア、シリア、エジプトからも選手たちが長い路程を事ともせず、栄冠を求め、技を競うべく参集した。

今日でも、国際オリンピック委員会が提唱して、オリンピック休戦の実施が世界の各国に要請されているが、古代ギリシアにも同様のものがすでにあった。祭典は農閑期にあたる夏に開かれるが、その数ヵ月前から使者がギリシア全土に休戦を触れ回った。したがって、その間は旅路の安全が保証されたわけである。古代の世界大戦とも称すべきペロポンネソス戦争においても例外ではなく、休戦期間中に軍事行動を起こしたスパルタが、祭祀にも競技にも参加することができなかった、と歴史家は記している（トゥキュディデス『歴史』第五巻四九）。

当時のギリシア世界全体から見ればほんの片田舎でしかなかったオリュンピアで、競技会とともに世に知られていたのはゼウス神殿である。競技会が始まった当初すでに簡素な神殿があったが、祭典がますます盛んになるにつれて、オリュンポスの大神にふさわしい神殿が必要になった。エリスのリボンの意匠による神殿が完成したのは前四五六年であった。神殿はドリス様式の建物であったが、そこに奉納されるべきゼウス像がなかったので、その作成を、パルテノン造営の監督を務めていたペイディアス（フィディアス）に委託することになった。ペイディアスはパルテノンには高さ一〇メートル程のアテナ像を造ったが、オリュンピアのゼウス像はそれよりも大きかったという。ペイディアスは神殿の西方に工房を構えると、黄金や象牙を駆使してついに一〇年後に完成させた。ただ、神殿と像の比率を見誤って、ゼウス像が立ち上がれば、神殿の天井を突き破ってしまうだろうと、ストラボン（『地誌』第八巻三・三〇）はやや辛口の批評をしている。いずれにしても、古代世界の七不思議のひとつとして今日にも名を留めている。

オリュンピア競技場跡。
手前に見える直線状の閾石がスタートライン（写真／内山勝利）

＊　古代オリンピックは新年にあたる夏季の五日間におこなわれたが、その前後の期間は「休戦協定（エケケイリアー）」がしかれた。これを最初に定めたのは、リュクルゴスとイピトスであったと言われている（プルタルコス『リュクルゴス伝』一）。なお、古代のオリンピックについては、桜井万里子、橋場弦編『古代オリンピック』（岩波新書、二〇〇四年）に詳しい。

テルモピュライ

ギリシア観光の目玉商品の一つであるデルフィ遺跡を訪れた後、北に足を伸ばせば、ペルシア戦争の古戦場テルモピュライを見学することができる。観光客の多くは見学の後たいてい近隣の町ラミアに宿泊するが、テルモピュライはこの町の南東一八キロメートルの所にあって、そこにはスパルタ将軍レオニダスの像と彼の兵士たちの記念碑が立っている。

前四八〇年ペルシアのクセルクセス一世は五〇〇万の大軍を率いて、ギリシア本土に進入した。事の次第はヘロドトスの『歴史』に詳しい。これによると、迎え撃つギリシア軍は、レオニダス率いる三〇〇の重装歩兵と、ボイオティア、ペロポンネソス各地から集まった数千の兵であったが、テルモピュライの隘路がその激戦の地となった。テルモピュライには東西の入口があり、そのために土地の人たちは地名を単に「門（ピュライ）」と呼んだと言われる。クセルクセス軍は西口からの侵攻を試みたのであるが、当時「不死部隊（アタナトイ）」という異名をもつペルシア軍最強の精鋭兵をもってしても思うような戦果をあげることはできなかった。ペルシア王が現状の打開に苦しんでいたとき、エピアルテスという男が報奨金目当てに山沿いの間道があることを教えた。間道の名前はアノパイアといったが、ペルシア軍は、この間道を守備するポキス人には目もくれず、ひたすらギリシア軍の陣地を目指す。この迂回作戦の情報がギリシア側にもたらされると、退去か徹底抗戦かで評議は分かれたが、レオニダスはあまり戦意のない同盟軍を撤退させることにして、スパルタ兵とボイオティアのテスピアイの兵のみでこの地に踏み留まることを決めた。残った兵たちは短剣を手にする者は短剣をふるい、武器を失った者は素手で、あるいは敵に噛みついて最後まで諦めることなく戦い、全員玉砕した。
レオニダスはなぜテルモピュライから撤退しなかったのか。もし踏み留まって戦死したならば、その栄誉が後世に伝えられると考えたのであろうと、ヘロドトスは推測しているが、実際その望みのとおり、レオニダスとスパルタ兵は英雄と称えられ、詩人シモニデスの次の歌とともに彼らの名声は不朽のものとなった。

行く人よ、スパルタの国びとに伝えてよ。
われらはかの人びとの言葉に従いてこの地に眠ると。

＊ ペルシア戦争を扱ったヘロドトスの『歴史』は、エジプトの風物を述べた巻（第二巻）など脱線が多いことで知られるが、右に述べたテルモピュライの隘路における攻防（第七巻二〇四以下）で戦争のクライマックスを迎え、緊迫した場面が続く。スパルタの将軍レオニダスが遺した言葉を、プルタルコスが『スパルタ人の名言集』（224F-225E）において収録している。

テルモピュライ。背後の山の下に隘路があり、ギリシア軍の陣地があった。
（写真／内山勝利）

シュラクサイ

シチリア旅行のハイライトは、なんと言ってもシュラクサイ（現シラクーザ）であろう。鶉《うずら》（ギリシア語でオルテュクス）の形に似ているところからつけられたオルテュギア島にコリントス人が入植し、町を創建したのは前七三四年のことである。シュラクサイの町の中央部にあるマルコーニ広場から、南東に行けばオルテュギア島に、北西に進めば古代のギリシア劇場に着く。劇場の近くには天国の石切場（Latomia del Paradiso）があり、そこには「ディオニュシオスの耳」の異名をもつ洞窟がある。多くの政治犯がここに連れてこられたが、音響効果が優れているので、捕虜たちの話を僭主が盗み聞きしたのではないかというところから、この名がある。命名者は後代の画家のカラヴァッジョである。

ディオニュシオスには一世と二世がいるが、これはどちらの僭主かわからない。同様にわからない話であるが、歴史家のディオドロス（『歴史文庫』第一〇巻四）が伝えるところでは、ディオニュシオスが統治していた頃、謀反を企てたピュタゴラス派のピンティアスが捕らえられ、処刑を宣告されるという事件がおきた。しかし、ピンティアスは処刑の前にどうしてもやっておきたい私事があるので、少しの猶予をもらいたいと願い出て、自分の身代わりとして友人をひとり差し出すと言った。処刑の保証人をする者などいるのかと僭主は訝しく思ったが、ピュタゴラス派のダモンという男がやってきて、よろこんで保証人になろうと言った。約束の刻限が迫ってきて、国中の人たちが待ち受けていたが、当人がなかなか姿を現わさなかったので、ダモンがまさに処刑場へ連れて行かれようとしたその時に、ピンティアスは戻ってきた。ディオニュシオスはそのために彼を赦してやったという。

イアンブリコス『ピュタゴラス伝』（二三四）もピュタゴラス派の友情がいかに篤いものであるかを示す文脈で紹介しているが、この話は、わが国では太宰治の翻案『走れメロス』でよく知られている。太宰の物語では、ピンティアスはメロスになっているが、これは太宰自身が「古伝説とシルレルより」と記しているように、シラーの詩と、詩の典拠であるヒュギヌス（オウィディウスと同時代人）の神話伝説集に基づくためである。ヒュギヌス（前一世紀後半）ではメロス（ラテン名モエルス）の名で登場している。

＊　このピュタゴラス派の古伝説に出てくる暴君は、右のイアンブリコスではディオニュシオス二世になっているが、キケロの『トゥスクルム荘対談集』（第五巻六三）では一世になっている。いずれにしても、この話はアリストテレスの学派の流れをくむ音楽理論家のアリストクセノスに遡るように思われるが、どういうわけかヒュギヌスの『神話集』（二五七）ではモエルスとセリヌンティウスの話になっている。このMoerusが、太宰治が参考にしたシラーの詩Die Bürgschaft（担保の意味だが「人質」と訳されることが多い）ではMörosと表記され、これがメロスとなったわけである。

アッピア街道

ローマ見物でカラカラ浴場跡を見て楽しんだ後、南に下ってサン・セバスティアーノ門を出ると、そこから南東に向かって、古代ローマの人々が「街道の女王」と呼んだアッピア街道（Via Appia）が続いている。現ローマ市には舗装され車が通行するアッピア街道もあるが、これは旧街道のことで、石畳の道が続いている。ローマの監察官アッピウス・クラウディウス・カエクスが前三一二年に南方のカンパニア地方の都市カプアと結ぶ道路として建設したもので、街道の名も彼にちなんでいる。監察官（ケーンソル）は風紀取締官とも訳されたりするが、このような公共事業を請け負う仕事もしていた。その後、街道はイタリア半島の南端ブルンディシウムにまで延長されたが、同様な道路網が首都ローマから各地に整備されていた。

ギリシアの街道には旅人の守護神とも言うべきヘルメスを祀る石塚があったが、ローマの街道にもメルクリウスの石塚があって、人びとは旅の無事を祈願したと思われる。それとともに、街道にはマイル・ストーン、すなわち里程標が置かれ、ローマからどれほど距離があるかが分かるようになっていた。英語のマイル（mile）はラテン語の mille すなわち一〇〇〇を語源としているが、歩幅を意味するパッス（実際は二歩幅で、およそ一五〇センチメートル）と合わせて、一ローマ・マイル（mille passuum）はだいたい一五〇〇メートルになる。一ローマ・マイルごとに建てられ、アッピア街道は前二五〇年頃までに、その他の街道も前一二〇年頃にはほぼ完備するが、里程標にはずいぶん大きなものもあって、方形の台座の上に円柱を立てて、二トンほどの重量のものが残っている。

諸街道は、「すべての道はローマに通じる」と謳われたように、ローマ市につながっている。その起点になるのが金のメッキをした柱（milliarium aurum）である。これはアウグストゥス帝が前二〇年に建立したものと言われているが、フォロ・ロマーノでその台座部分を見学することができる。後年この石柱は「ローマの臍」と呼ばれた。街道は、都市から都市へ確実に行き着くことのできるものとして、古代人の生活には不可欠のものであったが、これは土木事業の能力に秀でたローマ人なくしてはできなかったであろう。

＊「すべての道はローマに通ず」（Omnes viae Romam dicunt）と謳われたように、ローマ街道（Via Romana）はローマ帝国の全土にはりめぐらされ、主要幹線道路だけでもおよそ八万六〇〇〇キロメートルにも達した。軍事目的に造られ、そのうちの最古のものが右に紹介したアッピア街道である。それ以前にも、公道としてサラリウス街道（Via Salaria）があったが、これは塩（sal）の運搬用に用いられた街道である。今日月給を意味するサラリーは、塩を買うための給与サラーリウム（salarium）に由来する。

アッピア街道

ヘルクラネウム

紀元後七九年八月二十四日の午前、ナポリ湾東部のヴェスヴィオ火山は大噴火をなし、周辺諸都市を火山灰で埋め尽くした。この火山はすでに六三年二月にも大地震を起こし、地域の住民に大損害を与えているが、七九年の爆発では、ナポリを除く都市はほぼ壊滅状態に陥った。このうち特に知られているのはポンペイで、ポンペイ巡りはイタリア観光には必ずといってよいほど組み入れられる。当時のローマ人たちの生活ぶりを直接目にすることができるのが大きな魅力となっている。しかし、崩壊した都市にはヘルクラネウムもあり、ポンペイのように都市の詳細がわかるほど残っていないために、あまり知られていないのは残念なことである。

ヘルクラネウムは、十八世紀初頭に地下五〇~六〇フィートまで井戸を掘っていた中で偶然その所在が明らかになった。幾度も盗掘がくり返されていたが、その後一七四九年から六五年にかけておこなわれた科学的な調査によって、都市の設計構造が明らかにされた。そして発掘調査が進むうちに、おびただしい数のパピルスが発見された。ユリウス・カエサルの縁者の所有していたものであろうか、古代ギリシア語の巻物が出てきたのである。もっとも二〇〇〇年にわたる堆積の下から出てきた書物は炭化しており、これを判読するのは簡単な作業ではなかった。そもそも頁を開くのも容易でなかった。当初はアントニオ・ピアッジオの考案した機械で、一部を固定し、ゆっくりと開けていくという方策がとられた。

　ヘルクラネウムで発見されたパピルスのうち、特筆すべきは、なんといってもエピクロス派の哲学者で、キケロと同時代であったガダラのピロデモスの断片群であろう。ガダラはシリアの町であるが、ピロデモスは前七五年頃にはるばるローマまでやってきて、当時のローマ人をその哲学思想によって魅了していた。ピロデモスの断片のいくつかは写真で眺めることができるが、ばらばらになったパピルスの小片から、さらに骨の折れる作業によって、テクストが復元されるのである。復元されたテクストがいくつか刊行されている。とにかくこれによってわれわれは紀元一世紀に生きたひとりの教養人の蔵書をのぞき見ることができるのである。もっともローマの裕福な貴族が、快楽主義思想に耽っていたなどと想像してはならないであろう。すでにエピクロスの思想からも、彼らの思想が無抑制な快楽礼讃からいかに遠いかを知ることができるからである。

＊　ヘルクラネウムはギリシア語でヘラクレイオンと呼ばれるように、英雄ヘラクレスにちなんだ町であるが、地理学者のストラボンは、「岬が海に突き出て、すばらしい南西の風が吹き渡り、住むのには健康的な町だ」（『地誌』第五巻四・八）と言っている。別荘地として知られたが、七九年の噴火で町は灰燼に帰する。今日、パピリ邸（Villa dei papiri）と呼ばれる屋敷は、ヴェスヴィオ火山を見下ろす絶好の位置に建てられていたが、その跡地から炭化した一七八五巻に及ぶパピルス本が出土した。

カルタゴ

二千数百年前に、カルタゴは地中海の覇権をめぐってローマと死闘をくりひろげた。カルタゴ人は「ポエニ(Poeni)」とも呼ばれたが、フェニキア(Phoenicia)から由来した言葉と思われる。航海技術と商業にたけたフェニキア人たちは多くの植民都市を建設していたが、北アフリカに故郷に似た地形の岬を発見すると、ここに都市国家をつくり、カルタゴと名づけた。神話では、テュロスという国にディド(エリッサ)という王女がいて、兄弟のピュグマリオンが財宝を狙い、彼女の夫を殺害すると、身の危険を察したディドは部下とともに地中海に乗りだし、やがて到着したのがカルタゴであったと言われている。

カルタゴ建設は前八一四年とされている。その後繁栄を続けるカルタゴは、前六世紀頃からしばしばシチリア島への侵略の時期を窺い、前四〇五年にはシュラクサイを除く全島の領有を確立するにいたった。イタリア半島で勢力を増してきたローマは、前二六四年にシチリアを攻略し、支配下においた。これが第一次ポエニ戦争であった。シチリアを失ったカルタゴは、スペインを侵略する。これを指導したのは当時スペイン総督であったハンニバルである。ハンニバルは次々と勝利を飾るが、ローマの執政官スキピオ(大スキピオ)は、カルタゴ本土を攻略し、ためにハンニバル軍は帰国を余儀なくされ、ついにはザマで敗北する。これが第二次ポエニ戦争である。戦争後一〇年たつとカルタゴは国力を回復するが、第三次ポエニ戦争によってついに壊滅に追い込まれた。ここにカルタゴはローマの属領となったのである。

この地の人々は「アフリ」（カルタゴの部族 Afer の複数形で Afri）と呼ばれたことから、「アフリカ」という名が生まれた。アフリカは次第にローマ化が進められ、共同浴場がつくられ、ハドリアヌス帝の頃には一三二キロメートルに及ぶ水道橋が建設された。町は後二世紀頃にはキリスト教の中心地となっていくが、初期には円形競技場で多くのキリスト教徒が処刑された。競技場の保存状態はよくないが、今日でも見ることができる。この地は西方キリスト教の中心でもあり、テルトゥリアヌスなどラテン語の著作家たちを多く生み出した。都市は今日ではチュニジアの首都チュニスとなっている。

ハンニバル、ルーブル美術館

＊ 第二次ポエニ戦争（前二一八～二〇一年）は一名「ハンニバル戦争」とも呼ばれる。ハンニバルは大軍を率いて冬のアルプス山脈を越え、イタリア本土へ南下しローマ軍に向かって急襲する。前二一六年八月二日イタリア半島南東部カンナエの戦いにおいて、用兵の術に優れたハンニバルはローマの大軍を包囲し、殲滅させる。騎兵隊長マハルバルが直ちに首都ローマへ侵攻することを進言するが、その時ハンニバルは逡巡する。マハルバルがいった言葉を、歴史家リウィウスが伝えている。「たしかに神々は一人の人間にすべてのものをあたえることをしなかった。ハンニバルよ、あなたは勝つすべを知っているが、勝利を利用するすべを知らない（vincere scis, Hannibal, victoria uti nescis）」（『ローマ建国以来の歴史』第二十二巻五一）。この日の遅延逡巡がローマを救うことになり、前二〇二年のザマ（カルタゴの南西）の戦いでハンニバルはローマの将軍スキピオ・アフリカーヌス（大スキピオ）に敗れ、戦いは終結する。

コンスタンティノープル

コンスタンティノープル（現イスタンブール）は、古くはビュザンティオンと呼ばれていた。ビュザンティオンはボスポロス海峡のヨーロッパ側にある都市であるが、ポントス・エウクシノス（黒海）への入り口を支配する要衝の地であり、はじめはメガラ人が入植したとき（前六五七年）には対岸にあったのが、デルポイの神託をうけて現在の位置に移動したと言われている。その後ペルシア統治下にあった時代、スパルタ、アテナイが支配した時代を経て、一時期は独立を保っていたが、第三次マケドニア戦争でローマの同盟国になって後しばらくしてローマ帝国領に変わった。

ローマ皇帝コンスタンティヌス一世（大帝）が後三三〇年に、自分の名前にちなんでコンスタンティノポリスと名づけたことは周知のとおりである。そしてその後、東ローマ帝国の国都となり、約千年にわたって栄え、ビュザンティン文化を生み出したが、この都市も一四五三年オスマン帝国皇帝のマホメッド二世の攻撃の前にあえなく陥落する。その次第は歴史家の書物を繙くよりも、塩野七生さんの小説『コンスタンティノープルの陥落』（新潮文庫）でわれわれは面白く読むことができる。むろん識者は厳密なる原典批判を経た研究書で調べることを勧めるであろう。しかし、辻邦生の『背教者ユリアヌス』（中公文庫）もそうであるが、このような小説で楽しく読めるのはありがたいことである。

帝国滅亡後にギリシア人の知識人たちは多くイタリアに逃れ、それとともに古典文献に関する厖大な情報をもたらしたことがイタリア・ルネサンス運動を招来するきっかけとなったことはよく知られている。当時のイタリア人学者たちはこぞって古典ギリシア語の勉強に励んだ。むろんそのためには有能なギリシア語教師が必要となる。コンスタンティノープル生まれのエマヌエル・クリュソロラスはその中でも著名な人物の一人である。彼はゲミストス・プレトに学んだが、マヌエル・パラエロゴス二世の大使としてヴェネティアにやって来たのは、帝都陥落よりも以前の一三九〇年のことであった。これはトルコの脅威に備えるべく援助を求めるためのものであったが、七年後に再訪してフィレンツェ、ヴェネティア、ローマでわずか数年ではあったがギリシア語を教授した。彼のイタリア人の弟子たちが、やがて来るルネサンスの最初のヒューマニストとなるのであるが、クリュソロラス自身はそれを目のあたりにすることなく、一四一五年に他界している。

＊　コンスタンティヌス一世（大帝）（二七二／三～三三七年）の生涯については、エウセビオス『コンスタンティヌスの生涯』（秦剛平訳、西洋古典叢書、京都大学学術出版会）に詳しい。キリスト教を公認した皇帝としても知られるが（「ミラノ勅令」）、晩年はキリスト教異端論争にまきこまれた。皇帝の没後、二世が後を継ぐが、これも急死したために皇帝の位に即いたのが皇帝の甥の背教者ユリアノスである。

アマゾネス

アマゾネスとは、北方スキュティア、カウカソス方面に女人たちだけで暮らし、他国の男と交わって子をつくり、そのうち女子のみを育てたとされる神話上の種族である。子供に弓矢を教えるときには、弓を射る妨げにならぬように右の乳房を切り取ったことからその名がある。すなわち、アマゾネスの単数形アマゾンとは、乳房（マゾン）がない（アは欠如を示す）という意味である。武勇に長け、彼女らの優れた弓術は半月形の楯とともに世に知られた。これらについては伝アポロドロス（『文庫（ビブリオテーケー）』第二巻五・九）やストラボン（『地誌』五・一）に記載がある。

パルテノン神殿の外側には、東西各一四面、南北各三二面、合計九二面のメトープ（小間壁）に、フリーズと呼ばれる肉厚の浮き彫りがあるが、南側以外はほとんど破壊されている。しかし、このうち西側の一四面には、アマゾノマキアすなわち「ギリシア人とアマゾネスとの戦い」が描かれていたと言われている。先住民および先住民の神々に対するギリシアの勝利という共通した主題のひとつで、アテナイの英雄テセウスが女人国に攻め込み、その一人アンティオペ（あるいはヒッポリュテとも）を奪い妻としたとき、その報復にアマゾネスがアッティカに来襲し、アレイオス・パゴス丘付近に陣をしき激しく戦ったが、大敗を喫した。そして、このアンティオペ（あるいはヒッポリュテ）とテセウスとの間に生まれたのが、エウリピデス『ヒッポリュトス』の登場人物ヒッポリュトスである。

アマゾネスの逸話で名高いのは、なんと言っても、トロイア戦争の折トロイア側の応援に来た一族とギリシア軍との戦いであろう。アマゾネスの女王ペンテシレイアは多くの兵を討ち取るが、ついに英雄アキレウスに胸を刺されて倒れる。アキレウスはまさに息絶えんとする女王の顔の美しさに心を奪われるが、女王の死を嘆いたために側にいたテルシテスに嘲られ、激怒したアキレウスは彼を刃に掛ける。そうして、アキレウスはその罪を浄めるべくレスボス島に赴いたとされるが、この話はギリシア美術に格好の題材を提供した。今日「ペンテシレイアの画家」と通称される作者の杯（キュリクス）は、口径四三センチメートル、前四六〇年頃の赤絵式の作品であるが、二人が互いに眼を寄せ、全身の身振りで燃焼する恋の瞬間を見事にとらえている。

ペンテシレイアの画家「アキレウスとペンテシレイア」

＊ アマゾン（A-mazon）を「乳房がない」と説明するのはいわゆる俗流語源（folk etymology）にすぎない。ポンペイウス・トログス（ユスティヌス抄録）『地中海世界史（原題ピリッポス史）』（第二巻四）にこのような説明があるが、今日では、むしろ、「戦士」を意味する古イラン語 **ha-mazan** に由来するのではないかと言われている。アレクサンドリアのヘシュキオスの『辞典』には、「**hamazokaran**. 戦うの意。ペルシア語」という記載がある。語源説明の試みは他にもあるが、正確なところは分からない。なお、アポロドロスの作品名は『文庫（ビブリオテーケー）』で、日本語訳として高津春繁訳（邦題は『ギリシア神話』、岩波文庫、一九五三年）がある。なお、この作品がアポロドロスの真作かどうかについては疑問があるため、通常は「伝アポロドロス」と記される。

アスクレピオス

医神と称せられるアスクレピオスはギリシアの英雄である。英雄とは神と人間とから生まれた半神のことを言い、アスクレピオスの父はアポロン神である。アポロンはテッサリアのプレギュアスの娘コロニスを見初め、これと通じるが、コロニスは懐妊中にアルカディアの若者イスキュスと臥所を共にしたため、不貞を知ったアポロンが怒りのあまり彼女を射殺する。コロニスの遺体が燃えさかる薪の山に載せられたとき、アポロンはいまだ生まれぬ子供を不憫に思い、救出した。事の顚末はピンダロス『ピュティア祝勝歌』（第三歌）に詳しい。その赤子はケンタウロス族の賢者ケイロンに預けられ、成長してからは、ケイロンから人間の病を癒す術を授けられる。伝アポロドロスの『文庫（ビブリオテーケー）』（第三巻一〇・三）を見ると、女神アテナがアスクレピオスに秘薬をあたえたことになっている。秘薬というのは、ゴルゴンの血で、これをその頭の右側からとれば、あらゆる病を癒す効能をもつが、反対の側からとれば毒薬となるものであった。ともかくも、こうしてアスクレピオスは他に比肩する者のない医師となったが、しかしその後金銭で乞われて（あるいはアルテミスの哀願に負けて）死者を蘇生させてしまった。ゼウスはその慢心を咎め、雷霆《らいてい》を投じて彼を殺した。

アスクレピオスは死ぬと星になった。オピウーコス、すなわち蛇遣い座である。彼はしばしば蛇の姿となり、あるいは蛇を送ってよこす。予言、あるいは蘇生の象徴であろうか、神殿で眠る患者のそばにはきまって蛇がいた。いずれにしても、アスクレピオスの像はたいてい髭をたくわえて、杖を持ち、蛇を従えた姿をしており、蛇が巻いたアスクレピオスの杖は医学のシンボルとなった。もうひとつアスクレピオスと結びつけて語られるのは雄鶏であろう。神の供儀には雄鶏が用いられたが、われわれがよく知っているのは、「われわれはアスクレピオスに雄鶏を一羽借りがある。忘れずにお供えしてくれ」という、あのソクラテスの最後の言葉である。

アスクレピオスはエピダウロス（ペロポネソス半島北東）やコス島（エーゲ海南東）などで崇拝された。各地から集まった病人たちは神殿のそばで眠り、そこで夢を見る。その夢見を解釈し、ほかに適当な治療を施すなどした神官が今日の医者の祖である。コスの医師ヒッポクラテスは、そのような神官の末裔であった。

十字の形で記されたヒッポクラテス『誓い』の写本。12世紀

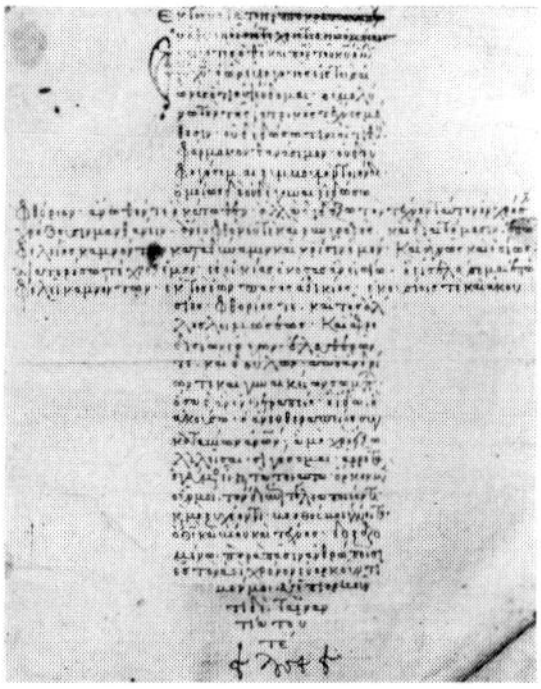

＊「芸術は長く人生は短し」という表現はよく知られているが、実はヒッポクラテスの言葉を誤訳したものである。ヒッポクラテス『箴言』の冒頭にある ὁ βίος βραχὺς, ἡ δὲ τέχνη μακρὴ を訳したものであるが、「人生は短く技術は長い」という意味で、ここでいう技術とは医学のことである。ラテン語では ars longa, vita brevis と言っている。

プロメテウス

人類の火の技術の使用は、しばしばプロメテウス神話と関係づけられるけれども、もともとは最高神ゼウスとプロメテウスとの知恵くらべの話の一部であったようで、ヘシオドス（『神統記』五三五以下、『仕事と日』四二以下）では、知恵において並ぶ者ないプロメテウスが、ゼウスを試そうと、肉と内臓を牡牛の皮に包んだものと牡牛の骨を艶々しい脂肪で巧みにくるんだものの二つを前に置いたところから話が始まる。怒ったゼウスはプロメテウスを罰し、人間からは火を隠してしまう。プロメテウスは火を盗んで人間のもとにもたらすが、ゼウスは再びこれを罰して、最初の女性パンドラを創造する。パンドラは甕（後世の話では箱になるが）を開けると、諸悪が世に満たされることになるが、甕には最後に希望が残される、という話である。この希望の意味については諸説があるが、とにかくヘシオドスでは、このようにプロメテウスは技術と直接関係させられるということはない。

アイスキュロスの悲劇『縛られたプロメテウス』では、明確に、プロメテウスが人間にあたえた恩恵として技術がでてくる。「人間の技術はすべてプロメテウスからあたえられたものだ」と語られる。ここでいう技術は、建築、天体観測、数学、文字を書くこと、造船、薬による病気の予防、等々を含んでいる。しかし、「技術は必然と比べればはるかに弱いものだ」とも言われる。プロメテウスは人間に、死すべき者であるという運命を忘れさせ、盲目的な希望を抱かせたわけで、技術は空しさと裏腹のものと見られているのである。
プラトンの『プロタゴラス』でプロタゴラスが語るプロメテウス神話は、教育の専門家であるソフィストの立場を守ろうとする、我田引水とも言うべきプロパガンダとして語られたものであるが、人間の自然本性を解き明かしたものとして重要な意味をもっている。最初人間以外の動物たちはさまざまな能力を授けられるが、人間だけが身を守る力もないありさまであったのを、プロメテウスは火を含む諸技術を人間にもたらす。つまり、動物のように生まれながらの装備をもたない人間は、これによって自然に働きかけて、身を守る。話はさらに続き、人間たちは技術によって生きながらえていたが、集まってもお互いに不正を働きあい、分裂して滅びかけていた。そこで、今度はゼウスが登場し、人間にアイドース（つつしみ）とディケー（いましめ）をあたえた。前者はモラルをつくり、後者は社会的な正義を指すが、これらが国家社会をなすための技術となるのである。

ギュスターヴ・モロー『縛られたプロメテウス』

＊　哲学的にはプラトン『プロタゴラス』でプロタゴラスが語るプロメテウス神話が重要である。これについては、内山勝利「プロタゴラスとアテナイ——プロメテウス－ゼウス神話を介して」（『哲学の初源へ——ギリシア思想論集』、世界思想社、二〇〇二年）で詳しく論じられている。しかし、これは新プロメテウス神話とも言うべきものであって、原話のほうでは、プロメテウスが水と土とから人間を造り、オオウイキョウの茎の中に隠して火を人間にあたえるが、それを知ったゼウスは怒ってプロメテウスの体をカウカサス山に縛りつけたために、ヘラクレスが彼を解放するまで罪をつぐなうことになったというのが話の核心になっており、技術や政治の話はアッティカ地方に入ってから考案されたものである。

テセウス

迷宮という言葉がある。英語では labyrinth というが、クレタ島にあった迷宮ラビュリントスに由来する。ラビュリントスの語源はよくわからない。小アジアのリュディアの古語ラブリュスに関係させる説明があって、ラブリュスは両刃の斧の意味なのであるが(プルタルコス『ヘラス設問集』三〇二A「なぜリュディア人は斧《ペレキュス》をラブリュスと呼ぶのか」参照)、これがクレタの宗教儀礼に用いられたためだとも言われている、いずれにしても伝説によれば、ラビュリントスは、名匠ダイダロスがクレタ王ミノスのために造成したものであり、考古学者にはクノッソス宮殿のことではないかと推測する者もいる。ミノス王は、自分の子ミノタウロス(「ミノスの牡牛」の意)をこの迷宮に幽閉したが、ミノタウロスはじつはポセイドン神が送った牛とミノスの后パシパエとの間に生まれた、半人半牛の怪物であった。ミノスはアテナイを攻撃して勝利すると、九年目毎に七人ずつの少年少女を貢物として送ることを強要し、ミノタウロスへの生け贄とした。

アテナイの英雄テセウスは、三回目の朝貢の船が出るときに、生け贄のひとりとしてクレタに向かう。そこへミノス王が待ちきれず、船に乗り込んでくると、テセウスはミノスをなじり、自分こそ海神ポセイドンの子だと宣言する。怒ったミノス王は、海中に黄金の指輪を投げ入れ、もしそうならばあの指輪を取ってきてみせろと難題をふっかけた。テセウスは少しも臆することなく、海に飛び込むや、イルカの大群がやってきて、海の宮殿へと連れて行く。そして、歓待を受け、指輪をもって戻ってきた。テセウスがクレタにやって来ると、ミノスの娘アリアドネが彼を見初めて、糸玉を手渡す。テセウスは糸玉を張り渡しながら迷宮の奥に進んでいって、ミノタウロスを殺害した後、糸を辿って無事脱出することができた。

ところでテセウスはクレタに向かう途次、アポロンに祈ってアテナイに無事帰還できたおりには毎年祭礼の船をデロスに送ると誓いをたてた。そしてこの誓いがもとで、アテナイはデロスへ三十櫂船を派遣することになる。その間はアテナイの町は清浄に保たれ、いかなる場合にも血を流してはならないことになっていた。ソクラテスが、前三九九年の死刑判決のあと、牢獄で三〇日間も待たされることになったのはそうした理由による。

ミノタウロスを退治するテセウス、ハーバード大学美術館

* ソクラテスの刑死までの経緯については、プラトン『パイドン』(五八A以下)に詳しいが、判決後三〇日間生き延びたというのはクセノポン『ソクラテス言行録』(第四巻八・二)による。死刑判決が出たのがデリア祭の月に当たっていて、祭礼使節団がデロス島から帰還するまで、国内を清浄に保たねばならないという決まりがあったためである。ところで、ソクラテスの命日は前三九九年四月二十七日だと言われることがある。デリア祭がアンテステーリオン月(デロス暦のヒエロス月)で、今日の二月下旬から三月上旬に相当することからこのように推測されるのであろうが、特に根拠があるわけではない。

デウカリオン

パルナッソス山は、その頂が雲より抜きんでていると言われる霊峰であり、その麓には神託で名高いデルポイを有する。その昔、デウカリオンがその妻とともに流れ着いたのがパルナッソスだという伝説がある。神々の父ゼウスが青銅時代の人間を滅ぼそうとしたことがあった。ゼウスははじめ雷電でもって人類を滅ぼそうとしたのだが、その雷火が天空まで飛び火するのを恐れて、洪水で滅ぼすことを思い立った。ゼウスが降らせる大雨によって、陸地はほとんど消え失せ、一面が海となって、かつては山羊が草をはんでいた場所には海豹《あざらし》が寝そべっているというありさまであった。この大洪水によってほとんどの人間が死に絶えたが、唯一残ったのがデウカリオンの夫婦であった。

プロメテウスの子であるデウカリオンは、プロメテウスの弟エピメテウスと、神々が創った最初の女パンドラの間に生まれたピュラを娶った。デウカリオンは、ゼウスが大雨を降らせたときに、父であるプロメテウスの言によって、小さな箱船（ラルナクス）を作り、生活に必要なものを積み込むと、ピュラとともに乗り込んだ。そして、ギリシアの全土が水で覆われた最中に、九日九夜海上を漂ったあげく、パルナッソスにたどり着いた。ゼウスは数多ある男のなかで一人だけが生き残り、同じく数多ある女の中で一人だけが生き残って、しかも彼らが心正しい人間であることを見て取ると、雨を降らせるのをやめて、雲を切り裂き、天空を開いた。二人はゼウス神に感謝し、犠牲を捧げたので、大神はなんでも望みのことを選ぶように告げた。そこで二人は人間たちが再び生まれるように懇願した。そして、ゼウスの言葉によって、二人は石を拾うと背後に投げ、それぞれの石から男女の人間が誕生した（はじめは母親の骨を投げろと言われたのだが、母親とは大地のことで、石を投げろという意味に解釈したという別伝もある）。これによって今日の人類が生まれたという話であるが、神話作家の伝アポロドロスはlaas（石）からlaos（人間）が生まれたという尾ひれまで付けている。ふたりの間にヘレンという子供が生まれる。ヘレン（Hellen）の名は、ギリシア人の総称ヘレネス（Hellenes）の語源となる。さらに、ヘレンの子供として、ドロス、クストス、アイオロスの兄弟が誕生し、彼らはそれぞれドリア人、イオニア人、アイオリス人の祖となった。

聖書学者たちはノアの箱船との類似を問題にするが、ギリシアではこのような洪水は何度も生じたとされる。アトランティスの滅亡をはじめ、数々の国家が興っては洪水によって消失したと哲学者プラトンは語っている。

＊ デウカリオンはプロメテウスの子であった。大洪水によって大地のほとんどが水に覆われたとき、箱舟を建造して逃れるように忠告したのは父神のプロメテウスである（伝アポロドロス『文庫（ビブリオテーケー）』第一巻七・一〜二）。

ニンフ

ギリシアやローマの神話物語に登場するニンフは、たいていは海や山や川などに棲む土地の精である。神とは異なるので不死ではないが、人間などに比べるとはるかに長寿を保つ。たとえば、樹木のニンフはその木が枯死しないかぎりは生きていることになる。ギリシア語でニンフは「ニュンペー」という。花嫁、適齢の女の意味である。歌や踊りを好み、多くは女神アルテミスなどにつき随う従者となるが、サテュロスなどと恋をするものもいる。いくつかの種類に分かれ、大洋や海にちなむものはオケアニデス（大河オケアノスから）とネレイデス（「海神ネレウスの娘たち」の意）、川に関係するものはナイアデス（「流れる（ナオー）」から）、木と結びつくとハマドリュアデス（「木（ドリュス）と共にある」の意）、山にいるとオレイアデス（「山（オロス）」から）と名づけられた。

ニンフたちについては数々の神話がある。そのひとつをここに記そう。アルカディアのニンフであるカリストは、処女を守る誓いを立てて、アルテミスのお供をして暮らしていたが、ゼウスがその美貌を見初め、寵愛したために身ごもった。カリストは女神の目を逃れようとしたけれども、沐浴していた時に露見してしまう。激怒した女神はカリストを熊の姿に変えてしまった（怒って熊に変えたのはゼウスの正妻の神ヘラだという別伝もある）。このようにして熊になった彼女は、アルカスと呼ばれる子を産んだのである（アルカスはギリシア語で「熊」を意味する）。その後、彼女が熊の姿で立ち入ってはならぬゼウスの神域に入ってしまったために、アルカディア人たちに追われるはめになり、熊の正体を知らぬ息子によってまさに殺されようとしたときに、憐れに思ったゼウスが救い出し星々の中に加えた。これが大熊座であるが、アルカスもまた星に上げられ、アルクトゥールス星となったという。アルクトゥールスは牛飼座の主星であるが、ギリシア語では「熊《アルカス》の番人《ウーロス》」が原意である。これはエラトステネス（ただしその著作『星座』は偽書とされる）が紹介している話であるが、原話を収めたヘシオドスの作品のほうは現存していない。ニンフは人間に恋をすることもあり、英雄伝説にもしばしば現われる。このように彼女たちは数多くの恋愛譚に登場するけれども、悲しい結末に終わるものが少なくない。

＊『アプロディテ讃歌』（二六〇以下）では、ニンフたちがきわめて長命で、神々と同じ食べ物を口にし、神々と交わると歌われているが、しかしニンフは神々とは異なり不死ではない。プルタルコスによれば、ニンフたちは九七二〇歳まで生きるという。プルタルコスが『神託の衰微について』（四一五C）において、ヘシオドスの言葉として紹介している（ヘシオドス「断片」二五四）。小鴉（コローネー）は九世代を生き、鹿はその四倍、大鴉（コラクス）はそのまた三倍、不死鳥（ポイニクス）はさらにその九倍、そしてニンフはまたその一〇倍を生きる。プルタルコスはこの世代（ゲネアー）という言葉は実は一年のことだと解説する。したがって、9x4x3x9x10=9,720という計算になるわけである。

巨人戦争

巨人（ギガース、複数形はギガンテス）は、ホメロスでは、地の果てに住むエウリュメドンを頭とする野蛮で、邪悪な行為がもとで滅ぼされた一族、ヘシオドスではウラノスが去勢されたときに、流れ出た血がガイア（大地）に落ちて生まれ出た戦士たちということになっているが、両詩人とも巨人戦争（ギガントマキアー）には言及していない。神々同士の戦争には、ティタン神族とオリュンポス神族との間の戦いであるティタノマキアがあり、後代においてしばしば巨人戦争と混同された。

巨人戦争については、アポロドロスの作とされる『文庫（ビブリオテーケー）』（第一巻六）の中に詳しい記述がある。ガイアと天の神ウラノスとの間に生まれ（この点ではティタン族と同じである）、巨大な体と比肩する者のない力を有し、足は竜（実は蛇）の鱗でできていた彼らは、驕慢な心をもち、岩石や燃えさかる樫の木を空に投げつけた。なかでもポルピュリオンとアルキュオネウスは剛力であり、アルキュオネウスは大地に触れているかぎり不死であった。時に、巨人たちは神々の手では滅ぼされることはないが、誰か死すべき者が協力して戦うならば退治されるであろうという予言があった。そこで、ゼウスは英雄ヘラクレスを味方に引き入れる。ヘラクレスは矢でアルキュオネウスを射てみたものの、巨人が大地へ倒れるとまた息を吹き返したので、女神アテナの助言を容れて、巨人の生まれ故郷パレネから引きずり出すことにした。このようにしてこの巨人は死ぬ。一方、ポリュピュリオンに対しては、ゼウスがヘラに対する欲情を彼に起こさせ、巨人が女神に襲いかかろうとしたときに、雷霆を投じ、ヘラクレスが射殺した。残りの巨人たちも同様にしてことごとく殺されることになる。興味深いことに、ガイアとウラノスが産んだ巨人たちのすべてがゼウスらオリュンポス神族に逆らったわけではない。たとえば、ヘカトンケイル（文字通り「百の手」）たち、キュクロプス（こちらは文字通り「円い目」）たちは、ゼウスによってタルタロスから解放され、ためにゼウスに協力し、ティタン族たちと戦った。

ともあれ、巨人戦争には後代の著作家たちが幾度も言及する。大地（すなわち感覚）をよりどころとする思想との戦いを、プラトンが巨人戦争に喩えたことはよく知られている。

＊　プラトンは『ソフィスト（ソピステス）』（二四五E以下）において、彼のイデア論を再検討しているが、イデア論者と物体主義（唯物論）者との戦いを、神々と巨人族の戦争になぞらえている。日本語訳としては藤澤令夫訳（岩波書店、一九七六年）が、すぐれた解説として納富信留『ソフィストと哲学者の間――プラトン『ソフィスト』を読む』（名古屋大学出版会、二〇〇二年）がある。

ムーサ

音楽や博物館の語源となっているミューズは、ギリシア語ではムーサと言う（ムーサイはその複数形）。musicはムーシケー、すなわちムーサの技であり、museumはムーサの祠《ほこら》の意味にほかならない。古代の詩人たちは、ホメロスやヘシオドスの叙事詩の冒頭や、ウェルギリウス『アエネイス』の序歌にあるように、きまってムーサたちに呼びかけることから始めている。『イリアス』のいわゆる軍船のカタログは、「あなた方は神であり、その場にいて全てを知っているが、われわれ（詩人）は人間であり、噂を聞くだけで何ひとつ知らない」（第二歌四八五〜四八六）と歌って、トロイア攻めに集結したギリシア軍の名を語るようにムーサたちに求めるところから始まっている。このように古代の文学はムーサが物語のあらゆる現場にいて、それゆえに全知であり、一方詩人は噂（間接的情報）しかもたないがゆえにムーサに歌を与えられるという形式をとっていた。詩人は自分の力で歌うのではなく、ムーサに歌を授けられるというこの文学の形式は、近代においてもダンテやミルトンなどに踏襲されているのは人も知るとおりである。

ムーサはホメロスでは単数で呼びかけられるのが普通であった。また、もともとはオリュンポス山麓のピエリアで崇拝されていたと考えられるが、その崇拝の地をボイオティア地方南西のヘリコン山に移し、九柱の女神としたのはヘシオドスである。羊飼いをしていたヘシオドスに、女神たちは月桂樹の枝を折って杖として与え、甘い蜜の歌を吹き込んだ。ムーサたちの出生については、九夜にわたりムネモシュネ（「記憶」の意味）がゼウスと臥所を共にして、九柱の神を産んだと詩人は語っている。それぞれの女神の権能とその持ち物は、伝承によって多少の相異はあるけれども、カリオペは叙事詩で書板と筆、クレイオは歴史で巻物、エウテルペは抒情詩で笛、テルプシコレラは合奏隊抒情詩で竪琴、エラトは独唱抒情詩で竪琴、メルポメネは悲劇で劇に用いる面と靴を、タレイアは喜劇で喜劇の面を、ポリュムニアは讃歌、ウラニアは天文学で杖をもっている。

かくしてムーサは詩歌と同義のものとなり、例えば、ピンダロスが、「アイアコスとその一族にムーサを運ぶ」（『ネメア祝勝歌』第三歌二八）と歌っているのは、「詩歌で称える」という意味になるが、しかしムーサは文学だけでなく歴史や哲学とも深い関わりをもっていた。

＊ムーサは古くは三柱であったようで、最初にボイオティアのヘリコン山で彼女らに犠牲をささげ、その地を聖所としたのは、ポセイドンの二人の息子であるオトスとエピアルテスだと言われている（パウサニアス『ギリシア案内記』第九巻二九）。ムーサを九柱として名前をつけたのはヘシオドス（『神統記』七五以下）で、カリオペは「美しい声」などそれぞれに意味がある。もっとも、ムーサたちを九柱と呼ぶ例は、すでにホメロス『オデュッセイア』（第二十四歌六〇）に例がある。

ギュスターヴ・モロー『ヘシオドスとムーサ』
オルセー美術館

浄福者の島

パリにあるシャンゼリゼ（Champs-Elysées）通りは、周知のように、『オデュッセイア』（第四歌五六三）で語られる「エリュシオンの野」にちなんでつけられた名前であるが、ホメロスは神々に愛された少数の者たちが死後に住まう極楽世界をこう呼んでいる。雪も雨も降らない、嵐も吹かない穏やかな牧場で、大河オケアノスが柔らかな西風（ゼピュロス）を送り続けている。エリュシオンの野はその後ギリシアの文献にはほとんど出てこないが、ウェルギリウスの『アエネイス』などラテン作家たちが取り上げ、近代の詩人や作家たちもまた好んで用いた。ドイツの詩人シラーに『歓喜に寄す』という作品がある。「歓喜よ、神々の美しき火花よ。汝、至福の野（Elisium）より訪《おとな》える娘よ」で始まるその詩句がベートーベンの交響曲第九番に現われることはひとも知るとおりである。

エリュシオンの野は遙か西方のオケアノスのほとりにあったとされているが、これとは別にギリシアの極楽浄土としては「浄福な者たちの島」がある。こちらはヘシオドスの『仕事と日』（一七一）に出ている。半神、すなわち優れた英雄たちを父なるゼウスが愛でて、死後に住まわせたとあるが、ここでもオケアノスのほとりとされているので、エリュシオンの野と同一視される可能性もある。ピンダロス『オリュンピア祝勝歌』では、「三度にわたって魂を完全に不正から遠ざけた人びとは」（第二歌六八以下）この浄福な者たちの島へと至ると言われている。ただ、ホメロスやヘシオドスと異なり、ここには輪廻転生説の影響が見てとられる。プラトンは『メノン』でピンダロスの失われた作品に言及して、「いにしえの悲しみの償いをペルセポネは受け入れて、九年目に彼らの魂を上方の太陽の下へと送り返す……」という詩行を引用している。いにしえの悲しみとは、愛児ザグレウス（ディオニュソス）を失ったペルセポネ（冥界の女王）の嘆きを表わしているのか。おそらくこの一文は、魂は不死であり、身体からの影響を避けて、できるだけ純化することによって浄福なる生に至るというオルペウス教、あるいはピュタゴラス派の文脈で読まれるべきものであろう。もっとも研究者の見解は必ずしも一致してはいない。

こういった問題は、哲学史家の詮索に委ねるとして、この島はいったいどこにあるかについても、古代人はいろいろと夢想してみた。シケリアのディオドロスはマデイラ島説をあげているが、後には近隣のカナリア諸島ではないかと推測された。

ホメリダイ

ホメリダイとはホメロスの家系を引き継いでいると称する吟遊詩人（ラプソードス）たちの集団をいう。ホメリダイへの最初の言及はピンダロス『ネメア祝勝歌』（第二歌冒頭）にあり、「縫いあわされた詩の歌人たちホメリダイ」と語られている。この箇所に付された古注によると、ホメリダイとはホメロスの一族のことで、代々にホメロスの歌を歌った者たちを指す。ここで「代々」と書いたが、古注ではディアドケーという語が使われている。これは哲学者が学派の「継承」を言うのに用いる言葉である。ホメリダイは、あたかも哲学者が師の教説を語り伝えるがごとく、ホメロスの歌を語り継いだわけである。古注の記述はさらに続く。その後にホメロスとは血縁のない吟遊詩人たちが現われた。キュナイトスの一派がそうで、彼らは多くの詩句を創作し、ホメロスのテクストを改竄したことでも知られている。キュナイトスはキオス島出身の詩人で、『アポロン讃歌』を物してホメロスの作と偽り、また第六十九回オリュンピア紀（前五〇四〜五〇一年）にシチリアのシュラクサイではじめてホメロスを吟唱したのも彼である、と古注は述べている。

もっとも、古注のこの記事をそのまま信用してよいかどうかは別問題のようである。ホメリダイもホメロスとの直接の血縁関係があったのかどうか、疑問とする学者もいる。ハルポクラティオン（一〜二世紀）の報告によると、アルゴスのアクシラオスとレスボスのヘラニコス（ともに前五世紀の作家）が、ホメリダイはキオス島出身の一族で、詩人にちなんでこの名があると言ったということである。キオス島はホメロスの故郷とされる島であるが（別の出身地を記す記録もある）、この記事ではかならずしもホメロスとの血縁は前提されてはいないようである。われわれはこの種の問題が調べれば調べるほど分明でなくなり、既知と思っていたことが必ずしもそうでなくなることを嘆かざるをえない。間違いなく言えることは、ホメリダイがホメロスの末裔を自称し、神話的な存在のホメロスと歴史時代の吟遊詩人との中間にその位置を占めたということであろうか。プラトンの『イオン』では、ラプソードスのイオンが、自分がいかに上手くホメロスを吟唱できるか、そしてそれによってホメリダイから金の冠をもらってもよさそうなものだと、自惚れる件があるが、プラトンの時代にもその実体はともあれホメリダイは存在したのである。

＊　ホメリダイは他の吟遊詩人と同様に、叙事詩を朗誦しながら町から町へと遍歴した。右に述べたピンダロスの最初の言及（前四八五年頃か）より以前にすでに活躍し、ホメロスを含む叙事詩群の形成に貢献したと思われるが、ホメロスでは歌人はアオイドスと呼ばれており、両者の関係は不明である。ストラボンも『地誌』（第十五巻一・三五）においてホメリダイに言及しているが、推定以上のものではなく、ホメロスその人がすでにギリシアの古典期において伝説上の人になっていた。

韻律　ヘクサメトロス

ギリシア詩の韻律は、じつは韻など踏んでいない。むしろ長短のリズムが作り出す音節の組み合わせによって構成されるのを基本とする。これは強弱アクセントを用いる英語などとは異なり、日本語と同様に高低アクセントを用いることと関係している。高低アクセントの場合には、アクセントのない部分も曖昧にされることなく、明瞭に発音されるからである。叙事詩では、いわゆるダクテュロス・ヘクサメトロスと呼ばれる「長短短六韻脚」が使われる。「—◡◡」型のダクテュロスまたは「——」のスポンデイオスを五回重ね、最後は「—◡」または「——」で終わる詩形である。例えば、『イリアス』冒頭の mēnin aeide theā Pēlēiadeō Achilēos（女神よ、ペレウスの子アキレウスの怒りを歌え）は、「—◡◡｜—◡◡｜——｜—◡◡｜—◡◡｜—◡」となる（deō はシュニゼーシスと言って、一音で読む）。「｜」で仕切られた部分は「脚《プース》」と呼ばれ、これが六つ（すなわちヘクサ）集まって一行ができる。

通常のギリシア語はこのような韻律におさまりにくいので、おのずからホメロス独特の語形が使用されることになるが、そのなかには、エピテトン（エピセット）と呼ばれる、日本でいう枕詞のようなものがあって、「白き腕《かいな》のヘレ」のように名詞に添えられるが、leucōlenos Hērē（——◡◡——）となって韻律にうまく適合するようになっている。『イリアス』の主人公アキレウスには五〇以上のエピテトンが用いられている。ホメロスの詩の中には、ホメロス自身が属しているイオニア方言と、さらに古く遡る方言形との混淆が見られ、古典ギリシア文法の知識だけではうまく韻律が説明されない箇所も少なくない。ギリシア語には「w」音を表わす字母はないが、古い時代にはいわゆるディガンマ（二つのガンマの意で表記はF）と呼ばれるものがあって、ホメロスのテクストにはないが、これを想定しなければ読めないところもあり、かといって該当する単語をすべてディガンマ付きで読めば、韻律が合わないというところも多くある。これはイオニア方言ではディガンマが早くから消失したことと関係しているようであるが、このように新旧の要素が分かちがたく混在しているのである。

いずれにしてもホメロスを読むのは楽しい。英書であるが、C. Pharr, *Homeric Greek* のように文法を一通り終えると、『イリアス』第一歌が読了できるという便利な書物もある。

＊ Clyde Pharr, *Homeric Greek : a book for beginners*, University of Oklahoma Press, 1959.

韻律　サッポー風スタンザ

抒情詩には笛などの伴奏はあっても本来は朗唱されるだけのエレゲイア詩やイアンボス詩もあるが、狭義の抒情詩（lylic すなわち lyra の歌）は、リュラ（四弦の、後には七弦の竪琴）を伴奏に歌われたものをいう。これは独唱詩と合唱詩に分かれるが、ここではレスボス島の独唱詩人として世に名高いサッポーをとりあげる。サッポーは『ギリシア詞華集』の中でプラトンによって「十番目のムーサ」（詩歌の女神ムーサ、すなわちミューズは九柱）と讃えられた。

サッポーの現在残っている断片にも、異なる韻律が幾十もあるとされるが、多くの場合にはスタンザという形式が用いられる。スタンザとは数行からなり、散文のパラグラフに相当するものである。スタンザは近代詩にもみられるが、ギリシア詩の場合には、叙事詩のダクテュロスとは異なり、一行における音節数が厳格に守られるのが特徴である。サッポーが用いたスタンザで最も知られているのは「サッポー風スタンザ」で、アレクサンドリアで作成されたサッポーの九巻（九はムーサの数にちなむ）のテクストのうち、第一巻はすべてこの韻律で書かれたということがわかっている。最初の三行は「—◡—⏓—◡◡—◡—⏓」がくり返され、最後に「—◡◡—⏓」のリフレインで終わる。もちろん、十一世紀の焚書によってサッポーの詩集は完全に失われてしまい、後代の作家の引用によってわずかに残されているにすぎないが、とにかく現存する第一巻第一歌のアプロディテに捧げる歌はこの詩形によっている。

このスタンザは、ローマの詩人たちによっても受け継がれ、カトゥルスやホラティウスの詩にその試みがある。

サッポーの別の詩形には、次のような一行八音節のものもある。「月は入りすばるも落ちて／夜はいま丑満の／時はすぎうつろひ行くを／我のみはひとりしねむる」（呉茂一訳）。Dedūke men ā selannā / kai Plēiades, mesai de / nyktes, para d'erchet' ōrā / egō de monā kateudō（˘—˘˘—˘——|——˘˘—˘—˘|——˘˘—˘——|˘—˘˘—˘——）。きわめて単純なリズムで、自然の美しさと自己の感情を素直に歌い上げた技量には感嘆せざるをえない。あらためてサッポーの詩集が失われたことが惜しまれる。

＊　サッポーの訳詩には、部分訳として上田敏『海潮音』（一九〇五年）や呉茂一『ギリシア抒情詩選』（岩波文庫、一九三八年、一九五二年）があったが、全訳を含む本格的な研究に、沓掛良彦『サッフォー　詩と生涯』（平凡社、一九八八年）がある。

韻律　エレゲイア

抒情詩のひとつエレゲイア（elegeia）は、笛を伴奏に歌われる、というよりも朗唱されるものである。エレジー（elegy）の語源であるから、心の悲哀を歌うといった意味あいが予想されるが、ギリシア詩におけるエレゲイアは形式を言うにとどまり、歌われる内容のほうは日常のさまざまなことがらに及んで、いわゆる悲歌、挽歌に限られるものではなかった。もともとは「笛」を意味するアルメニア語に関係する言葉であったようで、笛とともにプリュギア方面からもたらされたものと考えられている。イオニアのコロポン出身のエレゲイア詩人ミムネルモスは、同時に笛の名手でもあったと伝えられる。彼は厭世的な思いを詩に託して歌い、それゆえ今日的な意味でのエレゲイアとなった最初の例だと言われたりする。しかし、伝存断片からそのように考えられているが、もとはナンノという女性への思いを綴った恋歌であり、アレクサンドリア時代には二巻の書物に収められていた。この書は現存しないが、ローマの詩人プロペルティウスなどに大きな影響をあたえている。

ミムネルモスからおよそ一世紀後（前六世紀後半）に、コロポンは近隣の都市サルディスとともにペルシアの手に陥ちる。同都市出身のクセノパネスは、それ以後故郷を離れ、南イタリアを中心に流浪と漂泊の日々をおくった。万有は一であり、球形であり、永遠にして不動であると唱えた哲学者として知られるが、その断片のいくつかはエレゲイア詩で残っている。ディールス／クランツ編『ソクラテス以前

哲学者断片集』所収には、ēdē d' hepta t' eāsi kai hexēkont' eniautoi / blēstrizontes emēn phrontid' an' Hellada gēn「ヘラス（ギリシア）の地にてわが思いを馳せてはや六七年が経過した」（断片八）とある。エレゲイア詩の形式は、このようにヘクサメトロスの「——|—◡◡|—◡◡|——|—◡◡|——」と、ペンタメトロスすなわち「——|—◡◡|—|—◡◡|—◡◡|—」の二行一連を単位とし、これをくり返すものである。

＊　テオグニス、ソロンなどのエレゲイア詩を訳したものに、西村賀子訳『エレゲイア詩集』（西洋古典叢書、京都大学学術出版会、二〇一五年）がある。クセノパネスの断片の全訳には、藤澤令夫・内山勝利訳（『ソクラテス以前哲学者断片集』、岩波書店、一九九六年）があるが、ギリシア語で読んでみたい人には、J.H. Lesher, *Xenophanes of Colophon Fragments*, University of Toronto Press, 1992が便利である。

写本

われわれが今日ごく普通に目にしている活字には、周知のようにそれほど長い歴史はない。ヨーロッパでいわゆる活版印刷がはじまるのは十五世紀であるから、せいぜい五〇〇年ほどの歴史しかなく、たとえば哲学者プラトンの活字本は、イタリア人アルドー・マヌーツィオの手によるアルドー版（一五一三年）が最古である。アルドーの印刷所はそれ以前にアリストテレス、ホメロスなどを、あるいはウェルギリウスなどのラテン作家のテクストを手がけているが、それ以前には手で筆記された手写本（マヌスクリプトゥム）が長く使用されてきた。

手写本は綴じ本、つまり羊皮紙を綴じたもので、羊皮紙にあたる英語のパーチメントがペルガモンを語源とすると言われているように、古代世界においてエジプトのアレクサンドリアに次ぐ大図書館を有した小アジアのペルガモンで発明された。プラトンの手写本でよく知られるのは、E・D・クラークがエーゲ海のパトモス島の修道院で発見したボドレー写本で、これには「創世以来六四〇四年」すなわち紀元八九五年と記されている。写本に確実な年代があたえられているために、プラトンの写本中ではとりわけ重用されている。

しかし綴じ本でもせいぜいその頃までしか遡ることができない。それ以前にはパピルス（ギリシア語はパピュロス）の長い歴史がある。古代のナイル川に流れていた水草の名前で、その茎（ビュブロス）を細長く切って、重ね合わせ、巻物状にしたものであるが、湿気に弱く、さらに巻物であるため最初の部分が破損しやすいという欠点があった。われわれが今日写真で見ると、大文字を羅列しただけのもので、句読点に相当するものはいっさいなく、それゆえ判読するにはいくらか訓練を要したであろうと想像される。パピルスは今日でも発見されることがある。二十世紀初頭エジプトのカイロ南にあるオクシュリンコスで見つかったパピルス群が有名であるが、とくに近年さかんに話題に上るのは、同じくエジプトで発見され、フランスのアルザス地方のストラスブールで刊行された哲学者エンペドクレスのパピルスである。「二十世紀最大の発見」(バーニェット)とも言われるが、その評価はいまだに定まっていない。

＊　西洋古典の写本伝承については、レイノルズ／ウィルソン『古典の継承者たち——ギリシア・ラテン語テクストの伝承にみる文化史』(西村賀子、吉武純夫訳、国文社、一九九六年)という非常に便利な本がある。

古代の紙

ギリシアの紙といえばすぐにパピルスが思い出されるが、これは高価なものだったから、ものを書き込む用具としては、普通にはもっと簡便な「書板」が用いられた。たいていはモミやブナなどを切って、板にして作った。こういう書板は古くから使われていて、早くも『イリアス』第六歌にベレロポンテス殺害の意図を記した書板（pinax ptyktos）が登場している。もっともそこに書かれたものが文字なのかどうかは定かではない。いずれにしても、板の外側はそのままで、内側に蠟を塗って、それに書き込むようになっていた。それも一枚きりでなく、何枚かを背で綴じて、今日の本のような体裁にしてある。例えば、二つ折りのものはディプテュカという。語源の説明をすれば、「折り重ねた」の意味の形容詞ptyktosと「二」を表わすdiが合わさった語である。三つ折り（トリプテュカ）や、もっと多いもの（ポリュプテュカ）もあって、ローマではこういう書板をタブラ（tabula）とかケーラ（cera）とか言ったが、もとは蜜蠟の意味のケーラは、このような幾重にも折った書板の「ページ」を意味する言葉でもあった。この書板に今日のペンに相当するもので字を刻み込んだわけで、このペンをラテン語ではスティルスとかステュルスとか言った。ギリシア語でステューロスというと柱のことで、ペンのほうはむしろグラピスと言う。ローマ時代のペンを見ると、先のほうは尖っているが、もうひとつの端は丸くなっていたようである。「スティルスを回す（vertere stilum）」というと書いた文字を消すの意味になるから、書き損じたところを丸いところで平らにしたわけである。

もうひとつの紙は、言うまでもなく、エジプト産の「パピルス」である。われわれ日本人には紙と言えば中国で誕生したものの他にはないけれども、パピルスは言うまでもなくpaperの語源である。その茎の部分のビュブロスから紙が作られるわけであるが、この語はビブリオン（本）やビブリオテーケー（図書館）といった語のもとになった。ヨーロッパの西半分では、もっぱらパピルスのみが使われたが、主にエジプトからの輸入に頼っていたために、入手がむずかしい地方では、パピルスとは異なる紙を調達する必要があった。これが「羊皮紙」である。後二世紀頃の話であるが、アレクサンドリア図書館をもつエジプトは、小アジアのペルガモン図書館への対抗意識から、パピルスの輸出を禁じたことがあって、その時にペルガモン王エウメネス二世が羊皮紙を発明した、とプリニウス（『博物誌』第十三巻二一・七〇）は伝えている。もっとも、歴史家ヘロドトスによると、小アジアのイオニア地方では、紙のことをディプテラと呼んでいたが、これは皮の意味で、羊ばかりでなく山羊の皮もあって、これをなめして文字を書き込んだというから、その使用はもっと早くから始まっていたのかもしれない。いずれにしても、羊皮紙のことを英語でパーチメント（parchment）といって、これがペルガモンを語源とすることは周知の話で、その使用が小アジアを中心に始まったことは疑いない。

羊皮紙はパピルスよりもさらに高価なものなので、牛乳や糠で洗って再利用するということが行なわれた。これをパリンプセスト（palimpsest）という。この再利用本にはパピルスもあるが、羊皮紙が圧倒的に多い。キケロが友人宛の書簡の中で、友人トレバティウスに経済的だと言って勧めているのもこれである。ヴァティカン博物館にある有名なパリンプセストには、キケロの『国家論』の上にアウグスティヌスの『詩編注解』が重ね書きされている。したがって、われわれは両方の原文を判読することができるのであるが、中世時代の半ばになると、軽石を使って完全に消しとってしまうようになるから、こういう幸運な発見はむずかしくなる。比較的最近では、キリスト教の祈禱書の頁の下からアルキメデスの『方法』の原文が再発見されたのが記憶に新しい。

＊ アルキメデスの『方法』の原文が再発見されたのは、現代の科学技術を駆使した画像処理の方法によるものであるが、これについては斎藤憲『よみがえる天才アルキメデス』（岩波科学ライブラリー、岩波書店、二〇〇六年）、『アルキメデス『方法』の謎を解く』（岩波科学ライブラリー、岩波書店、二〇一四年）に詳しい。

古注

西洋の古典書を読んでいるとよくお目にかかるのが古注である。古注とはギリシア語のスコリアに当てた訳語で、その単数形スコリオンは、スコレー（余暇）という名詞からつくられた縮小辞である。アリアノスが書き留めたエピクテトスの言葉の中に、「来て私がスコリアを語るのを聞け」というのがあるが、解説か論評くらいの意味であろう。それがその後に注解の意味になった。スコレーから派生した言葉に今日学校の意味になったスクールがあるが、いずれにしても注解は古書を繙いて味読する心の余暇がなければできない仕事であろう。

スコリアは中世の手写本の中に、欄外注釈のかたちで遺されている。手写本は装飾的な趣味を伴ってつくられることが多かったから、時にはスコリアの書き込みにもいろいろ工夫されることがあって、今日写真で眺めるだけでも楽しい。その多くはヘレニズム時代にアレクサンドリアなどの図書館を中心におこなわれた原典研究に基づくものである。ゼノドトスやアリスタルコスといった当時の研究者たちの注解書は失われてしまったが、現存のスコリアから彼らの研鑽ぶりを推測することは可能である。さまざまな作家たちが研究対象になったが、最も多く読まれたのがホメロスで、『イリアス』『オデュッセイア』に関する注解が他を圧倒している。彼らがおこなった研究の姿勢で今日でも参考になるものが少なくないが、そのひとつが「ホメロスをホメロスから説明する」というものである。ある作家を知る最善の方策はその作家の著作であるという意味である。

このような欄外注釈のほかに、単独の書物として遺っているものがある。その代表がプラトンやアリストテレスに関する新プラトン派の注解書群である。新プラトン派とは三世紀のプロティノスを創始とする哲学の学派であるが、彼らは「新」プラトン派を意識したわけではなく、正当なプラトン哲学の後継者としてみずから任じていた。とくに後期の新プラトン派が書いたアリストテレス注解書は、プロシア時代のドイツにおいて編纂されたが、例えばシンプリキオスの『アリストテレス「自然学」注解』をみると、ディールスが校訂したもので二冊本、合計一四六三頁と膨大なものである。わが国においてもいつかこれらの注解書が翻訳されることがあるかもしれないが、シンプリキオスだけを訳したとしても、いったい何冊の書物になるのだろうか。

＊　アリストテレスの注解書としては、アリストテレスの学派であるペリパトス派の出身の、アプロディシアス・アレクサンドロス（二～三世紀）が著した『アリストテレス「形而上学」注解』がよく知られているが、新プラトン派に属するアレクサンドリアのアンモニオス、ピロポノス、シンプリキオス（ともに五、六世紀）の注解書が分量において他を圧倒している。これらはギリシア語で読むしかなかったが、近年になってCornell University Press (New York) から英訳書が次々と刊行されている。古代の人びとが著したプラトンの注解書については、田中美知太郎『プラトンI』（岩波書店、一九七九年）の「テクストの歴史」に簡単な案内がある。

古代ギリシアの一日は、日の出に始まる。「日」はギリシア語でヘーメラーであるが、この語は昼間の意味で、日の出から日の入までの時間を指し、夜間はむしろ別の時間域と考えられた。天文学者はより正確にニュクテーメロン（昼夜）と言った。

時刻を表わす表現には、「火点し時」とか「夜明け前」とかがあった。前者は夜のとばりが降りて直ぐの頃であろうが、後者はいわゆる鶏鳴時のことで、プラトンは国家制度と法律を守るための会議を、この時刻から日が昇るまでの時間に設定している。一方、昼間には「早朝」「正午」「午後」などがあったが、午後だけでは分かりにくいから、「昼下がり（proia deile）」とか「夕方に近い頃（opsia deile）」とか適当な形容詞をつけて区別したが、大まかな区分であることに違いはない。

さらに細かく時間を分けることは、それを計測する器具がなければ不可能であろう。このような器具のことをホーロロギオン（文字通り「ホーラ／時」を「数えるもの／ロギオン」）と言う。歴史家ヘロドトスは最も初期の器具として、ポロスとグノーモーンを挙げているが、これらはともに日時計である。グノーモーン（垂針盤）という固定した直角定規あるいは垂直の棒を立てて、影の方位によってはじめて時間を計測したのは哲学者アナクシマンドロスだと言われるが、一般の市民は日常生活では、太陽の光が投射してつくる影の長さで時を知ったようである。確かなことは分からないが、一プース（およそ三〇センチメートル）の棒を立て、日の出、日の入の頃が一番長く、一二プースほどで、夕食は一〇プースになった頃というように決めていたらしい。ポロス（ヘーリオトロピオンともいう）のはもう少し精巧で、レカニスと呼ばれる小さな目盛り盤の中央にグノーモーンが取りつけてあり、周囲が一二に区分されていた。

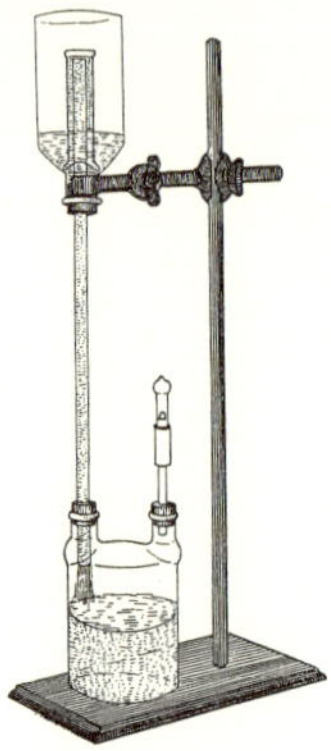

H. Diels, *Über Platons Nachtuhr*, 1915 より

　時を計る道具に、もうひとつ水時計（クレプシュドラー）がある。アテナイのアゴラ（公共広場）にあった水時計が有名であるが、そのような大がかりでない、簡易なものもあった。法廷で弁論家たちが弁明する時間が水時計で計られていたことはよく知られており、彼らは自分たちに与えられた時間を単に「水」と呼んでいる。「水が私を許すなら」とは、時間があればの謂いにほかならない。水を計測する役人もいて、法律文書が読み上げられる間は、水を止めていたようである。もっとも法廷の水時計は、厳密には、時刻を知るためのものではない。特定の目的の水時計で重要なものは、軍隊で夜の見張りの時間を決めるためのものである。ピュラケー（夜警時）という言葉があって、第一ピュラケーとか第二ピュラケーとか使われていた。ローマのウィギリア（これも「夜警時」の意味）のように厳格に四つの時間帯に分けられていたのかどうか定かではないが、これはもちろん水時計でもって決められていたと考えられる。

　この水時計を利用して、目覚まし時計を作ったのが哲学者のプラトンだと言われている。これはヘレニズム時代の水力で演奏する楽器と同じ原理を利用したもののようで、これを記録しているアテナイオスは、「夜間時計（nucterinon horologion）」（第四巻一七四C）と呼んでいる。右に掲げたのは、古代哲学史家のH・ディールスが目覚まし時計の原理を説明した図であるが、一定の量の水を上部の容器にあらかじめ入れておいて、決まった時刻がくると、圧力でパイプが鳴る仕掛けだったのではないかと推定している。いずれにしても起床の時刻になれば、アカデメイアの学徒たちはプラトンにたたき起こされたわけである。「睡眠中は死んだも同然」(『法律』八〇八B)という言葉を遺したプラトンには、いかにも似つかわしい装置である。

ギリシアの服装

ギリシア人は古い時代には、日常生活においてつねに刀剣を帯びていたが、はじめて刀剣をはずし、雅やかな衣装をまとったのはアテナイ人であった。ペルシア戦争以後、スパルタ人は華美な装束を廃し、簡素な服装に改めたという（トゥキュディデス『歴史』）。これは男性の衣装についてであるが、アテナイの女性たちは、逆にドリス風の衣装をやめて、留針のないイオニア風のものを用いるようになったと言われる（ヘロドトス『歴史』）。要するに、古代ギリシア人の衣装には簡素なドリス式と雅やかなイオニア式があったわけである。

彫像などを参考にもう少し詳しくみると、ドリス式の下着（キトーン）は、縦は身長より三〇センチメートルくらい長く、横は身長のほぼ同寸くらいに切って、切り取った長方形の布一枚を、図1のように二つ折りにして、さらに上縁を表側に折り込む（折り込んだ部分をディプロイスという）。上縁の真ん中の部分から首を出し、左右（図のイとロ）を留針でとめる。そして、中央部は体の真ん中あたりを帯や紐でしばるわけであるが、余った布には美しい襞（コルポス）がつけられた。これを着た場合に、問題は着物の片側が開いたままになることである。片側がむきだしの彫像もあるが、留針でとめるか、縫うかしているものもある。男性の衣装はディプロイスのないのが普通で、丈も女性の衣装がくるぶしあたりまであったのに対して、男性のものは膝までしかなかった。さらに、男性用のキトーンには、片袖のみを留針でとめたもの（これをエクソーミスという）があり、奴隷や労働者によって着用された。留針はギリシア語でペロネーという。もともとは動物の骨でつくったが、その後、青銅製のさまざまな装飾が施されたものがつくられた。

図1　ドリス式キトーン

図2　イオニア式キトーン

一方、イオニア式のキトーンは丈はドリス式のものほど長くはない。図2にあるように、二枚の布の波線の部分を縫い合わせてつくられ、開いたところから首と両手を出した。イオニア式の特徴は留針をいっさい使わないところにある。もっとも、胴の真ん中を紐や帯でしばるのはドリス式と同じやり方で、余った分はコルポスとなる。女性のキトーンでも、アマゾン族の像などのように膝あたりまでしかないものがある。素材は羊毛や亜麻が普通であった。

もっともキトーンだけで暮らすのは裸同然とみられてもしかたがなく、たいていはその上にヒーマティオン（上衣）をはおった。アキトーン（キトーンなし）という言葉があるが、これはヒーマティオンだけを着て、下着はなしという意味である。ソクラテスはアキトーンで履き物なしで過ごしたと、クセノポンは書いている（『ソクラテス言行録』第一巻六・二）。ヒーマティオンのほうは、長方形であるが季節や好みによってその形も異なった。女性はしばしばこれを顔の覆いとして用いた。男性のほうはたいてい片手を出して、反対側の肩に余りの布をひっかけて着ている。例えば、ヴァティカンのラテラノ大聖堂にあるソポクレス像が身に着けているのがこれである。

室内では、とくに夏の頃は裸足で生活したと思われるが、戸外ではサンダリオン（サンダルの語源）あるいはヒュポデーマを履き物にした。ヒュポデーマ（「下で縛る」の意）の名で分かるように、紐で縛って履いた。スリッパはギリシア語でペルシカというが、このペルシア風の履き物をアリストパネスは、登場する女性たちに履かせている。

ギリシアの食事

ホメロス時代のギリシア人の食事の中心は肉である。羊、山羊、牛、豚といった動物が食卓にあがるが、魚などはあまりでてこない。『イリアス』を読むと、アキレウスが、従者のアウトメドンに肉を抑えさせて、肉を細かく切り分けて、串に刺して焼いて、客を供応する場面がでてくる。それに麦を挽いてつくったパンが添えられたが、ホメロスの英雄たちの好物はなんといっても肉であった。

ギリシアも後の時代になると、パンが主食になる。パンは大麦や小麦からつくられるが、アッティカ地方は需要を満たすだけの穀物が得られなかったので、黒海地方などからの輸入に頼って、船で運ばれた。小麦パンはギリシア語でアルトスというが、大麦のパンもあって、これはマーザと呼ばれた。アテナイオスの『食卓の賢人たち』第三巻をみるとさまざまなパンが登場する。そこで述べられているのはグレコ・ローマン時代の情景であるが、そのバラエティの豊かさは今日以上であるとさえ言ってよく、その名前に思わず食欲をそそられる。パンにはきまって肉、魚、野菜、チーズなどが添えられる。これらの副食をオプソンという。オプソンとは、主として火を通して調理されたものだとアテナイオスは定義している。

魚もさまざまな種類のものが食されたが、今の西洋人があまり食べない蛸や烏賊（ヤリイカ、コウイカ）のほかに、ザリガニ、鰻、ボラ、ベラ、エイ等々などがある。無論、コパイス湖の鰻などの珍味は裕福な人々の食卓にしかあがらなかったであろう。

　野菜にはキャベツ、アスパラガス、ニンジン、カラシナ、セロリ、大蒜、キュウリなどがあった。また、スープに欠かせないのが豆であるが、ヒヨコマメ、レンズマメなどがよく出てくる。クラテスが、犬儒派式の恥を知らぬ生き方を教えてやろうと、弟子であり、後にストア派の祖となったゼノンに豆スープの入った鍋を運んでいけと命じた話はよく知られているが、これはレンズマメ（パコス）のスープである。一方、果物の種類もさまざまであるが、林檎、オレンジ、オリーブ、梨、葡萄、イチジク、ナツメ、マルメロなどがある。林檎は不思議なことにギリシア語ではメロンといった。これについては、アテナイオス『食卓の賢人たち』（西洋古典叢書、第一分冊、一八九頁）の註に柳沼重剛先生の説明がある。また、ギリシア人はオリーブとともにイチジクを好んだ。イチジク愛好家は多く、干したイチジクは哲学者プラトンの好物であった。そのほかに食物として重要なのはチーズであろうが、これは主として山羊や羊のミルクからつくられた。チーズの原料が牛乳でないのは不思議であるが、牛は飼育頭数も少なく、主として耕作用の家畜とみなされたからであろう。

　食事につきものは葡萄酒である。葡萄酒の産地としてよく知られているのはロドス、タソス、レスボス、コス、キオスなどの島である。どれくらい寝かせて飲んだのか明らかではないが、テオクリトスは『エイデュリア』の中で四年ものの葡萄酒を極上のものとして歌っている。古酒（パライオス・オイノス）といっても大抵二、三年経ったものであっただろう。ギリシア人は生の酒を飲むことはあまりなかった。生のままで飲むことはしばしば危険を伴い、命を落とすこともあったからで、そのため普通は酒が二、水が三くらいの割合で混酒器（クラテール）で混ぜて飲んだ。夏には雪で冷やすこともしたが、逆に温めて飲むこともあった。種類も豊富で、赤、白のワインのほかに、黄褐色（キッロス）のものがある。ビール（ジュートス）も知られていたが、これは異国人の飲み物とされた。

古代の食事の時間と名称を特定することは容易ではない。今日のディナー（正餐）を意味するデイプノンは、ホメロスではいろいろな時間帯にとられたが、以後夕食の意味になる。そのため、ホメロスでは朝食を意味したアリストンが昼食に、代わりにアクラーティスマが朝食になった。

＊ 食をめぐって薀蓄の限りを尽くした奇書に、アテナイオス『食卓の賢人たち』（柳沼重剛訳、全5巻、西洋古典叢書、京都大学学術出版会、一九九七〜二〇〇四年）がある。当時の宴会の様子、魚や酒の好みから、付け合わせ、香辛料、さらには大食い列伝、美女名鑑のおまけまで収録する。

ギリシアの住居

古代ギリシア人は、天日に干した主に煉瓦と石で造った家に住んでいた。近代の家と異なる最も大きな特徴は、居住者の視点が家の外にではなく、内側に向けられていたことである。家の窓は小さく、数も少なかったので、外からだと壁があるだけで、生活の様子は見えなかった。

ホメロスに登場するオデュッセウスの屋敷には、まず玄関（プロテュロン）があって、そこから前庭（アウレー）に通じていたが、周囲が柱で囲まれその中央には守り神ゼウス（ゼウス・ヘルケイオス）の祭壇があった。一家の主人はここで神に犠牲を捧げた。さらに行くと、また入口（アイトゥーサ）があって、トネリコの敷居をまたぐと、次の間が大広間（メガロン）である。そこには竈（ヘスティアー）が置かれていた。さらに奥には、妻ペネロペイアが機を織った部屋があったと考えられる。もっともオデュッセウスの館は特別なもので、一般の住居はもっと規模の小さなものであったことは言うまでもない（図1）。

古典時代の住居は、ホメロス時代のものと異なるところもあるが、基本的には同じような構想のもとに造られている。ギリシアの家が近代の家とは異なるもうひとつの特徴は、男が暮らす部屋と女が暮らす部屋があって、両者が明確に区分けされていたことである。ローマの建築家ウィトルウィウスは、男部屋と女部屋はそれぞれ andronitis と gynaeconitis と呼ばれたと言っている。リュシアスの『エラトステネス殺害に関する弁明』（九）を見ると、二階建てに住む男が、子供が生まれて以来、妻が子供の世話で危ない目をせぬように、男部屋を二階に、女部屋を一階にしたと述べている所がある。これは逆に言えば、二階建てなら男部屋は一階に女部屋は二階にあったということであろう。

一般の家は、図2にあるように、入口にまず前扉（プロテュロン）があって、さらに中庭に通じる扉（アウレイオス・テュラー）があった。中庭には周囲に柱の列があって、その中央に祭壇があったことはホメロスと同じであるが、奥の部屋から中庭に通じる扉もあって、これはメタウロス・テュラーと呼ばれた。ホメロスではこれは家畜を囲っておく小屋に使われた語である。この図では、男部屋と女部屋は同じ階にあるが、両者は厳格に区分けされ、その間に閂で閉ざした扉（バラノーテー・テュラー）があった。

ギリシア人は家の日当たりなど気にかけなかったかというとそうではない。夏は涼しく、冬は暖かい家が住みよいから、家は南向きに建てて、太陽が奥の間（パスタス）まで射しこむように南側を高くして、冬は寒い風が入らないように、北側を低く造るのが一番だと、ソクラテスは言っている（クセノポン『ソクラテス言行録』第三巻八・九）。

図1　オデュッセウスの館の想像図
(B.C. Rider, *The Greek House*, 1965 より)

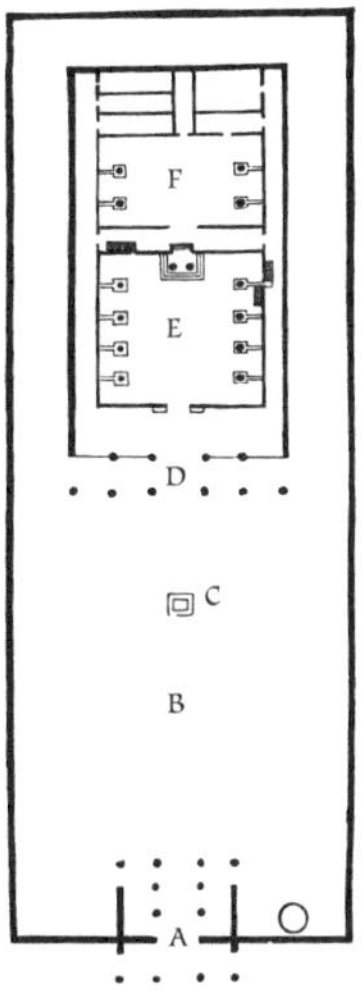

A　前扉（プロテュロン）
B　前庭（アウレー）
C　守り神ゼウスの祭壇
D　入口（アイトゥーサ）
E　大広間（メガロン）
F　女部屋

図2　五世紀の住居の想像図
(B.C. Rider, *The Greek House*, 1965 より)

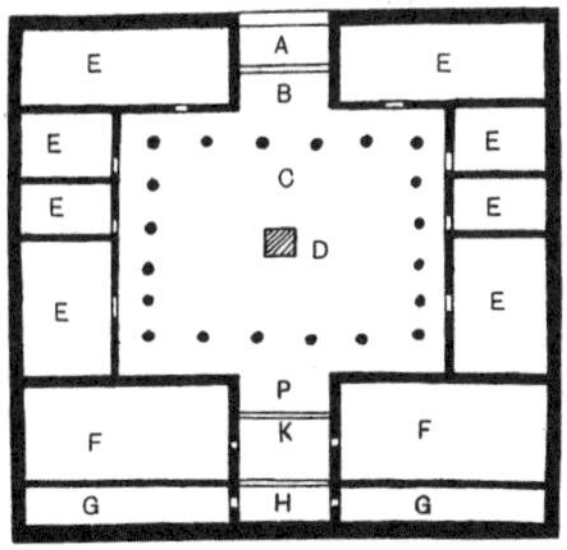

A　前扉　B　中庭に通じる扉　C　中庭
D　祭壇　E　各部屋　F　男部屋
G　女部屋　H　閂で閉ざした扉
K　奥から中庭への扉　P　奥の間（？）

アゴラ

古代ギリシアのアゴラは「広場」とも「市場」とも訳されるが、動詞アゲイロー（集める）と関連をもっており、要は人の集まる集会所の意味である。ギリシア人にとってアゴラは市民の生活の中心であり、数世紀にわたって、商人、職人、農民が行きかう喧噪にみちた市場であるとともに、市民が政治を、戦争を直接に論じあう社交の場でもあった。アゴラから派生したギリシア語にアゴレウオーという語があり、これは公の場所で話すということである。よく似た言葉にカテーゴレオーというのがあって、こちらは法廷において糾弾する、告発するといった意味をもっているが、どういうわけかアリストテレスが論理学で「述語する」の意味に用いたので、これがいわゆるカテゴリーのもとになった。ともかくも、アゴラにはこのように「語る」に通じる意味が含まれているが、もうひとつ「売買」に関わるような一面をもっている。たとえばアゴラゾーという動詞は、（アゴラで）購入するというような意味で用いられる。このようにアゴラは哲学論議から行政や裁判に関わる論議をおこなうことと、商取引との二つの役目を果たしたわけである。ローマにも同様の広場があり、これはフォールムと呼ばれるが、今日言うところのフォーラムはこの語から来ている。

アテネのアゴラ遺跡に入ると、南にアクロポリスとアレイオス・パゴスの丘が見え、西に鍛冶の神へパイストス神殿、東にアッタロス・ストアーと呼ばれる柱廊建築物が建っている。ヘパイストスの神殿は前四五〇年に造営が始められたものであるが、今日でもほぼ完全な姿で残っていて、その威容を目にすることができる。一方の、アッタロス・ストアーはペルガモンの王アッタロス二世（前二世紀）によって建立されたが、一九五〇年代に発掘される遺物の保管保護を目的に博物館として再建された。彫像や工芸品などを収蔵し、アゴラを訪れる者にとっては一見の価値のあるものである。アゴラの南西角には、前三九九年ソクラテスが毒杯を仰いだという牢獄があったと推測されているが、特定することはできない。

古代アテナイのアゴラ跡。写真中央にヘパイストス神殿が見える。
（写真／内山勝利）

出産、結婚、葬儀

古代ギリシア人の出産にはたいてい医師ではなく、産婆（マイア）が付き添った。ソクラテスが議論の相手から知識を引き出す問答法を、母親のパイナレテが産婆を職業としたことにちなんで、産婆術（マイエウティケー）と呼んだことはよく知られている。子供が生まれると、男児の場合はオリーブの枝を、女児の場合には羊毛のリボンを戸口に掲げて、周囲の人たちに知らせた。新生児は、大地の神と祖先の霊によって守られるべく大地に寝かされ、その後産湯に入れられる。そして、生まれて五日か七日かすると、最初の儀式アンピドロミアーが執り行なわれる。夕刻に親類の者たちが呼ばれ、彼らが見守るなかで、たいていは父親が裸になって、幼児を抱えながら、炉辺を走って一周する。その当日かあるいは一〇日目に、はじめてその子供は名前をもらう。ギリシア人は男児である場合には、しばしば父方ないし母方の祖父の名にちなんでつけた。子供のしつけは乳母（トロポス）の役目であり、両者は以後親密な関係を保つ。

古代ギリシア人の結婚は、両親か親戚の者が取り決めるのが普通であったが、仲人（プロムネーストリアー）の紹介によることも少なくなかった。話がまとまると男女は婚約（エンギュエー）するが、これは重要な儀式であった。というのは、しかるべき後見人（キュリオス）による婚約を怠れば、その婚儀は無効となり、子が生まれても庶子となってしまうからである。婚約のさいに持参金（プロイクス）の取り決めもされた。持参金は花嫁が持ってくるものであるが、もし離婚となれば、花婿はこれを返すのが原則であった。結婚の当日あるいはその前にはいくつかの儀式がある。ひとつは、前日におこなう犠牲式で、プロガメイアと呼ばれた。犠牲を捧げるのはゼウスやヘラであったり、土地の神々であったりしたようである。結婚の当日に決まってするのは花嫁と花婿の沐浴である。ルートロポロス（「ルートロ／沐浴の水」を「ポロス／運ぶ者」）と呼ばれる少年あるいは少女が、アテナイの場合には、アクロポリス近くのカリロエの泉から汲んで運んだ。こうした結婚の準備が整うと、いよいよ結婚式が始まる。花嫁行列を人々は松明をかざし、婚礼歌を合唱しながら送っていく。その情景は、ホメロス『イリアス』（第十八歌四九〇以下）に美しく描かれている。そして、夜更けに花嫁は花嫁の父に連れられ花婿の家に入る。花嫁はヴェールで顔を覆っているが、花婿が彼女を出迎え、そのヴェールをとる（アナカリュプテーリア）ことで、婚儀は成立する。婚礼はガメリオン月（今の一～二月）が特に好まれたようである。結婚後は、彼女たちには家の者たちの世話、家計の切り盛り、子供の養育が大切な仕事となる（プラトン『法律』七七九D以下）。

人が死ぬと家の者が死者の目と口を閉じてやり、顔に覆いをかぶせ、体を洗って香油を塗ってやる。白の衣を着せて、顔を玄関の方に向けて、棺の上に横たえる。これが埋葬までの最初の段階（プロテシス）である。口に一オボロスの硬貨をくわえさせるが、これは冥土の三途の川にあたるステュクス川の渡し守カロンにわたす船賃と考えられていた。葬礼の歌（トレーノードイ）が歌われる間、近しい者たちが死者に別れを告げる。死者に近づくことは穢れを伴うので、これを浄めるための水が死者の家の玄関口に置かれていた。こうした儀式を終えると、死者を運び出す（エクポラ）が、これは日の出の前に執りおこなわれる。そして、死者の名を三度呼ぶと、葬儀は終了する。死んで三日目と九日目に、あるいは死者の誕生日や命日に犠牲が捧げられた。

＊　古代ギリシア人の埋葬には、土葬と火葬があった。E・ローデが『プシューケー』の中で述べているように、ホメロスの戦士がおしなべて火葬されるのは、戦争にあけくれた彼らがさまざまな土地を移動したために、遺骨をもち歩く必要があったからと考えられる。古代人の葬儀など死にまつわる問題に関しては、ガーランド『古代ギリシア人と死』（高木正朗、永都軍三、田中誠訳、晃洋書房、二〇〇八年）、ホプキンス『古代ローマ人と死』（高木正朗、永都軍三訳、晃洋書房、一九九六年）に詳しい。

ギリシアのお祭り　ディオニュシア祭

アッティカの祭暦をみると、人々の生活と祭礼がいかに深い関係にあったかが分かる。暦の一年は夏至の後にくる新月の頃に、太陽暦で言えば大体七月頃に始まったが、毎月には数度のお祭りが催された。ここではギリシア人にとってとりわけ重要なお祭りであるディオニュシア祭について紹介する。

ディオニュシア祭は、酒神ディオニュソスあるいはバッコスに捧げた祭礼である。「生肉を喰らう（オーマディオス）」という添え名が示すように、この神の祭儀は野蛮なイメージを伴うけれども、祭礼では悲喜劇が上演されたため演劇の歴史を知るうえでも重要な意味をもっている。もっともディオニュシア祭はひとつの祭礼ではなく、アッティカ地方では「田舎のディオニュシア祭」「レーナイア祭」「アンテステーリア祭」「市のディオニュシア祭」の四つに分かれていた。

このうち最も古いのは、田舎のディオニュシア祭もしくは小ディオニュシア祭と呼ばれる祭礼である。毎年ポセイデオン月（太陽暦では十二月頃）に開かれたが、その様子はアリストパネスの『アカルナイの人々』から窺える。二人の召使いに男根の張形を付けさせて、主人ディカイオポリスが陽根歌（パリカ）を歌いながら行進する。こういう賑やかで卑猥な行列をコーモスと言ったが、この歌がアッティカ喜劇の起源となったとアリストテレスは述べている。すなわち、「コーモスの歌（コーモーディアー）」がコメディーの語源であるが、喜劇はまたトリュゴーディアとも呼ばれた。アテナイオスはブドウの収穫（トリュゲー）時に酔って歌ったのが起源だと言うが、古注はむしろブドウを濾したときの滓《おり》（トリュクス）に由来するとしている。

　レーナイア祭の名前はレーノス（葡萄を搾った桶）に由来するが、ガメリオン月（太陽暦の一月頃）に開かれ、同様の行進とともに喜劇や悲劇が上演された。はじめはディテュランボス歌が歌われたが、アリストテレスによれば、これに俳優が入ることで悲劇が生まれたという。悲劇は文字通りには「山羊の歌（トラゴスのオーデー）」であるが、その正確な意味は明らかではない。レーナイア祭では喜劇の上演のほうが悲劇よりも一〇年ほど早く、前四四〇年頃には登場している。

　三つ目のアンテステーリア祭はアンテステーリオン月（二月頃）の十二日から三日間にわたって開かれた。初日はピトイギアと言って、新酒の樽をはじめて開ける日であり、二日目はコエスと言って、飲酒競技がおこなわれ、人々は酒を飲む速さや量を競った。三日目の最終日はキュトロスと呼ばれて、壺祭りの意味であるが、壺で煮た料理を神に捧げた日である。奴隷達もこの日は参加することが許されたが、祭りの終わりには、「家に帰ろう、カリア人。もうアンテステーリアの祭りは終わったぞ」と言って家路についた。

　四つ目のお祭りは、市のディオニュシア祭もしくは大ディオニュシア祭と言うが、これはエラペボリオン月（三月頃）の十日から十四日まで執り行なわれた。春のはじめということもあって、渡航が再開されるので、ギリシア各地からの見物客で賑わった。アテナイオスは『食卓の賢人たち』（第五巻一九六A以下）で、プトレマイオス・ピラデルポス統治時代のアレクサンドレイアで催された大ディオニュシア祭の絢爛たる行進を詳細に記述しているが、アッティカの祭礼もこれに劣らぬものであったであろう。この祭礼でも悲劇、喜劇が上演され、喜劇は前四八六年にはじめて登場するが、悲劇の上演はもっと古く、テスピスが前五三四年に上演したのが初めだと言われている。

酒神ディオニュソスを祭る祭礼は、アッティカだけでなく各地で広くおこなわれ、飲酒と喧噪に満ちていた。もっとも、プラトンの『法律』の登場人物メギロスは自国のスパルタでは祭礼のために酔っぱらうことなどけっしてないと自慢している（六三七A）。

ギリシアのお祭り　パナテナイア祭

ディオニュソスを祀るディオニュシア祭とともに重要なギリシアの祭礼に、パナテナイア祭がある。もちろん名前の通り、アテナ女神を祀るお祭りであるから、アテナイ（現アテネ）で執りおこなわれた祭礼である。プルタルコスは『テセウス伝』（二四）の中で、テセウスがはじめてアッティカ地方に住む住民をひとつにまとめて（いわゆるシュノイキスモス）、都市国家に統合し、その国をアテナイと命名したが、それとともに女神を祀るパナテナイア祭を創始したのだと語っている。しかし、伝アポロドロスの『文庫（ビブリオテーケー）』（第三巻一四・六）を見ると、起源はさらに遡るようである。鍛冶の神であるヘパイストスがアテナと交わろうと追い回したが、跛行のヘパイストスは思いを遂げることができず、処女神の足に精液を振りまいた。女神はこれを拭き取って、大地に投げると、そこからエリクトニオスが生まれたという。この男が当時アッティカを支配していたアンピクテュオンを追放し、王となったが、そのさいにアテナ女神のために像を建立し、パナテナイア祭を始めたのだというのである。

もっとも、アテナを祀るこの祭礼は二つのものがあって、十世紀の古辞書『スーダ』の当該箇所を見ると、「アテナイで執りおこなわれるパナテナイア祭には二種類あって、ひとつは毎年に催される祭礼で、もうひとつは五年ごとにおこなわれ、メガラ（大）と呼ばれていた祭礼である。この祭りを始めたのはヘパイストスの息子のエリクトニオスであるが、パナテナイア祭ははじめの頃はアテナイア祭と呼ばれていた」とある。つまり、この祭礼には毎年祝う「パナテナイア祭」（これはしばしば「小パナテナイア祭」と呼ばれた）と、「大パナテナイア祭」とがあったということである。「五年ごと」というのは、ギリシアは数えで計算するので、実際には四年おきを意味している。

大パナテナイア祭は、ヘカトンバイオン月の終わりから三日目ということなので、二十八日ということになる。今日の暦で言うと、ヘカトンバイオン月というのは、だいたい七月の中頃から八月の中頃までを言うから、八月十三日頃ということになるが、ギリシアの暦は閏月を挟んだりするので、かならずしも正確には対応しないことに注意しなければならない。ヘカトンバイオン月の二十八日とするのは、新プラトン主義の哲学者で、古代人からプラトンとともに「神のごとき」と崇められたプロクロスが著わした『プラトン「ティマイオス」注解』に基づいている（「ヘカトンバイオン月の終わりから三日目」第一巻二六・一九）。一方、小パナテナイア祭がおこなわれたのはタルゲリオン月（今日の五月）だとプロクロスは言っている（第一巻八五・二九）。しかし、プロクロスがこの注解書でパナテナイア祭の日取りについて論議しているのにはそれなりの理由がある。プラトンの『ティマイオス』という作品は、その舞台が「アテナの祭礼の当日」ということで設定されていて、しかも、その前日にはソクラテスが「国家論」について語ったということになっていて、作品の冒頭での「国家論」の要約は、われわれが知っている『国家』の内容とだいたいのところで一致しているが、『国家』はトラキアの女神ベンディスの祭りの日にペイライエウスでおこなわれた対話記録で、このベンディス祭はタルゲリオン月におこなわれたということになっているので、『ティマイオス』の話は小パナテナイア祭におこなわれたのであろうというのがプロクロスの推測である。しかし、『国家』でソクラテスが対話した相手はティマイオスやクリティアスではないから、これはいかにもこじつけのようにみえる。というわけで、今日の学者は、パナテナイア祭は大小ともヘカトンバイオン月の同じ頃におこなわれたのであろうと考えている。

パナテナイア祭には、アテナイ市の北西にあるディピュロン門から出発しアクロポリスに向かう華やかな行進があり、他にも、体育競技、馬術競技やホメロスの詩の吟唱などがおこなわれた。

古代人の名前

古代ギリシア人にはひとつの名前しかなかった。ソクラテスはソクラテスであって、それ以外に姓にあたるものはない。しかしそれでは不便なので、「ソプロニスコスの子」と添えて父親の名前を記すとか、「アテナイ人」と出身都市を言ったりした。したがって、プラトンは「アリストンの子、アテナイ人」、アリストテレスは「ニコマコスの子、スタゲイロス（スタゲイラ）人」となる。

名前はどうやって付けたのかというと、長子の場合にはたいてい自分の父親の名前、つまり生まれる子からすれば父方の祖父の名前を付けた。この原則は一般に守られていたと考えられるが、そのほかの子供についてはきまった名前の付け方はなく、親族の名前などを受け継いだようである。例えばデモステネス『マカルタトスへの抗弁』（七四）に登場するソシテオスは、長子には慣例に従って自分の父親の名前ソシアス、二番目の息子には妻の父親の名前エウブリデス、三番目の息子は妻の縁者の名前メネステウス、四番目は自分の母親の父親の名前カリストラトスをとって付けたと語っている。しかし、時には父親が生まれた子供に自分の名前を付けることもあったし、同じでなくても似た名前を付けることもあった（例えば、カリクラテスの子はカリストラトスであった）。また、兄弟が似た名前であることもあって、ピュタゴラス派で有名なルカニアのオケロスの兄弟はオキロスと言った。ただし、これはルカニア人の習慣かもしれず、同じような名前の姉妹にオッケロとエッケロというルカニア人がいる。名前がひとつであるのを補うためか、時には渾名で呼ぶこともあった。今日の渾名と同様に、ひとを貶めるものもあって、弁論家の雄デモステネスはバタロス、すなわち「尻」（アイスキネスによれば、男色と不埒な言動のためという）という不名誉な渾名をつけられた。哲学者のプラトンの本名はアリストクレスといい、その身体の形状からプラトン（「広い」の意味）と呼ばれたという説があるが、確かであるかどうかは分からない。このような渾名はほかにもあって、アリストパネス『鳥』やアテナイオス『食卓の賢人たち』などを読むといろいろ出ている。

これに対して、ローマ人の名前は長いのが普通であるが、ローマ人もはじめはロムルスやレムスの兄弟のようにひとつの名前であった。ローマに吸収されたサビニ族には二つの名前があったとされるが、ローマはいくつかの民族を包含し、混淆を重ねるうちに、複数の名前をもつに至ったと考えられる。ローマ人の個人名（praenomen）、氏族名（nomen gentile）、家名（cognomen）の三つからなり、キケロは「マルクス・トゥリウス・キケロ」、シーザーは「ガイウス・ユリウス・カエサル」と言った。もっとも、個人名と言っても十数個しかないので、個人名という表現はかえって誤解を招くおそれがあるかもしれない。シーザーの場合には、本家の家筋の長男は皆ガイウスで、シーザーの父も、またその父も同じ名前をもっていた。そのため通称で呼ばれることも多く、有名な大スキピオは、アフリカ戦線における対カルタゴ戦の功績によってアフリカヌスの称号を与えられ、「プブリウス・コルネリウス・スキピオ・アフリカヌス」と称したが、キケロはしばしば彼のことを単にアフリカヌスと呼んでいる。一方、大スキピオの長男の養子であった小スキピオは、「プブリウス・コルネリウス・スキピオ・アエミリアヌス」という名前であったが、最後のアエミリアヌス（すなわち、語尾の -ianus）はアエミリウス氏族からコルネリウス氏族への養子縁組を表わす名前である。

ローマ人は個人名をしばしば省略して表記したが、たとえばマルクスはM、ルキウスはL、ティトウスはT、ガイウスはCと略記した。古代ローマでは大文字だけが用いられ、JやUやWはなく、Cは「g」の音を表わした。その後、Gが用いられるようになり、CはKに代わって「k」の音を表わした。個人名のCはこのように古い表記の名残りだと言うことができる。

古代の風呂

パイエケスの国で王女ナウシカアが英雄オデュッセウスと出会うくだりは、ホメロスの『オデュッセイア』（第六歌八五以下）の中でも美しいシーンのひとつであるが、そこでは王女は女中らを伴い汚れた衣類を近くの河で洗濯し、それが済むとその河で沐浴している。水浴の後はきまってオリーブ油を体に塗るのがギリシア人の習慣で、これは古典時代になってからも、その後の時代も変わらない。しかし、ギリシア人の風呂がいつでも河での沐浴だと考えると、とんだ間違いになる。すでにホメロスの英雄たちは温水の風呂に入っていた。英語で thermae（ラテン語のテルマエが語源）というと古代の公衆浴場のことであるが、ギリシア語の thermos は「熱い」の意味で、これに「浴場」を意味する loutra（ホメロスでは loetra）を組み合わせると「温浴（therma loutra）」の意味になる。これには自然にできた温泉も含まれており、ピンダロスが『オリュンピア祝勝歌』で讃えた「ニンフの温泉（therma Nymphan loutra）」（第十二歌一九）など名の知れたものも少なくないが、たいていは人工の浴場を指している。ただし、風呂にはお湯につかるだけでなく、蒸気をもちいた風呂（サウナ風呂）もあって、こちらはピュリアーとかピュリアーテーリオンと言うが、これも古くからあって、早くもヘロドトスがスキタイ人の風呂との比較の中でこの蒸し風呂に言及している（『歴史』第四巻七五）。

ホメロスの風呂が後の時代と異なるのは、まず冷水浴をしてから温かい風呂に入ることである。冷水

（ホメロスでは海で洗っているが）は体の汚れをとるためのもので、人心地がついたあと、湯船につかって疲れを癒すのである。これが後には、浴槽につかって体を温めてから、体内からの蒸気の発散を防ぐため、冷水浴する習慣になる。ただし、温浴は体から気力を奪い、軟弱にさせるという理由から、スパルタ人は好まず、もっぱら冷水浴か蒸気浴を用いていた。

浴場には公のものと私的なものがあった。前者がポリスの管理により、後者が私人の所有物であることは言うまでもないが、私人がもつ公衆浴場に入るには風呂銭（エピルートロン）が必要である。これを風呂の所有主に払うことになるが、後二世紀の風刺作家ルキアノスの頃には二オボロスであったという。

もっとも、最初の頃はポリスの内に公衆浴場をつくることはできなかった、とアテナイオスは言っている。アテナイオスはむろんローマの公衆浴場のことを言っているわけであるが、「風呂は実に結構なものだ、俺をこんなふうにしてくれてさ。すっかり茹《ゆ》であげてくれたよ。……熱い湯はこんなにひどいものさ」（アンティパネス、『食卓の賢人たち』第一巻一八C）といった引用にみられるように、このような流行に眉をひそめる人たちもいたわけである。

入浴に必要なものは、まずは体を温める浴槽（アサミントス）であるが、ホメロスではオデュッセウスが魔女キルケの館で風呂に入るシーンで登場している。文書に出てくるのはたいてい大理石であるが、時には銀製のものもある。丸か楕円形のもので、この中に入るときに持ち込むのは、オリーブ油と垢すり器である。後者はたいてい鉄でできていたが、他の金属のものもあった。体を洗う入浴剤のことをリュンマと言うが、これは普通は石灰で作った灰汁が用いられた。これは洗濯にも使われていたから、当然入浴後は肌が乾燥し、あるいはざらざらした状態になるから、その上にオリーブ油を塗ることは不可欠となる。オリーブ油は男女の区別なく用いられたが、高価な香油（ミュロン）が用いられたりするのはずっと後のことである。

　古代ローマには凡庸な皇帝が少なくなかったが、例外と言えるのはかの五賢帝である。そのひとりであるハドリアヌス帝が、風呂に入ろうと公衆浴場に行った時の話。皇帝ともあろう者が公衆浴場に？と思われるかもしれないが、この皇帝は公衆浴場で庶民と談話することを無類の楽しみとしていた。皇帝が楽しみにしていただけではない。しばしば冗句を飛ばすので、周りの人間もそれを聴こうと集まってきたのである。ある日のこと、顔見知りの退役軍人が風呂に入って、さかんに自分の体を浴場の壁にこすりつけていた。「いったいお前はどうしてそんなことをしてるんだい？」とハドリアヌスが訊くと、「いや体をこすってくれる召使いがいないもんでね」と答えた。気の毒に思った皇帝は、この男に召使いとその召使いを食わせていくだけの金を贈った。ところが、数日後ハドリアヌスがまた公衆浴場に出かけてみると、待ってましたとばかり、浴場にいた老人たちが一斉に壁に向かって体をこすりはじめた。同じようにお慈悲にあずかろうという算段である。そこで皇帝は言った。「お前たちは互いに体を寄せて磨きあえばよかろう」。この話はアエリウス・スパルティアヌスが著わした『ローマ皇帝群像』（「ハドリアヌスの生涯」一七）に出てくる。

　ローマの公共施設としての浴場には非常に大規模なものがあって、カラカラ帝がつくった有名なカラカラ浴場は一六〇〇人ほど収容可能であり、ディオクレティアヌス帝の浴場はその倍の人数が入れたというから、こうなるともはやお風呂屋さんのイメージからほど遠い。温水風呂、冷水風呂、サウナ（蒸気風呂）等々の入浴場だけでなく、アスレチックのための施設から、談話室や図書室まで設えてあったので、ローマ市民にとって浴場は大切な社交の場であり、しかも市民であれば男女を問わず中に入ることができたと言われている。しかし、これはローマが一大帝国にのし上がってこそ可能になったわけで、初期の時代のローマ人はそんな贅沢をしたわけではない。セネカの『倫理書簡集』（八六）を読むと、昔のローマ人は手足は毎日洗うが、全身の入浴は週に一回くらいだったと書かれてある。古代ギリシアにも温水・冷水の浴場があったけれども、大抵は同様に質素なものであったと考えられる。その彼らがいちばん大切にしたのは、生涯のうちで誕生・結婚・死去の二度は必ず入浴することであった。もっとも、ギリシア北方のイリュリア地方にいたダルダニア人は生涯にこの三度しか風呂に入らなかったというから、これでは質素というよりは不潔と言うしかない。

＊「ダルダニア人のように生涯に三度風呂に入る」は当時の諺らしく、「けちん坊について用いられる」と記載がある（『ギリシア諺集』E. von Leutsch & F. W. Schneidewin, *Paroemiographi Graeci*, (1839) 所収の Mantissa Proverbiorum, Centuria, 3, 27 参照）。

古代の遊び

古今を問わず、洋の東西を問わず、遊びはどこでもいつでも似たようなものがあり、ギリシアといえども例外ではない。独楽（ロンボスとかストロビーロスとかベンビクスなどがある）、フープ（トロコス）、ぶらんこ（アイオーラー）、つな引き（ディエルキュスティンダ・パイゼイン）などいろいろある。サイコロ遊びもどの文化にも共通なものであるが、ギリシアのものは六面体のダイス（キュボイ）のほかに、アストラガゴスというサイコロがあった。これは羊や山羊の後脚の骨の四面を削って平らにして、これに数字を書き込む。すべての数字が違えば、これが一番強くて、全部同じ時が一番弱いというのがルールで、子供たちは（おそらく大人も）サイコロ遊びに打ち興じたのであろう。これらは遺跡のあちこちから出土している。

鬼になった者が目隠しをして、近くの人に触れようとし、周囲の者はこれを避けて逃げまわる遊びがある。こういう目隠し遊びの類は世界の各地にあるが、ギリシアにもこれに似た「青銅の蝿（カルケー・ミュイア）」という遊びがあった。なぜこういう名前なのかはわからないが、一人の子供が目隠しをして、「青銅の蝿を捕まえるぞ」と言って、他の蝿（子供）を追いかける。蝿たちはパピュルスの鞭でからかったり囃したりしながら逃げまわる遊びである。イタリアでは盲目の蝿（mosca cieca）と言うから蝿は決まったもののようだが、ドイツでは雌牛で、スペインでは雌鳥と呼ばれている。

陶器のかけらを使った遊びをオストラキンダ・パイゼインという（かの陶片追放はオストラキスモスと言った）。二つのチームに分かれ、陶片の表か裏を選ぶ。陶片の裏は水漏れがないようにたいていピッチが塗られて黒かったので、これを「夜」と呼んだ。表はその逆で「昼」と言った。だれかが真ん中の線に陶片を投げて、「昼か夜か」と叫ぶ。そして選んだ通りの面が出ると、その組の子供は逃げて、他の組の子供が追いかける。捕まった者は驢馬と呼ばれた。ギリシアの遊びでは、驢馬はたいてい負けた者のことである。

ボール遊び（スパイラ）は、ギリシアで最も好まれた遊びのひとつである。ヘロドトスによると、リュディア（小アジアの西の地方）がその起源で、ある時この地に飢饉が起こって、リュディア人は空腹を紛らわせる必要からこの遊戯を考案したという。一日食事をとらずに遊ぶと、翌日には普段のように食事をとり、このようにして一八年間も続けた（『歴史』第一巻九四）。これはともかく、ボール遊びは早くもホメロスの『オデュッセイア』（第六歌八五以下）に、パイエケス国の王女ナウシカアが歌にあわせて女中たちと戯れる場面に登場するから、最も古い遊びのひとつと言えようが、単なる遊戯と言えないものもある。芸人たちには、ボールを巧みに使って王侯を楽しませることを生業とする者もいて、なかでも知られているのが、アレクサンドロス大王に仕えたアリストニコスである。アテナイ人はその優れた技を讃え、市民権をあたえたばかりか、彼を記念する像も建てたと言われる。

ギリシアの遊びを今日に伝えているのはポリュクスの『辞林（オノマスティコン）』（第九巻一〇六以下）であるが、ボール遊びとして次のようなものを紹介している。ウーラニアと呼ばれる遊びは、空中高くボールが放り投げられ、これが地面に落ちる前に、競って奪い合うというものである。エピスキューロスと呼ばれるものが今日のサッカーの、あるいはラグビーの起源だと言う人があるが、これは二チームに分かれて、中央に線を引き、自軍の後ろにも線を引いて、この線をボールが越えたら負けという競技であるが、しかし足だけを用いたのかどうかは不明である。パイニンダ・パイゼインと呼ばれる遊技は、ボールを互いに投げ合う遊びであるが、相手に投げると見せかけて、急に向きを変えて他の者に投げるところに妙がある。アポラクシスというのは、ボールを地面に何度も打ちつけて、その回数を数えて遊ぶので、わが国の手まり遊びに似ている。

＊ ユリウス・ポルクスは後二世紀の文法家で、『辞林（オノマスティコン）』は全一〇巻でさまざまな語彙の意味を紹介しており、すこぶる便利であるが、残念ながらいまだに翻訳されていない。このうち第九巻は建物、コイン、遊びなどの名辞を紹介している。

古代のペット　ネコ

　ギリシアのペットというと日本と同じで、まず思い浮かぶのは犬やネコであろう。今日のギリシアにはとくにネコが多く、本土でも島でも、とにかくいたるところネコが占拠している。しかし、古代のギリシアにはネコがいなかったと言われている。たしかに、古代の文献にはネコはめったに顔を出さない。対照的に海を隔てた対岸のエジプトには、すでに前十三世紀頃にネコが家で飼われていたので一層不思議な感じがする。ヘロドトス『歴史』の第二巻はエジプト風物詩とも言うべき巻で知られるが、ワニの捕獲方法を語る少し前のところでネコの話が出てくる。エジプトでは、ネコは飼育動物のひとつとしてとりわけ愛玩され、時には神聖視もされて、死ぬと人間同様にミイラにされたりしたのである（『歴史』第二巻六六～六七）。それがギリシアにはあまり出てこない。ローマの場合も同様で、ラテン語では felis とか feles とか言うけれども、古い時代にはめったに出てこないのである。

　しかし、古代のギリシアにネコがまったくいなかったわけではない。ネコを表わすギリシア語は、古い時代にはアイエルーロス、後にアイルーロスであるが、原意を『語源辞典（*Etymologicum Genuinum*）』で調べてみると、「尾（oura）を振る（aiollein）」ことから付いた名前という説明がある。リス（スキウーロス）が「黒い（skia）尾（oura）」というのと同類である。古代の文献でギリシアでわずかながら登場する例に、イソップ寓話集がある。イソップという作者については詳細はなにも分からないし、その寓話集にしてもすべてがイソップその人の手になるものではなく、後代の挿入が多く含まれていると一般に考えられているので、それだけ割引いて考える必要があるが、とにかくイソップでは、ネコは鶏を狙う悪賢い性格の動物として描かれている。病気の鶏をネコが医者に化けて見舞い、「どんな具合かね」と訊くと、その場にいた鶏たちが「いい具合だよ、お前さえここから出て行ってくれればね」と答えたという（猫の医者と鶏）。その他の例では、アリストテレスが『動物誌』（540a10, 580a24）のなかでネコの交尾や出産にふれているのが古い用例である。さらには、雄のネコは非常に好色な動物であるが、雌ネコのほうはいったん子供ができてしまうと、雄との交尾を避けるようになるので、雄は仔を殺してしまう。すると雌はまた子供がほしくなって、雄と交尾するようになる（ヘロドトス『歴史』同箇所）。ネコの目は満月の時に最も大きく丸くなり、月がかけるにしたがって、目は小さく細くなってくるという説（プルタルコス『イシスとオシリスについて』三七六E）は、誤りであるけれども面白い。

　このような記述を別にすると、他の動物のようには文献に登場していないのは事実である。おそらくネコが出てこない理由は、愛玩動物として家庭で飼育されることがあまりなかったためと思われる。アリストテレスの『動物誌』などに出ているのは多分野生のネコのことで、飼い慣らされた家ネコの意味で登場するのはかなり後で、後四世紀以降だと言われている。ということは、別の動物がかわってペットとして飼われていたということにもなる。ギリシアの壺絵にはネコのような動物が多く描かれているが、これはおそらく豹《ひょう》（pardalis）であろう。豹はホメロスの時代から、文献に多く登場しているが、家庭で飼育されることも少なくなかった。そのほかの飼育動物にフェレットがいる。飼育されたケナガイタチのことで、人びとは作物を荒らすネズミや兎を退治するために、イタチを飼っていた。古代人にはネコよりもイタチのほうが親しい動物であったということである。このイタチは、ギリシア語でガレー

ディオニュソスと豹

というが、ネコとはまったく違うのに、どういうわけか近代語訳でしばしば「ネコ」と訳される。アリストパネス『蜂』に「お前は紳士がたの前でネズミとネコの話をするつもりかい」(一一八五)という一節があって、オニールの訳ではネコとなっているが、ギリシア語の原文をみると、ガレーが使われている。

古代のペット　犬

ギリシアの犬は、家畜を守る番犬や狩りの手伝いをする猟犬のほかに、純然たるペットとしても飼われていた。ペットで代表的な犬は、地中海のメリテ（現在のマルタ）島産の犬、いわゆるマルチーズである。ギリシア語メリタイオスは「メリテ島の」という形容詞で、英語の Maltese と同じように、ネコについても山羊についてもよさそうなものであるが、文献では「犬」が圧倒的に多い。アテナイオスによると、南イタリアの軟弱と贅沢で聞こえたシュバリス人が、マルチーズをさかんに飼ったようで、体育場までよくつれて来たという（『食卓の賢人たち』第十二巻五一八F）。アリストテレスは『動物誌』の中で、マルチーズはテンくらいの大きさの子犬だと言っている（612b10）。マルチーズと思われる犬が、壺などのほかにも、墓碑に描かれたりして、犬と人間との近しい関係が窺われるが、今日ではあたり前のようでも、近東などで同じような関係がみられたわけではない。

家畜の番犬として代表的な犬は、モロシア産の犬で、モロシアはギリシア西北のエペイロス地方にあった。これは一種のオオカミ犬である。犬の賢さはよく知られていて、プラトンは『国家』（三七六A）において、真の愛知者を見知らぬ人間と見知った人間を識別する番犬に喩えている。アリストテレスは同じ『動物誌』（574a18以下）の中で、ラコニア（スパルタ）犬について詳しく語っているが、モロシア犬もラコニア犬の一種である。ただし、ラコニア犬は一般には敏速で小さな猟犬が多かったが、これに対してモロシア犬は勇猛で知られた。これらの犬はギリシアを代表するものであるが、ローマ時代になっても人気があって、詩人ウェルギリウスは『農耕詩』で「これらの犬が見張っていれば、小屋にいる家畜には夜の泥棒も、狼の襲撃も、後ろから襲う恐ろしいヒベリア人も、けっして怖くはない」（第三歌四〇六以下）と語っている。もっとも、さすがのモロシア犬も満腹時には役に立たなかったのかも知れない。キュニコス派のシノペのディオゲネスは、自分を満腹時のモロシア犬に、あるいは空腹時のマルチーズに喩えて、どちらにしても労苦をいやがり、役には立たないと言っている。カストル犬もラコニア犬の仲間である。これは神話に出てくるディオスクロイ（ゼウスの息子たち）のひとりカストルにちなんだ名前の犬で、カストルが狩猟を好み、この犬を保護したことからこのように呼ばれている。したがって、カストル犬は猟犬である。犬で有名なのはこのカストル犬と狐犬だと、クセノポンは『狩猟について』（第三章一）の中で言っている。後者はアローペキス（キツネはギリシア語でアローペークス）というが、クセノポンの説明では、「犬と狐から生まれたことからこのように呼ばれる。長い年月のうちに性質が混じりあったのだ」とある。犬はキツネのほかにライオン、トラ、ネコ、ジャッカル、オオカミと交配したと信じられていたが、ジャッカルやオオカミなどのイヌ属は別として、ライオンなどのネコ科の動物が犬と交配したとは考えられないし、今日のキツネはイヌ科であるが属が異なるので交配は同様にありえないはずであるから、姿かたちがキツネに似ていたのか、あるいは今日のキツネとは種類が違ったのかもしれない。

ともあれ、古代のギリシア人には、ネコと違って犬は親しい仲間であった。なかでも名犬として名高いのは、オデュッセウスが館で飼っていた犬のアルゴスである。一〇年続いたトロイア戦争が終結した後に、さらに一〇年にわたる漂流の末帰還した主人オデュッセウスと、この老犬が再会するシーンは、

『オデュッセイア』の中でも感動的な場面のひとつであるが、アルゴスは再会をはたした後に死ぬ（第十七歌二九一以下）。同じような名犬に数えられるのは、アテナイの将軍ペリクレスの父クサンティッポスが飼っていた犬であろう。ペルシア戦争の頃の話であるが、主人の後を追って、海に飛び込み、三段橈船と並んで泳ぎ、サラミス島に着いたが、精も根も尽きてその場で死んだという。そこには今も犬の墓があると、プルタルコス（『テミストクレス伝』一〇）は伝えている。

古代の奴隷制

奴隷はギリシア語でドゥーロス、ラテン語でセルウスというが、古代社会が奴隷制で成り立っていたのは周知の事実である。「完全な家は奴隷と自由市民とからなる」と言ったのはアリストテレスであるが、奴隷は家の所有財産とみなされているわけで、実際アリストテレスの『政治学』第一巻では、奴隷は「生きた家財」（1253b32）と定義されている。奴隷をこのように家財や道具として扱うことに表立って批判した者もいたようである。『政治学』には、自由市民が奴隷を支配するのは自然本性に反したことであり、一方が自由市民、他方が奴隷というのはただ慣習によるのみで、自然本性には両者にはなんの違いもないという論が紹介されている。これはいわゆる「ノモス（慣習）」と「ピュシス（自然）」の区別を論拠にしているから、ソフィストのだれかかもしれないが、よくは分からない。これに対して、アリストテレスの『政治学』では、自然本性において支配する者、支配される者があって、男性が自然本性において女性に勝るように、自由市民は自然本性において奴隷よりも勝っているという議論が展開されている。プラトンのほうは、もう少し穏やかに、ギリシア人がギリシア人を奴隷にするのはふさわしくないと言っている。しかし、これは非ギリシア人（バルバロイ）なら奴隷にするのはかまわないという主張でもあるわけで、奴隷制全面肯定論と全面否定論の極端を避けた、ある種の妥協案であり、また当時のギリシアの実情にも即した考えであった。

ヘロドトスは古い時代には奴隷はいなかったと書いているが、これは真実かどうか疑わしい。ホメロスにはすでに奴隷が登場しているからである。ホメロスでは男奴隷、女奴隷をそれぞれドモース、ドモーエーと言ったが、アルキノオスの館、オデュッセウスの館には多くの奴隷がいる。もちろんこれは富裕な家庭に限られていたのであろうが、オデュッセウスに仕えた豚飼いのエウマイオスも、フェニキア人の手から主人によって買われた奴隷である。

奴隷はたいてい戦争などによって征服された民であるが、ひとくちに奴隷と言っても、二つの種類に分けられる。ひとつは、農奴の身分で働かされ、また戦争が起こると主人とともに従軍しなければならなかったが、普通は売買されることはなく、一定の財産をもつことも許されていた。このような農奴でよく知られているのはスパルタのいわゆるヘロット（ヘイロータイ）であるが、ほかにもクレタ、ポントスのヘラクレイア、シケリアなどにも同様の身分の者がいた。もうひとつは本来の意味での奴隷で、奴隷市で買われて家庭で奉仕する奴隷である。彼らは主人の財産の一部でもある。奴隷市はキュクロスと呼ばれた。文字通りには円、輪の意味であるが、競売に掛けるときに丸く並べて立たされたことからこの名がある。哲学者のシノペのディオゲネスが奴隷として売られたときに、座るなと言われると、「なんの違いもないさ。魚だってどんなふうに置かれても売られていくのだから」と言い返したという話は有名である。とにかく奴隷市はきまった日に、たいていは月の終わりの日に開かれた。

家で奉仕する奴隷はオイケテースと呼ばれたが、主人の家で生まれた奴隷はこれと区別して、オイコトリプス、また男奴隷と女奴隷の間に生まれた奴隷はアンピドゥーロス（アンピは「両方」の意）と言った。奴隷の値段は、一〜一〇ムナくらいで、その年齢、強さ、技量などで異なるが、銀山の管理をする奴隷を一タラントン（すなわち六〇ムナ）で買ったという例を、クセノポンが紹介している。奴隷の人口は都市によって異なり、貧しい都市は奴隷人口も少ないが、アテナイのような大都市には多くの奴隷がいた。例えば前五世紀半ばのアテナイでは、自由市民（成年男子）が約四万人に対して、奴隷は約一〇万人いたとされる。一方、宿敵のスパルタでは、完全な意味での市民（成年男子）は二〇〇〇人ほどで、残りは参政権をもたぬ約二万人の半市民（ペリオイコイ）と約五万人の農奴であるヘイロータイであったと言われている。

暦

ギリシアの暦は基本的に太陰暦である。すなわち、月の回転周期をもとにした暦で、新月から新月までの約二九・五三日（一朔望月という）を一ヵ月とする。二十九日の月と三十日の月を交互にくり返せばいいわけで、一年は三五四日になる。しかし、これが続くと実際の季節の変化とずれが生じるので、太陽の回転周期と合わせるために閏月を入れて、調整することがおこなわれた。これは厳密には太陰暦ではなく、太陰太陽暦という。ギリシアの暦はこれである。テネドス出身の天文学者でクレオストラトス（前五〇〇年頃）という人物がいた。どういうわけか、ディールス＝クランツの『ソクラテス以前哲学者断片集』にも採録されている人物であるが、太陰暦と太陽暦との不一致を解消するために、八年に三ヵ月の閏月を算入する方法をとった。つまり、格差一一・二五日×八＝三ヵ月を閏月として加えるわけである。これは「八年周期（オクタエテーリス）」という。後に、アテナイのメトン（前四四〇年頃）が一九年周期に改良した。これは「メトン周期」と呼ばれるもので、二三五朔望月が、一九太陽年にほぼ重なることから、二三五－一九×一二＝七という計算で、その間七ヵ月の閏月を入れることになる。これらの調整はむろんバビュロニアの天文学の影響を受けている。

ローマの暦は最初一〇ヵ月しかなかった。冬の間は人間の活動がないとしたためかよく分からない。後にヌマ暦では一、二月がつけ加えられたが。三月が年の初めであることは同じで、たとえば September

の意味は「七番目の月」である。そして、三月から始めたために、後に二ヵ月ずれることになった。ローマの暦も最初は太陰暦であったが、これを太陽暦に改めたのがユリウス・カエサルである。一年を三六五日として定め、偶数月を三十日、奇数月を三十一日とした。すると一年が三六六日になるから、最後の二月を二十九日とし、四年に一回の閏年には三十日と決めた。これがユリウス暦である。ところが、ユリウス没後に帝位に即いたアウグストゥスは、自分の生まれた八月が三十日しかないのが不満で、これを三十一日とし、その後十二月までの日数を逆にしてしまった（彼はカエサルと同様に生誕月に自分の名前をつけた皇帝でも知られる）。そのためにさらに一日増える勘定になって、二月は二十八日（閏年は二十九日）となったのである。

田園詩

フランスの詩人マラルメの『牧神の午後』がドビュッシーによっていわば絵解きふうに交響曲に仕立て上げられた（『牧神の午後への前奏曲』）ことはよく知られるが、詩のほうはギリシアに始まる田園詩の最後に位置するものだという評価を下したのはG・ハイエットである。マラルメは、なかば夢なかば音楽とも言うべきその作品の中で、半人半獣のFauneを登場させているが、ファウヌス（Faunus）はローマの古い森の神であった。一方、その田園詩の創始者と目されているのは、言うまでもなくテオクリトスであり、その作品「エイデュリオン」は、現存する最古の田園詩として、シチリアの牧人生活を映し出している。これらの詩は、読者をしてシチリアの山地あるいは海岸の空気を呼吸せしめるほど潑剌としたものである。

田園詩をローマに移植したのはウェルギリウスで、彼の『牧歌（ブーコリカ）』（あるいは『選歌（エクロガエ）』とも呼ばれる）は前三九年頃の作である。『牧歌』は、「ティテュルスよ、君は枝を広げた橅《ぶな》の覆いの下にいて（Tityre, tu patulae recubans sub tegmine fagi）」という書き出しなど、テオクリトスを忠実に模倣する。けれども、そこで歌われるのはシチリアの牧歌的生活だけではない。いわゆる桃源郷にあたるアルカディア、すなわち人々が永遠の若さを享受しつつ、甘美なる恋を歌う世界であり、いわゆる牧笛であるシュリンクスの発明者牧神パーンの故郷でもある。実際にあるアルカディアはペロポンネソス半島中央部の山ばかりの高原地帯であるが、詩のほうは、このような現実から遠く離れたいわば逃避の世界を舞台に選んでいる。それはシチリアがもはや古の姿をとどめず、ローマの属州と化したためだとも言われている。ウェルギリウスこそアルカディアの発見者であった。

＊ テオクリトスとウェルギリウスという二大詩人によって田園詩は完成されたが、近代における模倣者は、ルネサンス期のペトラルカをはじめ、枚挙にいとまはなく、はじめに挙げたマラルメはその系列の最後に位置しているわけである。その詳細については、G・ハイエットの『西洋文学における古典の伝統』（柳沼重剛訳、二巻、筑摩叢書）を参照することをお薦めする。

アルカディアの野と山（写真／内山勝利）

メナンドロス

アレクサンドロス大王がバビュロンで客死した前三二三年に、アテナイでは二人の男が新成人（エペーボイ）になっていた。ひとりは哲学者エピクロスで、ひとりは喜劇作家メナンドロスである。二人はともに三四二年頃に生まれたので、十九歳くらいであろう。彼らが同時期に新成人であったというのはストラボン（『地誌』第一四巻一・一八）にみえる記事であるが、エピクロスのほうはその後アテナイに戻ってきて、いわゆるエピクロスの園を建設、著作にあけくれて、三〇〇巻ほどの作品を遺したが、現存するのは数通の書簡などわずかである。

一方のメナンドロスのほうも、十九世紀までは断片しか伝わっていなかった。しかし、一九五八年にどういう経緯で入手したかは明らかでないが、ほぼ完全なパピュロス本が発見され、スイスの書店から刊行された。作品の名は『デュスコロス』で、「気むずかし屋」の意味であるが、一〇〇を超えるメナンドロスの作品でもコンクールで優勝したもののひとつであった。

アリストパネスの作品が古喜劇と称されるのに対し、メナンドロスのは新喜劇と呼ばれる。古代では、メナンドロスのほうが評価は高かった。プルタルコスは『アリストパネスとメナンドロスの比較論』（八五三B）のなかで、アリストパネスは卑猥にして粗野であるが、メナンドロスは洗練されていると述べ、ローマのクインティリアヌスも、メナンドロスをよく研究すれば言葉遣いが巧みになると、好意的である（『弁論家の教育』第一巻八・八）。こういう評価はゲーテの頃まで続くが、これとは対照的にメナンドロスを酷評したのがニーチェである。『悲劇の誕生』のなかで、ニーチェがソクラテス主義を非難したことは有名であるが、この「知に働いた」ソクラテス主義の変形がエウリピデスの悲劇であり、さらにメナンドロスに対しても「アッティカ新喜劇のなかに悲劇の堕落した形態が生きのびた」と手厳しい。アリストパネスの『蛙』はアイスキュロスとエウリピデスを比較したものだが、ニーチェの批判について考えるとき、参考になる作品であろう。たしかにアリストパネスとメナンドロスは好対照である。一方は言葉遣いは粗野でも、すぐれた批判精神があり、一方は洗練されてはいるが、そのような精神を欠く。メナンドロスの格言好みもニーチェの非難の的となっている。しかし、その格言は心に残るものが少なくない。「神々の愛でし人は夭逝す」もそのひとつである。

靴屋のシモン

アテネの古代アゴラ地図を眺めていると、その南西に靴屋シモンの家と書かれた一角がある。考古学の発掘によって、シモーノス（シモンの）と書かれた黒絵式の杯が、靴に打ちつける鋲釘などと一緒に発見されたことで、このようにその位置が特定されたのであろう。*Oxford Classical Dictionary* の第三版は、旧版と違って、この発見によって存在が確認されたというように記している。ディオゲネス・ラエルティオスはその評伝の中で、ソクラテスが彼の仕事場を訪ねて話をすると、シモンは熱心にそれを書き留めて、プラトンよりも先に対話篇風の作品に仕上げたと述べている。プラトンもクセノポンも一度としてシモンに言及していないことから、かつてはそのような人がいたのかどうか疑う学者もいたが、しかしシモンは右の評伝のほかにも、プルタルコスの「モラリア」や、小ソクラテス派の書簡集（おそらく擬作）にも登場するし、おそらく古代ではよく知られた人物で、ディオゲネスの頃にはその作品が現存していたようである。

プルタルコスは『哲学者は権力者とおおいに話し合うべきこと』と題する小品で、一国を支配する者との交流がいかに有益であるかを説いているが、この考えに反対する哲学者もいると述べている。そのひとりが靴屋のシモンである。権力者とつきあって、倫理的な影響を及ぼせば一般の人を教えるよりも効果があるし、時には「シチリアの食卓」と諺のように称されるご馳走の余得に与ることもあるが、反面において、汚辱をこうむり、時には虐待される恐れもあった。シチリアの支配者ディオニュシオス（一世）の機嫌を損ねてプラトンがアイギナ島で奴隷として売られそうになったのは有名な話である。

支配者からの招聘を靴屋のシモンは断固として受け入れなかった。アテネの有力者ペリクレスから自分の所に来るように促されると、なんでも話せる自由を失いたくないと言って断った。このなんでも話す自由というのはギリシア語でパレーシアーという。すべてを語ることの謂であるが、なに者にも制限されることなく自分の考えを語る、今風に言うと言論の自由ということになる。このようなシモンの態度を受け継いだのが、キュニコス派（犬儒派）である。

キュニコス

キュニコスという言葉（Kynikos）は、キュノス（Kynos）すなわち犬からつくられた形容詞である。「犬の、犬のような」の意味で、むろんひとを誉める言葉ではない。われわれがひとを嘲って「サル」と言うのに似ている。ひとを動物に喩えるのはどの文化にも共通したことで、人類学ではセリオモルフィズム（theriomorphism）という。われわれが動物と似た行動をするとき、あるいはわれわれ自身が動物に似ているとき、ひとはそれを模してわれわれを動物の名で呼ぶ。獅子とか鷲のようにその勇気や度量の大きさを称えて言うこともあるが、たいていはわれわれの立場を低めるために、軽蔑するために動物に擬《なぞら》えるのである。シノペのディオゲネスという、希有で特異な哲学者も、終生犬と渾名された。彼の所業を侮って、犬と呼んだのである。

キュニコス派は、日本ではかつて犬儒派と呼ばれた。その祖が誰であったか、つまりソクラテスの弟子のアンティステネスか、犬のディオゲネスかについて現在でも見解が分かれているが、いずれにせよ彼らは最低の生活条件の下に日々を送ったのである。ディオゲネスがキュニコスになったのは、シノペ（黒海南岸の町）で父のヒケシアス（もしくは本人）が貨幣改鋳事件を起こしたためとされている。すなわち、それまで良質であった貨幣を劣悪なものにしたために国を追われたのである。しかし、キュニコスの生に入るにはもう少し積極的な理由があったであろう。テオプラストスの『メガラ誌』は今日には伝わっていないが、プルタルコスがその一部を引用している（『いかにしてみずからの進歩に気づきうるか』七七E）。ある時、一匹のネズミがディオゲネスの残したパンくずを懸命にむさぼり食っていた。自分の不運を嘆いていた彼は、「何ということだ、ディオゲネス。お前の残り物でこいつは宴会をひらいているじゃないか。なのにお前は、酒が飲めず、柔らかいふわふわした寝床で横になれないと涙を流しているのか」と口走ったという。ネズミには特別な棲家も寝床もない。そして、たまたま目の前にあるものを喰って生きている。社会的な身分も崇高な哲学の学説もこのネズミには無用のものであった。しかしよく考えてみると、ネズミはもっとも自然にかなったしかたで生きているのではないか――ディオゲネスはこう思うと、忽然としておのれの生きかたを悟得した。「自然にしたがって生きよ」という言葉は、以来彼の人生と思想を決定づけるものとなった。その影響はその後のストア派の思想にまでも及んでいる。

『ディオゲネス』（ジャン＝レオン・ジェローム）

アウタルケイア

ギリシア語で足るを知ること、自足の意味に相当する語をアウタルケイアという。文字どおり、みずから（アウトス）足りる（アルケース）ということである。この語を哲学の重要な概念のひとつにすえたのはアリストテレスである。その著作『政治学』を繙くと、はじめに人間が生まれつきポリーティコンな生きものであることが強調されている。ポリーティコンとは「ポリスの」という形容詞で、ポリスを形成するということにほかならない。人間はただひとりでは生きられない。また、ただひとりが幸福であっても、それはすべての人間の望むところではない。アリストテレスはこのように人間の本質をその社会性に見ていると言うことができる。

これとはまったく対照的な自足性がある。黒海南岸シノペの出身のディオゲネスである。ディオゲネスの自足性をひとことで言い表わすならば、「持たざるが持つ」ということになろう。多くを持てば、それをいかに保持するかに悩み、それを失うことに憂慮しなければならない。それならば、いっそ持たざるがよい。ディオゲネスのとった道は、必要なものを最小限に抑え、それによって真の自由と心の満足を得ようとするものである。ある時、子供が手ですくって水を飲むのを見て、「なんておれは馬鹿だったんだろう。必要のないこんな物を持ち歩いたりして」と言うと、水を汲むひしゃくを投げ捨てたという。

大王アレクサンドロスはディオゲネスと同時代の人間である。大王がこの哲学者のところへ出かけていくと、ちょうど彼は日向ぼっこをしていた。大王が挨拶をして、何か頼みはないかと訊くと、「ちょっとその陽のあたるところをよけてくれ」と言った（プルタルコス『アレクサンドロス伝』一四）。それを聞くとアレクサンドロスは非常に打たれ、「私がもしアレクサンドロスでなかったならば、ディオゲネスでありたい」と言った。この会見を謎解きする言葉が、アフビア語文献にある。自分を招聘しようとするアレクサンドロスに、ディオゲネスは次のように答えたという。「あなたはおれを必要とするには権力を持ちすぎている。おれはあなたを必要とするには満足しすぎている」。

『アレクサンドロスとディオゲネス』カスパール

悪妻

歴史の上で折り紙つきの悪妻とされるのはソクラテスの妻クサンティッペであろう。しかし彼女も真に悪妻であったか否かについて意見は分かれている。なぜクサンティッペがとくに注目されるのか不思議でもあるが、哲学者の代表格ソクラテスと悪妻クサンティッペは好対照で、話題になりやすいからであろう。もっとも、わが国では悪妻とされるが、ソクラテス研究で問題にされるのは彼女が shrew、つまり、口やかましい女、気性の荒い女であったかどうかである。ディオゲネス・ラエルティオスやアイリアノスを見ると、夫に水をぶっかけたり、ケーキを踏みにじるクサンティッペが出てくるから、これはもう shrew 説に軍配が上がりそうであるが、こういう後代の情報は当てにならないことが多いので、ソクラテスに時代の近い作家から情報を探すと、プラトンを見るかぎりではそのような印象は受けない。イギリスの碩学ジョン・バーネットは、プラトンの『パイドン』への注解書で、クサンティッペがこの書物に出てくる場面を見て、shrew 説を誤りとしている。

最初の箇所は、ソクラテスが死刑になる当日、友人たちがこぞって牢獄を訪れると、縛めを解かれたばかりのソクラテスのそばにクサンティッペがいて、ソクラテスがみんなと話をするのもこれが最後ですね、というようなことを彼女が言う。ソクラテスはこれを気遣って、胸を打ち、泣き叫ぶクサンティッペを家まで送り返してやる。もうひとつの箇所は、刑死の直前の場面であるが、ここでは三人の子供と家の女たちが現われるが、クサンティッペの名は挙げられていない。プラトンを見るかぎりでは、バーネットの言うのが正しいように思われる。

結局は明確なことは分からないということになるのだが、われわれはこれを女性蔑視の問題と混同してはならない。『吾輩は猫である』（十一）にトーマス・ナッシュ（Thomas Nashe）の書物（『愚行の解剖（*Anatomie of Absurditie*）』）が登場するが、ギリシア哲学者による女性への悪口を書き並べていて、その中にはソクラテスも含まれている。おそらくディオゲネス・ラエルティオスなどの記事を集めて書いたものであろうが、ソクラテスはけっして女性蔑視者ではない。クセノポン『酒宴』（第二章九）によると、ソクラテスは自然能力の上では男女は等しいという主張をおこなっている。プラトンが『国家』や『法律』で同様の思想を述べていることは周知の通りである。

『ソクラテスに水を浴びせるクサンティッペ』
（レイエル・ファン・ブロメンダール）

形而上学

形而上学はmetaphysicaの訳である。アリストテレスの哲学書の名前として夙に知られるが、日本語の形而上は『易経』からの借り物で、形=自然界より上のもの、これを超えるものを指す。つまり、形而上学とは、自然界を超越する存在を扱う学問だということになる。近現代の哲学において形而上学はあまり人気のない学問である。むしろ、今日の哲学は形而上学的な思考の否定の上に成立しているとも言えるだろう。たとえば、形而上学に登場するのは、神とか魂の不死とかいった問題であるが、そういった概念そのものが今では御法度になっている。けれども、形而上学という名前が最初につけられたアリストテレスの書物が、どのような意味のものであったかはかならずしも明白でない。

もともと『形而上学』を表わす『タ・メタ・タ・ピュシカ』の名は、アリストテレスのつけたものではなく、彼自身は「知恵」とか「第一哲学」とか呼んでいた。表題の解説をすると、「タ・ピュシカ」(タは冠詞、ピュシカは「自然に関すること」だから、自然学を指す)の「後に(メタ)」くる書物という意味である。この「メタ」を超越の意味で、つまりTransphysicaと解したのは中世のスコラ学者であるが、もともとはむしろアリストテレスの著作の順序に関連するような意味あいのものであった。最古のアリストテレス写本(マルコ写本)には九五五年という年代がついているが、周知のように、アリストテレスの著作は厳密な意味では現存せず、今日に遺されたのは彼の講義ノートの類であって、これらはアンドロニコス（前一世紀終わり頃）がローマで編集したものであることが分かっている。そこで、『形而上学』については、編集者がこの著作をどこに入れたらいいか困って、たまたま自然学の書物の後に入れたのだというような説明がされたりする。しかし、ペリパトス派（アリストテレスの学派）の注解書を読むと、そういう偶然的な理由よりも、「われわれにとって後」という意味だという説明がおこなわれている。つまり、形而上学は自然本来においては自然学よりも先の学問なのであるが、可知的（分かりやすさ）という点では後なので、自然学を学んだ上で挑戦するのがいい書物という意味になる。

＊『形而上学』は難解な書物である。はたしてその主題は何であるのか、神学なのか、あるいは存在論であるのかについては、今日でも一致した見解はない。両者を調停する試みのひとつに、坂下浩司『アリストテレスの形而上学——自然学と倫理学の基礎』（二〇〇二年、岩波書店）がある。

ペリパトス派

前三三六年ピリッポス王が暗殺され、アレクサンドロスが王位を継承すると、その翌年彼の家庭教師であったアリストテレスはアテナイに戻った。一二年ぶりの帰還であったが、かつて二〇年の長きにわたって居たアカデメイアには帰らず、リュケイオンに新しい学校を建設する。リュケイオンはアテナイの東郊外にあり、アポロン・リュケイオスの神殿があったことでこの名がある。リュケイオスとは「狼の」の意で、アポロン神の数ある添え名の一つである。ここには体育場があって、かつてソクラテスが好んで通った場所でもあった。この地からは北にリュカベットス山を望み、南にはイリソス川が見える。アリストテレスは回廊（ペリパトス）を行きつ戻りつしながら哲学を講じたところから、彼の学派はペリパトス派と呼ばれるようになったという。

もっともアリストテレスがこの地で教えたのは一二年ほどに過ぎない（これはプラトンが四〇年にわたってアカデメイアの学頭であったのと対照的である）。彼の弟子には、ロドス出身のエウデモスがいたが、この人の生涯についてはほとんど知られておらず、断片のみが残っている。もう一人の弟子が、レスボス島のエレソスの出身のテオプラストスである。アリストテレスは二人をワインに喩え、「ロドスのワインよりレスボスのワインのほうが甘い」と言って、テオプラストスを後継者に選んだとされる。敗れたエウデモスは故郷に帰り、そこにみずからの学派を創設したとも言われるが、テオプラストスに宛てた書簡の断片もあって、それを見るかぎりでは、両者の関係はそれほど疎遠なものではなかったようである。

テオプラストスは多作家で、二三万二八〇八行の著作を遺したとされるが、ごくわずかなものを除いてほとんどが散逸した。『性格論（人さまざま）』は、アリストテレスの『弁論術』にある感情論を発展させたもので、市井にある人間たちのさまざまな性格が見事に活写されている。十七世紀にラ・ブリュイエールが仏訳にそえて、みずからの『カラクテール』を出版したのは有名である。テオプラストスは植物学の父と呼ばれ、『植物誌』『植物の諸原理』の著作は近代に至るまで権威書であり続けた。さらに、H・ディールスによる初期ギリシア哲学の資料収集は、彼の『自然学説史』を基礎としているが、著作のほうはほとんどが失われ、「感覚論」が部分的に現存している。ペリパトス派は彼において本格的に始まったと言えるが、創設者たちの仕事はその後ほとんど発展することはなかった。

コスモポリタニズム

ギリシアにおいて、はじめてギリシアと非ギリシアとを越えて、人類一般について普遍的な友愛の思想が現われるのは、いわゆるヘレニズム時代に入ってからのことである。アレクサンドロスの偉業は、一大帝国を作りあげると同時に、ポリスからその意義を奪ってしまった。ポリスがその独立性を失って名だけの存在と化すと、世界が文化的に統一されて、ギリシアとバルバロイの区別もあまり重要でなくなってくる。バルバロイとは、もともとギリシア人側からの非ギリシア人に対する侮蔑の名称であったから、そのような自他を峻別する表現にとってかわって、双方を統合するような表現が求められるようになった。それがコスモポリーテース、すなわち世界市民である。市民はもはやポリスの市民ではなく、コスモス（宇宙、世界）の一員とみなされた。

いわゆるコスモポリタンの思想は、ストア派の哲学者たちが唱道したとされることが多いが、その起源はもう少し古い。乞食生活を送ったキュニコス派のディオゲネスは、どこから来たのかと訊かれると、「わたしはコスモポリーテースだ」と答えたという記録がある。ストア派では、ローマ五賢帝のひとりマルクス・アウレリウスが著わした『タ・エイス・ヘアウトン』（日本ではたいてい『自省録』という名が与えられる）が重要である。この書物には「理性的な生きものの善とはコイノーニアーである」（第五巻一六）という一節がある。コイノーニアーとは共同性、公共性とかの意味であるが、アウレリウス帝の説くコイノーニアーはコスモポリタン的な同胞意識、共同意識の現われと見ることができるだろう。「一人の人間が全人類に対してもっている同族意識（シュンゲネイアー）がどんなに深いものであるかを考えよ」（第十二巻二六）、「過失のあった者を愛することが、人間にもっとも固有なことである」（第七巻二二）という彼の言葉には、キリスト教とほとんど同質の人類愛思想が現われている。けれども、皮肉なことには両者はほとんどなんらの接点ももつことはなかった。偶像破壊をくりかえしたこの時代のキリスト教徒は、この賢帝には狂信者以上のものとは映らなかったのではないかと怪しまれる。

大いなるパーンは死せり

牧神パーンはアルカディアの羊飼いや家畜の神である。陽気で好色なこの神は、上半身は人間で長い耳をもち、角をはやし、髭をたくわえており、下半身は山羊の姿でシュリンクスと呼ばれる笛を携えて、いつも野山を徘徊している。シュリンクスは実はニンフ――ギリシア語でニュンペーといい、「花嫁」の意味であるが、山々や川などに暮らす若い女性の姿の精霊のこと――であって、パーンに追いかけられ、捕らわれる間際に葦に身を変じた。パーンをこれより葦笛をつくり出したとされる。彼は昼間に木陰で眠り、これを妨げる者を恐怖に陥れた。パニック（panic）はパーン（Pan）のかかる所業に由来する語である。哲学者たちはパーン（pan 万物）にかけて、宇宙神とみなしたが、Pan（Paon に由来）と pan（pant- が語根）とはなんの関連もない語である。むしろ、パーンは自然の洞や岩屋などに祀られ崇拝された、牧人たちの守護神である。いわゆるオルペウス教にもみられるが、ヘロドトスはむしろこれをエジプトと結びつけ、最も古い神のひとりだと記している（『歴史』第二巻一四五）。

『神託の衰微について』というプルタルコス「モラリア」の小品に、パーンにまつわる有名な挿話が語られている。ギリシアからローマに向かう一隻の船があって、エキナデス諸島に近づいたとき、突然島のほうから「タムス」と呼びかける声があった。タムスはエジプト人舵取りの名であったが、一度、二度ならず三度までも呼ばわる声にタムスがたまらず返事をすると、その声の主は「汝、パロデスの島に赴かば、大いなるパーンは死せりと告げよ」と叫んだ。そこで、船がパロデス島に近づいたとき、タムスは言われたとおりに叫ぶと、岸のあちこちからはたちまち嘆きの声があがったという。この話はローマ中の評判となって、時の皇帝ティベリウス（前四二〜後三七年）に言上された。皇帝は事の真相を調べさせるが、原因は分からなかったという（『神託の衰微について』四一九B以下）。

後にキリスト教作家たちが好んでこの話を取り上げる。折しもキリストが誕生した時のことであったから、作家たちは、パーンを象徴とする異教宗教が滅び去り、かわってキリスト教が誕生したという意味に解したわけである。フランスの哲学者パスカルの遺した『パンセ』にも「大いなるパーンは死せり（Le grand Pan est mort）」という一句が認められていた。ニーチェが『ツァラトゥストラ』で翻案して、ツァラトゥストラらしき男に「時は来た、いよいよ時は迫った」と叫ばせて、これを船員らが聞く場面を設定したというのもよく知られた話である。

牧人に葦笛を教えるパーン

アカデメイアの終焉

プラトンが前三八七年頃に創設したアカデメイアは、九〇〇年あまりの長きにわたって存続したが、後五二九年のユスティニアヌス帝（在位五二七〜五六五年）の勅令によってその最後をむかえる。この年をもってアカデメイアの、あるいは古代思想そのものの終焉とするのが常識のように考えられている。しかし、いわゆるユスティニアヌス法典を見る限りでは、アカデメイアの閉鎖が明言されているわけではない。古代思想の終焉に直接ふれる記事は、むしろ歴史家マララスの『年代記』（一八）のなかにある。それによると、「デキウスが執政官のとき［五二九年］同じ皇帝が勅令を布告して、その命令をアテナイに送り、いかなるものも哲学を教授したり、法律を解釈することを禁じた」とされていて、これによってわれわれは教育活動の停止を想定しているわけである。しかし、この頃の哲学者たちはアレクサンドリアにおいても活躍していたし、アテナイの哲学者たちもその後もしばらくの間は研究をつづけていたことがわかっているから、この勅書の適用はさほど厳格なものでなかったように思われる。つまり、実際のところ古代思想はかならずしもこの時点で突然に消滅してしまうわけではないのである。

歴史家アガティアスが伝えている話によると、五三二年頃にダマスキオス、シンプリキオスなど当時著名な哲学者ら七名は、学芸保護で当時名を馳せていたホスロー・アヌーシルワーン（ギリシア名はコスロエス）をたよってペルシアに行っている（『歴史』二・三〇）。もっとも会見後、彼らはふたたびギリシアへ戻る決心をしている。そのとき、このペルシア王はローマとの間でかわされた平和協定のなかで、彼らの安全を保障し、残りの日々を自由に暮らすことができるように認めさせたという。帰国後書かれたと思われるシンプリキオスの初期作品『アリストテレス「天体論」注釈』（五三三・一三）には、メソポタミアの川についての見聞を記した箇所があり、ペルシア行の経験によるものであると思われる。つまり、彼の仕事はこの頃になってようやくはじまりかけるのである。したがって、勅令の時点で急にギリシアの哲学が命脈をたたれ、消失してしまったわけではないことになる。むしろキリスト教思想におされながら、彼らの学校は自然とそして徐々に消滅していったのである。

アカデメイアの跡（写真／中務哲郎）

機械学

「現象を救う」という言葉がある。これは、プラトンが学園アカデメイアの学徒に課した問題であったと言われる。新プラトン派のシンプリキオスによると、惑星の不規則的運動を整合的に説明するための仮説を立てよという問題である。これに挑戦したことで有名なのは小アジア南のクニドス半島の出身のエウドクソスであったが、プラトンは彼の示した解法には不満であったらしい。その辺りの経緯は、プルタルコスの『マルケルス伝』（一四）に書かれている。エウドクソスと、もうひとりアルキュタスは、幾何学でうまく論証できない問題を、目に見える機械的な模型を活用して解こうとしたが、プラトンはこのような方法によって感覚的なものに頼ることは幾何学の美点を損なうものであると難じたという。このようなことがあって、機械学は幾何学から分離して排斥され、長い間疎んじられ、軍事にのみ使用される結果となった。

この話は、プルタルコスがシチリアのシュラクサイ出身の数学者アルキメデスについて論じた場面で出てくるが、このアルキメデスこそ卓抜した機械発明家であった。ローマの将軍マルケルスがシュラクサイを攻略しようとしたときには、巨大な石を飛ばす投石機や、海岸に近づく敵の船を鉄かぎで持ち上げて転覆させる装置などで大打撃をあたえた。太陽の光を利用して敵船を焼き尽くす鏡とか、あるいは軍事以外の発明でも、巨船を滑車とロープを利用してただひとりで持ち上げる機械や、「アルキメデスの螺旋」の名で知られる揚水機などがあった。

もっともアルキメデスもまた、これらの機械の発明をさほど重要なものと考えず、むしろ、幾何学の余技としてこういった発明を楽しんだようである。今日の自然科学の研究が大型の機械装置なくしてはありえないのと対照的に、古代では機械学は人工的になにかを引き起こす工夫（メーカネー）でしかなく、ギリシア人が愛してやまなかったテクネー（技術）と見なされることはなかったのである。アルキメデスは、このような発明よりも、「円柱とそれに内接する球の体積比、表面積比はともに3対2である」（『球と円柱について』）といった発見をむしろ喜んでいた。彼は生前に自分の墓の上に球に接する円筒を立てて、そこに数比を刻んでくれと頼んだと言われている。後年キケロは彼の死後一三七年を経てシュラクサイで茨の茂みと藪に囲まれた彼の墓を発見したと、自著に記している（『トゥスクルム荘対談集』第五巻六四）。

＊ アルキメデスについては、先に挙げた（本書六二頁）斉藤憲氏の著作を参照されたい。キケロがアルキメデスの墓を発見した話は、ベンジャミン・ウエストなど何人かの画家に取り上げられ、絵画に描かれている。

大地の測定

「大地の測定」と言うだけでは何のことか分からないが、これは前三世紀のエラトステネスが書いた書物の名（ギリシア語ではアナメトレース・テース・ゲース）で、地球の外周を測るということである。外周を測るというからには、大地を球体として考えていることは言うまでもない。

現在のリビアのシャハット、当時はキュレネと呼ばれた都市に生まれたエラトステネスは、アテナイで研鑽を積み、その後アレクサンドリアに招聘され、ロドスのアポロニオスの後を襲って、図書館長に就任したのは前二三五年頃のことである。学問のペンタトロス（五種競技者）、つまりは万学に秀でた人と呼ばれた人にはほかにもいるが、彼は古喜劇や神話学などに優れた業績を残しながらも、一方で数学や地理学において歴史に名を残している。「エラトステネスの篩（コスキノン）」というのは、素数を消去法で求めていく比較的単純な方式である。地理学の面で著名なのがはじめに述べた地球の外周計測である。夏至の日の正午に北ナイルのシュエネ（現アスワン）の井戸の真上に太陽がきたとき、北方のアレクサンドリアでは七・一二度の緯度差があることを計測した。七・一二度というのは現在の表記で、エラトステネスは円周を五〇に分割して考えていた。両地点の緯度差が全体の五〇分の一、距離は五〇〇〇スタディオン離れているので、これによって地球の外周は二五万スタディオンだと算出した。一スタディオンは一七七・四二メートルなので四万四三五五キロメートルとなり、現在の測量結果の約四万キロメートルと大差ない数値を得たことになる。もっとも両地点の経度には若干の差があるから、この計測は必ずしも正確とは言えない。

中期ストア派のポセイドニオスはエラトステネスより一〇〇年ほど後の人であるが、同じようにあらゆる学問に精通しているとの評判を得ていた。彼はエラトステネスに対抗して地球の大きさを測定したが、誤って一八万スタディオンと計算してしまった。その著作の中で、彼はもし大西洋から西に七万スタディオン航行するならば、インドに辿り着くであろうと述べている。この記事はストラボン、プトレマイオス、近代ではロジャー・ベーコンなどに現われるが、コロンブスが新大陸を発見した折に、インドと間違える遠因となった。

三段櫂船

古代ギリシアの軍船は、前八〇〇年頃に、船尾に敵船を突く青銅製の衝角が発明されたことによって誕生した。初期の軍船は、ペンテコントル（「五〇の櫂を備えた」の意味）と呼ばれる長船で、左右に二五人の漕ぎ手を配して進むものであったが、甲板はなく、トゥキュディデスの頃にはすでに時代遅れのものと見なされた（『歴史』第一巻一四）。ペロポンネソス戦争の時には、軍船の花形はトリエーレース、すなわち三段櫂船（あるいは三段橈船）であった。前四一五年アルキビアデスのシケリア（シチリア）遠征提案を容れて、艦隊が出航したとき、三段櫂船の数は一三四隻に達したと言われる（『歴史』第六巻四三）。

三段櫂船の名前が示すごとく、三段の櫓座を有するものであったが、上段には両側に三一人の、中下段にそれぞれ二七人の漕ぎ手がいたとされるので、それだけで一七〇人、さらに戦闘員、舵手、そして船長と、一隻だけでも総勢二〇〇人を超えたと考えられる。通常の速さは、アテナイからミュティレネまでの三六〇キロメートルの距離を二四時間で行き着いたという記録があるので、平均して八ノット、およそ時速一五キロメートルで航海したことになる。戦闘態勢に入ると、最高速度のときには一一・五ノットのスピードをだしたであろう、と現代の技術史家は推測している。ともあれ、古代の海戦はわれわれの想像以上に、スピード感あふれるものであった。もっとも、食料庫も寝室もなかったから、陸に上がって食事をとったり、休んだりしなければならず、ずいぶん不便なものでもあった。

三段櫂船がとった戦形でもっともよく知られているのはペリプルスと称するもので、敵艦に対して衝角を向けながら後進し、隙を見て旋回し、敵の横腹に衝角で激突するやり方で、サラミス海戦で数にまさるペルシア軍に勝利したのもこの戦法である。ディエクプルスという戦法は、一列に並んだ艦隊の先頭艦が、敵船に衝角をぶつけて混乱に陥れるものであるが、そのためには速力と高い技術力が必要であった。防御法としてはキュクロスと呼ばれるものがあり、衝角を外に向けながら円形に陣取った。アルテミシオンの海戦でギリシア軍が用いたのはこの戦形である。

三段櫂船（アテナイのアクロポリス出土）

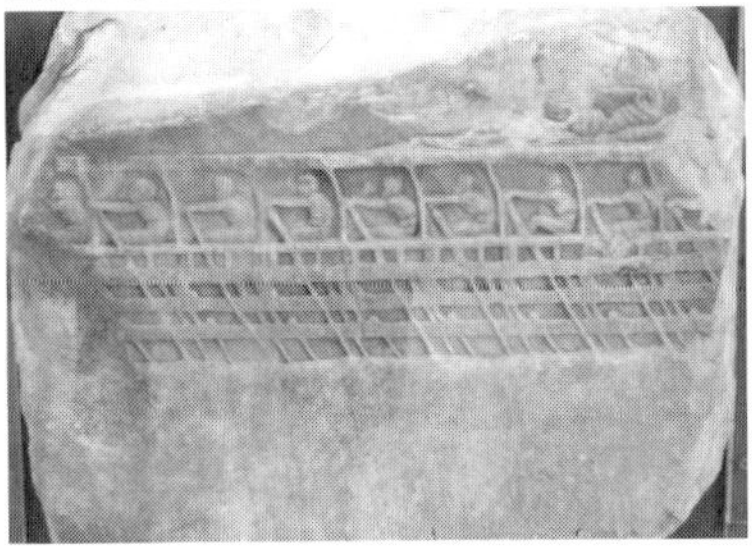

安楽死

ユーサネイジアという言葉がある。今日論じられることの多い安楽死を意味する語であるが、最近ではむしろ尊厳死（death with dignity）といった言葉が好まれる。こうした問題は現代の医療の進歩にともない、人工的な延命措置の是非をめぐってますます切実なものになりつつある。しかしこのような意味で使われるのはそれほど古いことではなく、わが国での最も古い用例は、おそらく森鷗外の「附高瀬舟縁起」であろうか。英語でも治癒不可能な患者が安らかな死を迎えるという意味で使用されるのは、十九世紀になってからである。古代ギリシア語にもエウタナシアという語が存在するが、これは老人が安らかな死を迎えるということであって、医療に限定されるような言葉ではなかった。けれども、今日言われるような安楽死の考え方がなかったのかというとそうではない。プラトンには完全に病んでいる身体に対して、惨めな人生をいたずらに長引かせず、もはや治療を施さないことが正しいという思想がみられる（『国家』四〇六D）。興味深いことに古代の哲学者は、これを自殺の文脈で語っている。ストア派が自殺を是とする考えをもっていたと指摘されるが、そこで言われている自殺はこのようなケースを含むものであり、自死に限定されるようなものでなかったことは注意されてよい。

安楽死問題に関しては、古代の哲学者の多くはこれを容認する立場をとったが、一方でヒッポクラテスの『誓い』の中に次のような言葉がある。「わたしはたとえ求められても［患者を］死に至らしめるような薬をあたえません。またそのような助言で導くこともいたしません」(一二三)。いわゆるヒッポクラテス集成(Corpus Hippocraticum)のなかでも『誓い』は年代や伝承の経緯に関して不明瞭な点の多い書物として知られるが、右の一文は古来医療にたずさわる者たちがこの職務を選ぶにあたってくり返し唱えてきた言葉である。W.H.S. Jones, *The Doctor's Oath* という日本の大学図書館には所蔵されていない稀覯書があるが、この医師の誓願の言葉がどのように形態を変えて近代にまで受け継がれてきたかを紹介している。しばしば死の尊厳が問われる現在においても、ヒッポクラテスの誓いはなお重い意味をもつ言葉である。「われらここに集いたる……」で知られるナイチンゲール誓詞も、実はアメリカの看護学校の校長によってつくられたものであるが、やはり同じヒッポクラテスの精神を貫くものである。

アレクサンドリア図書館

前三三二／三一年にアレクサンドロス大王によって建設された古代都市アレクサンドリアは、事実上港がなかった当時のエジプト北部海岸において格好の港湾都市となった。建築家たちは、新しい都市の構造を地面に線引きするにあたって小麦粉を用いたが、にわかに無数の鳥が舞い降りて、これを食い尽くしてしまった。大王は不吉な予感におそわれるが、これは無数の人々がこの地に集まる予兆であるとの卜者の言に安堵する。事実アレクサンドリアは、多様な言語を話す多文化都市に発展するのである。市民のなかにはユダヤ人も多く、プトレマイオス二世の命によって彼らの律法がギリシア語訳されたが、これがセプターギンターと名づけられた七十人訳聖書である。ギリシア語は、この多言語の集団のなかにあって、今日の英語の相当するような共通語となっていた。このギリシア語はコイネー（文字通り「共通語」の意味）と呼ばれる。

この地に大図書館を建てることを思いついたのはおそらくアレクサンドロスの後継者のひとりプトレマイオス一世（プトレマイオス・ソーテール）であったと思われるが、実際に完成させたのは、プトレマイオス・ピラデルポスの名で知られるプトレマイオス二世であった。この王は、先王と異なり遠征には背を向け、ひたすらこの都市を商業と文化の中心地とすることに専念した。姉妹のアルシノエを妻にしたのは、当時のエジプトではごく普通のことであって、その点でも先王とは違っていた。パレロン出身のデメトリオスはアリストテレス（あるいはテオプラストス）の弟子であったが、前三〇七年にアテナイを追放されると、エジプトに身を寄せて、書籍の蒐集に従事した。アレクサンドリア図書館を当時の一大研究センターにするように王に献言したのもおそらく彼であろう。入手しうるありとあらゆる文献を所蔵するというはじめての企てであった。十二世紀の学者ツェツェスが記録するところでは、王宮内の図書館に四〇万巻の混合図書、九万巻の非混合図書があったという。混合とは、おそらく複数の作品からなるもの、非混合とは単一作品からなるものを言うのであろう。それ以外にも、王宮外の図書館には、四万二〇〇〇巻の図書があったとされる。同時に、多くの学者が集い来たり、さまざまなテクストの照合、校訂など本格的な文献学が始まる。

＊

アレクサンドリアの図書館長は、ほとんどが文人であった。前二八四年頃館長に就任したエペソス出身のゼノドトスは、ホメロスの編纂作業を手がけてディオルトーシス（「訂正」の意味であるが、今日の校訂本のこと）を作成している。それ以前のテクストにはさまざまな流布本があり、おそらくラプソードスらが恣意的に改竄した箇所が含まれていたと考えられるが、今日のテクスト・クリティーク（原典批評）に類する作業がはじめておこなわれたのである。図書館長を務めたもうひとりのホメロス学者は、サモトラケのアリスタルコスである。彼はゼノドトスより百年余り後の人であるが、ゼノドトスが採用した読み方をさらに修正している。

たとえば、「女神よ、ペレウスの子のアキレウスの怒りを歌え。アカイア勢に数知れぬ苦難をもたらし、あまた勇士らの雄々しき魂を冥府の国に送り、彼らを野犬やあまたの野鳥の喰らうにまかせたかの怒りを」は『イリアス』冒頭の周知の一節であるが、ゼノドトスは「あまたの（pasi）」をdaitaに修正し、「野犬や野鳥の餌食とした」が正しい読みであると主張した。対してアリスタルコスは、daitaは本来は等しく分けられた食事の意味で、ホメロスのこの箇所で用いられるには不適切な語であるとして斥けている。このような原典批評に関する細かな議論は、アレクサンドリアに数々の写本が集められ、照合することによってはじめて可能となったであろう。アレクサンドリア学者たちの研鑽ぶりを示す写本がある。それは十世紀のヴェネティア写本（Marc.gr.454）であるが、彼らが用いたホメロスの校訂記号が残されているほか、おびただしい古注が含まれている（レイノルズ／ウィルソン『古典の継承者たち』国文社に図版が掲載されているので参照されたい）。

このヴェネティアAと呼ばれる『イリアス』の写本が過度に重要視された時期があり、Villoison版（一七八八年）やPierron版（一八六九年）などがその典型であろう。これはちょうどプラトンのテクストで、クラークが発見したB写本が一時期重視されたのと事情が似ている。しかし、すでに近代のホメロス研究の草分け的存在であるヴォルフもその著『プロレゴメナ』の中で、このような特定写本を重用することを批判している。近年では、さまざまにラプソードスが改竄したホメロスをアレクサンドリア学者たちが元の口誦詩に復原したという構図そのものを疑う学者が少なくない。M・L・ウェストによる最新の校訂本（一九九八年、Teubner版）もそのひとつである。

＊

ムーセイオン、すなわち図書館の設立によって、プトレマイオス朝の庇護のもとにアレクサンドリアにおいて開花した学問はアレクサンドリア学と呼ばれるが、これは前にみたような文芸批評の面だけで

古代の図書館風景（想像図）

なく、自然科学や数学も含まれている。『原論（ストイケイア）』を著わした幾何学者エウクレイデス（ユークリッド）は主にアレクサンドリアで活躍したし、地球を計測したエラトステネスは図書館長であり、アルキメデスも学問を修めたのはこの地においてであった。エウクレイデスは周知のようにギリシア数学の大成者であるが、彼については、新プラトン派の哲学者プロクロスが残した逸話がよく知られている。プトレマイオス一世（ソーテール）が幾何学を学ぶのにもっと簡単な方法はないかと訊くと、「幾何学に王道なし（メー・エイナイ・バシリケーン・アトラポン・エピ・ゲオーメトリアン）」と答えたという。もっともこれに似た話はすでにあって、アレクサンドロス大王が幾何学を容易に学ぶ方法を尋ねると、彼の家庭教師のメナイクモスが、「国には一般人の道と王が通る道がありますが、幾何学には万人にひとつの道しかありません」（ストバイオス）と答えたのがもう少し古い例である。

アレクサンドリア学で特筆すべきは医学の面である。カルケドン出身のヘロピロスは、ガレノスによればはじめて人体解剖をした人物である。彼は身体の各部位を明確に規定し、新しい医学の専門用語もつくったが、その多くは今日でも用いられている。ガレノス全集（Kühn）第二巻に『解剖の手順について』が入っているが、その中でヘロピロスは腸の一部をドーデカダクチュロン（「十二本の指」の意味）の長さがあると言ったと記されている（五七二）。これは duodenum すなわち十二指腸のことである。さらに、動脈には空気（プネウマ）ではなく血液が流れることが分かったのも彼の貢献であるし、アリストテレスは人間が心臓によって思考すると主張して大きな誤りを犯したが、ヘロピロスはより古いアルクマイオン説を復活させ、脳が思考の中枢機関であることを明らかにした。このような研究には、利害を超えた、自由に学問を営む環境が不可欠であったであろう。右に述べたエウクレイデスにはこういう逸話もある。幾何学の第一定理を習った子供が、これを学んでどんな利益があるのですかと問うと、エウクレイデスは言ったという。「三オボロスを与えよ。この子は学んだことから利得を得ねばならないからだ」（ストバイオス）。

元老院

元老院（セナートゥス）というとなにやら古めかしい響きがある。日本の元老院は近代の組織であるが、これも大久保利通や伊藤博文らが明治の初年に設立した立法機関で、すでに遠い昔の話になってしまう。しかし、Senateというとアメリカなどの国の上院を指すので、現在においてもなお活きた言葉である。ローマの議会用語は、このように今日の政治においても用いられているが、それは単に言葉だけのことではないだろう。イタリアのローマにあるフォロ・ロマーノを訪れると、ローマの元老院が会議を開いたクーリアがある（建物は遺跡から復元されたもの）。元老院は、凋落の差し迫っていたローマの共和国において共同体の要となる存在であった。

前二世紀の史家ポリュビオスは、ローマが短時日のうちになぜ地中海全域をおおうほどに強大になったのかを考察するなかで、貴族制的要因である元老院と、君主制的要因である執政官（コーンスル）、民主制的な要因の民会（コミティア）という三つの権力間の抑制、均衡によって政治の安定を得たことが発展の秘密であるという結論に達した。混合政への言及はアリストテレスにもあり、単純な国家形態が腐敗していく傾向にあるのに対して、混合はその歯止めとなりうると考えられた。これを混合政体論という理論にまで高めたのがポリュビオスである。

後年キケロが、滅亡の危機に瀕していたローマの共和政を救うべく執筆した『レース・プーブリカ』

すなわち『国家』は、ポリュビオスが打ち出した混合政体論を前面に押し出すものであったが、現実の政治においてカエサルの主導の下で帝国化しつつあったローマにおいては、もはや遅きに失するものであった。言論に基づく政治に代わって力で支配する政治に移行するにおよんで、キケロの夢も潰えてしまった。しかし、千数百年を経て、ローマ法政史の研究者モンテスキューが、レース・プーブリカ、すなわち共和国の夢を体現すべく、三権分立論を提唱したのはあまりにも有名である。そして、今日の国家の多くは共和国という名称をもち、混合政体のもつさまざまな要因が相殺されることなく併存していることを理想として掲げているのを見ると、キケロの夢は近代的な形姿をとって実現されたと言うことができる。

最も長いギリシア語の綴り

最も長い人名は、かの鈴木寿限無やピカソのように世の中にあまたあるけれども、長い綴りの言葉というと、英語ではメリーポピンズが皆に元気を取り戻すために唱えた魔法の呪文"supercalifragilistic-expialidocious"であろう。これは陽気な言葉を繋ぎあわせただけのものであるが、ほかにも病名（"pneumonoultramicroscopicsilicovolcanoconiosis"というのがあって、OEDによるとシリカ・ダストの吸引による肺の疾患）や駅名（英国ウェールズの駅が有名）、それから化学化合物にはもっと長いのがある。一番長い単語はsmiles（一マイルの長さ）だともいうがもちろん冗談である。

古代ギリシア人でこのようなユーモラスな名前を作りあげたのは、古代最大の喜劇作家アリストパネスである。漱石の『吾輩は猫である』（七）では、苦沙弥先生と妻との問答の中でアルカイオメレーシードーノプリューニケーラタ（Archaiomelesidonophrunicherata）というのが出てくる（注記：今日ではArchaiomeli-と読まれる）。「出鱈目でしょう」という妻に、主人は「出鱈目なものか、希臘語だ」と答えている。これはアリストパネスの喜劇『蜂』二二〇行にある形容詞で、「シドン人が歌う、プリュニコスの古歌のように愛らしい」くらいの意味であろう。古歌とはプリュニコスの作品『フェニキアの女』を指すが、アリストパネスはこの詩人を古きよき時代の悲劇作家として称えている。

けれども、アリストパネスにはもっと長い綴りの言葉が登場する。『女の議会』一一六九以下のロパ

ドテマコセラコガレオクラーニオレイプサノドリーミュポトリマットシルピオパラロメリトカタケキュ
メノキクレピコッシュポパットペリステラレクトリュオノプトケパリオキンクロペレイオラゴーオシラ
イオバペートラガノプテリュゴーン

Λοπαδοτεμαχοσελαχογαλεο-
κρανιολειψανοδριμυποτριμματο-
σιλφιοπαραομελιτοκατακεχυμενο-
κιχλεπικοσσυφοφαττοπεριστερα-
λεκτρυονοπτοκεφαλλιοκιγκλοπε-
λειολαγωοσιραιοβαφητραγα-
νοπτερυγών

である。もっとも、写本の表記がはっきりしないうえに、意味もよく分からない。「平鍋（λεπαδοと
読めば笠貝）に、塩魚の切り身、鮫、小鮫、頭の先っぽにシルピオンをすって辛みを利かせ、蜂蜜かけた
塩魚に、鶫、黒歌鳥、森鳩、鳩、焙った雄鶏、ピピンクス（鳥の名）、鶺鴒、岩鳩、新酒に漬けた兎肉に、
鳥の翼の軟骨」といった意味か。いずれにしても、それぞれ「オ」の韻を踏みながら、ご馳走を並べ立
てて観客の笑いをさそうのが狙いであったのであろう。

＊　アリストパネスの『蜂』『女の議会』原文については、京都大学名誉教授の中務哲郎先生から
ご指摘を得て若干文章を改めた。『蜂』（一一一〇）は今日では Archaiomelī- と読まれるのが普通だが、
漱石は古い校訂本にある Archaiomeli- を参照しているようなので、そのままにしてある。

ゆっくり急げ

十五世紀に活版印刷が発明された頃、古典書を数多く出版したのはアルド・マヌーティオの印刷所であるが、このいわゆるアルドー版の表紙にはきまって「錨とイルカ」の標章が付いている。同時代の人で、『格言集（Adagia）』を著わしたエラスムスによると、船をしっかりと固定する錨は「遅さ」すなわち何事にも慌てないことを、敏捷に動くイルカは「速さ」すなわち機敏に行動することを寓意するという（ついでに言うと、イルカが絡みついた錨の上には丸い輪があって、これは永遠を意味するとのことである）。エラスムスのこの説明は festina lente（フェスティーナ・レンテー）という格言の中で出てくる。festina は「急げ」の意味の命令法、lente は「ゆっくり」を意味する副詞であるから、このラテン語の格言は「ゆっくり急げ」という意味で、わが国の「急がば回れ」がこれに似た諺ということになる。

アルドー版の表紙

　これは例えばアリストパネス『騎士』（四九五）にある「スペウデ・タケオース」（文字通りには「速く急げ」）というような表現をひねって、あえてこのような矛盾した語を組み合わせで作ったものであろう。この格言を愛好したのはローマ皇帝のアウグストゥスであると言われている。書簡にはきまってこの言葉を記したとされるが（アウルス・ゲリウス『アッティカの夜』第十巻一一、スエトニウス『ローマ皇帝伝』第二巻二五）、皇帝が用いたのは「スペウデ・ブラデオース」というギリシア語表現であったらしい。「スペウデ」はラテン語の festina に、「ブラデオース」は lente にあたる。皇帝はほかにも、「将軍は大胆であるよりも慎重なほうがよい」といった格言を日頃から好んだ（スエトニウス『ローマ皇帝伝』）。彼は、損害を受けるよりも利得を得る見込みが多くなければ、どんな戦争もしなかったとされるから、何事にも用心してかかれということであろう。しかし、エラスムスはもう少し積極的な意味で理解しているようである。すなわち、「何事についても、それを始める前に熟慮を重ねよ。しかし、熟慮を終えたならば、迅速に行動しこれを成し遂げよ」という意味である。そして、そのような考えはさらに古くギリシアの時代にもあって、「熟慮されたことはすばやく実行すべきであるが、熟慮のほうは長い時間をかけねばならない」（『ニコマコス倫理学』1042b4）というアリストテレスの言葉や、七賢人のひとりビアスの言葉（ディオゲネス・ラエルティオス『哲学者列伝』第一巻八七）を紹介している。

＊　わが国の西洋古典学の祖とも言うべきドイツ人ラファエル・ケーベルから薫陶を受けた田中秀央が、師から festina lente という格言のあることを教えられ、その著書に記すなどして終生愛用したという話はよく知られている。

古代ギリシアの宗教

古代ギリシアの宗教は言わずと知れた多神教であるが、信仰の中心はオリュンポスの十二神にある。天空の神ゼウス、海の神ポセイドン、冥府の神ハデスを中心とし、ほかにヘスティア（竈の神）、ヘラ（ゼウスの正妻）、アレス（軍神）、アテナ（知恵の神）、アポロン（光と予言の神）、アプロディテ（愛の神）、ヘルメス（神々の使者）、アルテミス（狩猟の神）、ヘパイストス（鍛冶の神）がいる。ギリシアの神々の神話伝承はさまざまであるが、ヘシオドスの『神統記』を見ると、大地女神ガイアはウラノス（天）を生んで、このウラノスとの間から、オケアノス、コイオス、クレイオス、ヒュペリオン、イアペトス、クロノスの六柱の男神、テイア、レア（ヘシオドスではレイア）、テミス、ムネモシュネ、ポイベ、テテュスの六柱の女神が生まれる。これがティタン（いわゆるタイタン）神族である。ウラノスは生まれた神を次々と大地の奥に隠してしまうが、末子のクロノスが大鎌でウラノスを去勢する。その後、クロノスとレアとの間に子供が生まれるが、これがオリュンポスの神々である。こうして生まれた神々を今度はクロノスが次々と飲み込んでいく。そのためにオリュンポスの神々との間で起きたのが、いわゆるティタノマキアである。戦いはゼウスらオリュンポス神の勝利に終わるが、このウラノス－クロノス－ゼウスという政権交代神話はバビュロニアの伝説と対応関係があると言われている。

このようなギリシア人の信仰は、自然宗教のひとつとして神道をもつわれわれ日本人のほうが、現在の欧米人よりも心情的に理解しやすいとよく言われる。英語やフランス語ではGodとgods、Dieuとdieuxで区別するし、名詞を大文字で表わすドイツ語でもheidnische Götter（異教の神々）と言って差別化しており、ギリシア宗教に関する研究はおびただしく刊行されているけれども、それは異教宗教として割引きしたかたちで論じられるのである。その意味では、日常生活にまだ神道の影響をもつ日本人のほうが分かりやすいというわけである。しかしこれは必ずしも正しいとは言えない。自然宗教に共通しているところは、人間が自分の意のままにならないさまざまなかたちの圧倒的な力を体験するとき、これを神として表現するところにある。これが分かりにくいとしたら、そのような驚くべきことが神の働きとしてもはや体験されなくなったからである。高度な科学が発達した今日では、昔は不思議に感じられた事象がすべて数値によって表現され、不思議でもなんでもなくなっているので、実はわれわれ日本人にも神々の体験は分かりにくくなっているのである。

もっとも多神教と言っても、知識人と民間人の理解とでは隔たりがある。哲学者クセノパネスが擬人化されたホメロスの神々を批判したことはよく知られているし、プラトンの『国家』などを見ると、当時の知識人たちの多くがオリュンポスの神々をホメロスが描いたようなかたちで信仰してはいなかったことが分かる。『ティマイオス』を読むと、デミウルゴスという唯一神が出てくるが、その創造神話よりも、ゼウスらのオリュンポスの神々が敬し遠ざけられているところのほうが興味深い。合理主義によって哲学者らが多神教を離れ、唯一神に近い神観を抱くようになった次第を論じたのは、ギルバート・マレーの『ギリシア宗教の四段階』（後に『五段階』と改題）である。オリュンポスの神々はこのようにして合理主義の波に飲み込まれていったと言うことができるだろう。

しかしながら、「擬人化」された不死なるものであるオリュンポスの神々は、民間人の信仰の中では長きにわたり、この世から独立した超越神であるよりは、むしろわれわれが生活し体験する日常的な世界に共存するかたちで存在していたのである。

アポロンとディオニュソス

アポロンとディオニュソスは、オリュンポスの神々のうちでも、とりわけなじみ深い神々である。哲学者ニーチェが『悲劇の誕生』（正確には『音楽の精神からの悲劇の誕生』で一八七二年刊）において、二神を対比し、秩序・調和を重んじる主知的傾向をアポロン的、激情的・陶酔的な傾向をディオニュソス的と呼んで、二つのタイプの芸術の類型を論じたことはよく知られている。

しかし、今日ではアポロンとディオニュソスがニーチェがイメージしたような神格であったと考える古典研究者はほとんどいない。神話ではもとは聖地デルポイで、生まれて間もないアポロンが番人の大蛇ピュトンを弓矢で射殺し、予言の権能をも引き継いだとされる。アポロンは同時に医術の神であって、その子のアスクレピオスも、父神から医術の技を受け継いで治療をおこない、医学の祖となった。もっとも、ホメロスではギリシア軍に疫病をもたらした神として描かれている。これは青銅器時代後期のヒッタイト語アプル（Aplu）が同じく病気の神であったことと関係するかもしれない。ネズミの神（Smintheus）というアポロンの添え名はこれを連想させるものであるが、ミュケナイ時代に入って治療神パイエオン（Paieon）――線文字BではPA-JA-WO――との混淆があったと考えられている。パイアン（Paian）もアポロンの添え名である。このような神格の融合はギリシアの神々にしばしばみられる。

一方のディオニュソスはバッコスとも呼ばれ、もともとはトラキアの宗教的狂乱を伴う神であったのが、ギリシアに移入された。神話の中ではゼウスとセメレとの子となっている。正妻のヘラが夫の浮気相手のセメレを憎み、彼女を唆して雷電をもつ本来の姿のゼウスと会わせ、彼女を焼死させてしまう。ゼウスは彼女の胎内にあったディオニュソスを自分の太腿の中に縫い込んで隠し、月満ちてディオニュソスが生まれた。アポロンと同様に東方起源の神であり、ギリシアに輸入されて女性の熱狂的な崇拝を受けたことは、エウリピデスの『バッカイ（「ディオニュソスを崇拝する女性たち」の意味）』に詳しい。もっとも、ミュケナイ時代の文書にすでにディオニュソスの名前が刻まれており、ギリシアでも早くから信仰されていた。

ニーチェに話を戻せば、『悲劇の誕生』は当時のドイツの古典学において完全に黙殺され、さらには古典学の大御所ヴィラモヴィッツ（実はニーチェより四歳年下）が Zukunftsphilologie（未来の文献学）と題した一文でニーチェを攻撃して、その難はニーチェの盟友で、『プシューケー』の著者で名高いE・ローデにまで及んだ。しかしながら、彼の思想は哲学の世界で大きな賛同を得たばかりでなく、後の古典学でもこれに劣らぬ大きな波紋を呼んだ。ヴィラモヴィッツの弟子E・フレンケルは「師の世代と自分らの世代で最も大きな違いはニーチェの影響力であった」と回顧している。ニーチェが『悲劇の誕生』を書いた動機は、おそらく十八世紀後半から十九世紀初頭にかけてのドイツの古典学が、ヴィンケルマン等に代表され、ゲーテやシラーにみられるように、ギリシア文化を専ら hell und heiter（明るく晴朗）なものと見ていたことに飽きたらず、これに düster und ängstlich（暗くて不安）な一面を対比させ、ギリシア人の世界観に含まれる不合理な一面を強調したところにある。

一方、イギリスにおいては、前に述べたように、ギルバート・マレーは、哲学の合理的な思想がどのように多神教の不合理性を駆逐していったかを論じたわけであるが、不合理的なもの、非理性的なものがギリシア宗教や哲学にどれだけの影響をあたえたかについては、E・R・ドッズ『ギリシア人と非理性』という研究もあって、マレーの学生であったドッズは、ギリシア文化における不合理性のもつ意義を強調する立場をとっている。

エレウシスの秘儀

アテナイの北西で、対岸にサラミス島を望むところにエレウシスがある。その遺跡は現在ではギリシア有数の工業地帯の一角にあるが、古代ではギリシア宗教の一大聖地のひとつであった。**Barrington** のギリシア・ローマ歴史地図で見ると、エレウシスから海岸沿いにヒエラ・ホドス（「聖なる道」）が描かれている。往時は年に一度この道を通って、アテナイからエレウシスまで祭礼行列がおこなわれたのである。

エレウシスはいわゆる密儀宗教のひとつであるが、『デメテル讃歌』（「ホメロス風讃歌集」に含まれる作品のひとつで前七世紀頃に成立）によって知られるその起源は次のようなものである。豊穣と大地の神であるデメテル女神の娘ペルセポネ（コレ［少女］とも呼ばれる）が友人たちと花を摘んでいたときに、伯父であり地下と冥府の神でもあるハデスによって黄金の馬車に乗せられ連れ去られる。母神は娘を捜して世界の各地を経巡り、やがて太陽神ヘリオスから事の次第を聞くと、怒りのあまり天界を下り、老婆の姿に身を変じてエレウシスにやって来て、そこで娘を取り戻すために、天界に帰らず地上に旱魃《かんばつ》を引き起こす。「麗しき冠のデメテルが隠してしまったために、大地は種を芽生えさせることはなかった。野原で牛が先の曲がった鋤をいくら牽いても空しく、白い大麦が大地にいくら蒔かれても無駄であった」（三〇七以下）。そこで、ゼウスはペルセポネが一年の三分の一はハデスのもとに、三分の二は他の神々のもとで暮らすようにして和解させた。ハデスと暮らす四ヵ月が冬の期間を表わすのか、あるいは乾いた夏の時季を表わすのか、解釈が分かれるところであるが、いずれにしてもこの縁起譚は、ペルセポネが種子を象徴し、不毛の四ヵ月を過ぎて大地に実りをもたらすという農耕の起源を表現するものであったことは間違いない。

さて、エレウシスの秘儀であるが、女神は自分を神とは知らず温かく遇してくれたエレウシスの王たち（ケレオス、その息子トリプトレモスなど）に秘儀と穀物の栽培法を授ける。エレウシス秘儀は大秘儀と小秘儀に分かれているが、ここでは大秘儀の祭礼について紹介しよう。ボエドロミオン月（今日の九月頃）の十四日にエレウシスから聖物がエレウシニオン（アクロポリス近くの神殿）に持ち込まれるところから祭礼がはじまる。十九日になるとアテナイのケラメイコスから行進を始め、聖なる道を通ってエレウシスに向かう。そして、二十日、二十一日になると秘儀を受ける人びとはテレステーリオンと呼ばれる広間に入る。おそらくそこでデメテルの神話物語を見たのであろうが、秘密裏におこなわれ、口外する者は処刑されたから仔細は定かではない。秘儀も最高潮に達すると神に憑かれた状態になる。このようにして秘儀に参加した者には、死後における幸福が約束されるのである。

エレウシスの宗教はすでにミュケナイ時代からおこなわれていたと言われるが、オルペウス教やピュタゴラス派とは異なり、哲学的な含蓄のある教義のようなものがなく、また生き方の改変を強いられるということもなかった。しかし、民間宗教としての人気は根強く、死後の極楽往生を願う人びとの信仰は、後の時代になってますます盛んになる。エレウシスの古いデメテル神殿はペルシア戦争のおりに消失するが（ヘロドトス『歴史』第九巻六五）、後に再建された。ヘレニズム時代、さらにローマ時代に至ってもなお隆盛をみたが、やがてキリスト教が台頭するとともにさびれていく。背教者ユリアヌスはエレウシスの秘儀に参列した最後の皇帝であったと言われる。その後、三九二年テオドシウス一世が多神教の祭儀を禁止するとエレウシスの秘儀は絶えてしまい。三九六年にはゴート族のアラリック王によってエレウシスの遺跡は破壊され、歴史から消えてしまう。

エレウシス跡地。階段が見物席で右側がテレステーリオン（秘儀の間）。（写真／内山勝利）

トロイア戦争

ギリシア神話でとりわけ有名なのはトロイア戦争の物語である。この物語はホメロスの『イリアス』『オデュッセイア』からわれわれのよく知るところであるが、これらの二作品は戦争物語の全体ではなく、一部を語るものでしかない。戦争の発端はアテナとヘラとアプロディテの三女神が美を争ったことに始まるが、これを語っているのは「叙事詩の環（エピコス・キュクロス）」のひとつ『キュプリア』である。審判者となったアレクサンドロス（パリス）は、ヘレネとの結婚を約束させ、アプロディテに軍配を上げる。ヘレネはすでにスパルタ王メネラオスの妻となっていたが、アレクサンドロスはかの地へ行って、主人メネラオスがクレタに出かけた留守に、ヘレネと共にスパルタを出奔する。このヘレネ誘拐はトロイア伝説において最も重要な事件であり、アレクサンドロスがヘクトルとともにトロイアの王子であったことからトロイア戦争を引き起こすきっかけとなったものであるが、その細部において伝説はいくつかの食い違いをみせている。ひとつは、ヘレネを連れたパリスが、順風に恵まれて三日目にトロイアに着いたというもの、またひとつは漂泊してフェニキアのシドンに着いたというもので、ヘロドトスは前者が『キュプリア』での、後者は『イリアス』の筋書きであるから、これを根拠に『キュプリア』はホメロスの作品ではないと推測している。『キュプリア』は、ポティオスの『ビブリオテーケー』にプロクロスの『クレストマティア』（このプロクロスは五世紀の新プラトン主義哲学者ではなく、二世紀の文法学者だとする説が有力）の一部が紹介されていて、その中に叙事詩の環の梗概を載せていることで、その内容が知られる。しかし、それを読むと女神のヘラが嵐を起こして、パリスの一行はトロイアへ行く前にシドンに流されることになっていて、こうなると訳が分からなくなってくる。ところがさらに、ヘロドトスはヘレネが行ったのはトロイアではなく、エジプトであるという証言も紹介している。それによれば、ヘレネもその財宝もエジプト王プロテウスの許に留め置かれ、後日メネラオスは無事のヘレネと再会したと言われている。

このように伝説に細部において違いがあっても、そのどれを採用するかは詩人の手に任される。ホメロスはエジプトに赴いた話を聞き知っていたが、これは叙事詩（エポポイイエー）向きではないと判断したのだろうとヘロドトスは推測している。要するに、叙事詩は歴史とは異なるということである。アリストテレスは、歴史にとって重要なのは時間の統一性であるが、叙事詩の場合には行為の統一性が重要であると述べている（『詩学』1459a21以下）。すなわち、同じ時期に生じた海戦は単に偶然的な関係しかなく、ひとつの結末に向かって収束していく必要がないが、叙事詩の場合にはそのことが善し悪しの決め手となるということである。アリストテレスはさらに、トロイア戦争の一部始終の出来事を詩にするのではなく、物語の必然的な展開のみを作品にしたという理由で、ホメロスの天才ぶりを褒め称えている。その証拠に、『イリアス』『オデュッセイア』からはわずかな悲劇のテーマを取り出すことしかできないが、『キュプリア』からは多くの悲劇作品ができると言っている。

ヘレネの行く先が作品で異なっているのは、夫を見捨て戦争の原因となったという意味で悪女であるのかどうかという、ヘレネへの評価と関係しているのかもしれない。ヘレネのトロイア行を非難する詩を書いて両眼の視力が奪われてしまい、改めて取り消しの詩（パリノーディアー）を書いたステシコロスという詩人がいたとプラトンは『パイドロス』（二四三B）で言っている。プラトンの『国家』（五八六C）によれば、トロイアに行ったのはヘレネの幻であったということで、エウリピデスは『エレクトラ』でこのヘレネ幻影説を採択している。

アキレウスの死

トロイア戦争のクライマックス・シーンと言えば、英雄アキレウスの死か、木馬の奸計によるトロイの陥落であろう。ところが不思議なことに、二つの話はホメロスの『イリアス』や『オデュッセイア』には出てこない。これらはむしろ『アイティオピス』と『イリウ・ペルシス』というあまり名の知れない叙事詩に出てくるのである。アキレウスがどのように死んだのかについてプロクロスが遺した『アイティオピス』の梗概をみると、「アキレウスはトロイア軍を敗走させ、彼らを追って城市の中に入ったときパリスとアポロンによって討たれた」（岡道男『ホメロスにおける伝統の継承と創造』創文社、一九八八年）という、まことにそっけない記述があるだけである。

アキレウスの死について有名なのは、いわゆる「アキレス腱（Achilles tendon）」がこの英雄の急所で、ここを矢で射られて命を落としたという話である。アキレウスは死すべき人間のペレウスと海の女神テティスの間に生まれた。女神である母が生まれた子を不死にしようと冥界の河ステュクスに浸すが、アキレウスの踝だけが水につからず、不死とはならなかった。そのためにトロイア戦争のおりに、スカイア門のそばでアポロン神が、あるいはこの神の導きによってパリスが射た矢がちょうど踝の辺りに当たって、英雄は死んだ。これがわれわれのよく知る英雄アキレウスの死の話である。

ところが女神がステュクスに赤子を浸す話は、古い時代の書物には出てこない。ロドスのアポロニオスの『アルゴナウティカ』（第四巻八六六以下）や伝アポロドロスの『文庫（ビブリオテーケー）』（第三巻一三・六）を読むと、女神はわが子を不死身の体にしようと、夫には内緒で夜は火の中に入れ、昼はアンブロシア（神饌）を体に塗りつけていたが、夫はわが子が火の中で苦しんでいるのを見て叫び声をあげ、女神はやむなくその場から去ったと書かれている。ステュクス河の縁起譚は一世紀後半の作家スタティウスの『アキッレス』に出てくるけれども、それ以前にはないようで、キリスト教の洗礼式の影響を疑われたこともある。一方、アキレウスは踝を矢で射られて、これがもとで命を落としたという話は、「走れメロス」の原話を収録していることで名高いヒュギヌスの『神話伝説集（ファーブラエ）』に出てくる。これはラテン語の作品であるが、伝アポロドロスになると、単にアキレウスは踝（スピュロン）を射られたと言われていて、それが致命傷であったとは語られていないし、クイントゥス・スミュルナイオス『ホメロス後日譚』でも同様である。前六世紀のカルキス産のアンポラにはアキレウスの死体をめぐる戦闘が描かれているが、一本は英雄の下肢に、一本は脇腹に当たっている。アキレウスは踝を射られて死んだのは間違いないであろうが、これと踝のみが不死でなかったということとは話が別で、想像をたくましくすれば、踝の傷が致命傷であったという話に合わせて、冥界の河に浸すという話が生まれたのかもしれない。

トロイの木馬

トロイア戦争ですぐに連想されるのは「トロイの木馬」の物語であろう。一〇年にわたるギリシア軍とトロイア軍の戦争は、木馬の奸計によって城市トロイアが陥落することで終結する。この木馬はエペイオスによって建造された。これはオデュッセウスの助言によるとも、女神アテナの導きによるとも言われるが、前六七〇年頃の作とされているミコノス島で出土したアンポラと呼ばれる両把手付きの壺を見ると、胴部にのぞき窓、足下に車輪のついた木馬が描かれている。物語によると木馬には、「ギリシア軍帰還に感謝して、アテナに捧げる」と記されていたという。ギリシア軍が逃走したのだと信じたトロイア人たちは、木馬を城門の中に入れようとした。これを見たプリアモス王の娘カッサンドラは、「兵士が潜んでいる」と叫び、神官ラオコオンも同様に、城内に引き入れることに反対したが、トロイア人らは彼らの言葉を信じず、ギリシア軍に勝利したと思い、木馬を城市の中に引き入れ祝宴をはった。ここまでの話は、「叙事詩の環」と通称される作品群のうち、ミテュレネ出身のレスケスによる『小イリアス』という作品に描かれていた。その続きは、同様の作品であるミレトス出身アルクティノスの『イリウ・ペルシス』で語られる。これらの作品はともに現存しないが、プロクロスの梗概によってその内容が知られる。

話を続けると、ここで意見が三つに分かれる。木馬を崖から突き落とせというもの、火で焼き払えというもの（ホメロスの『オデュッセイア』〈第八歌五〇七〉では、刃で切り裂けとある）、奉納品としてアテナに献納せよというものであるが、結局、第三の意見に従うことになった。そのとき二匹の巨大な蛇が出現し、ラオコオンとその息子を絞め殺してしまう。この前兆を目にしたアイネイアスらは恐れて、トロイアを去ってしまう。そのうちに、わざと投降していたギリシア人のシノンが、夜陰にまぎれて合図を送りギリシア軍を呼び戻すと、木馬の中の兵士たちも外に出てトロイア軍を急襲し、城市を陥落させた。

仔細は別として、これは誰でもご存知の物語である。木馬はギリシア兵を内に隠したというだけに巨大なものであったと予想されるけれども、はたして何人のギリシア兵士が中に潜んでいたのだろうか。『小イリアス』の断片は三〇〇〇人（trischilious）という数字を挙げているが、これはありそうもないだろう。伝アポロドロスの『文庫（ビブリオテーケー）』（「摘要」五・一四）のほうは五〇人、クイントス・スミュルナイオス『ホメロス後日譚』（第十二巻三一四以下）も三〇人、あるいはそれ以上と妥当な数字を挙げている。十二世紀にビュザンティンで活躍したツェツェスという詩人、文法学者がいるが、彼は二三という数字を挙げて、その全員の名前を書き記している。ネオプトレモスから始まり、知将オデュッセウスで終わっているが、些末なことにこだわるビュザンティン学者の熱意に頭が下がるものの、これが何を根拠に言われているのかはわからない。

星とギリシア神話

星座の名称はギリシア神話に由来するものが多い。その由来は西洋古典のなかでさまざまに語られているが、そうしたものをまとめた作品を紹介してみたい。そのひとつはアラトスである。アラトスはヘレニズム時代の詩人（前四世紀後半）で、その代表作『パイノメナ（星辰譜）』は四七の星座について一一五四行にわたってギリシア語で綴ったもので、古代において広く読まれた書物である。もうひとつはラテン語の作品で、キケロの『神々の本性について』（第二巻四一・一〇四以下）であるが、こちらはアラトスを引用しながら上手にまとめている。ほかにも星座を扱った古典作品に、ヒュギヌス『アストロノミカ（天文詩）』（ラテン語）などがある。星座については何度か触れたが、ここではそれ以外の代表的なものを紹介する。

＊ アラトスの『パイノメナ（星辰譜）』は伊藤照夫訳『ギリシア教訓叙事詩集』（西洋古典叢書、京都大学学術出版会、二〇〇七年）に収められている。キケロの『神々の本性について』は岩波版『キケロ選集11』に山下太郎訳が入っている。

＊

清少納言の『枕草子』では「星はすばる、彦星、夕づつ」（二三九段）と、昴《すばる》が筆頭に挙がっているが、古代ギリシア語では昴はプレイアデス（Pleiades、叙事詩は Plēiades）と言い、蒼穹を支える神アトラスの七人娘のことである。**Plein**（航海する）が語源だとする説があって、七星の出現が農業と航海に関連するからもっともらしく聞こえるが、正確なところは分からない。プレイアデスは七つ星であるが、目には六個しか見えない（『パイノメナ（星辰譜）』二五四以下）。

　プレイアデスたちがボイオティアの野を散策していたときのこと、海の神ポセイドンの息子オリオンが彼女らを見初め、七年にわたって執拗に追いかける。大神ゼウスが彼女らの願いを聞きとどけ、鳩の姿に変えて天に上げる。しかし、オリオンも蠍《さそり》に刺されて死に星座となったため、彼女らは永遠にオリオンに追われるはめになった。オリオンのほうも自分を刺した蠍から逃げまどう。オリオンは冬の星座、蠍は夏の星座だから互いに見《まみ》えることはない。中国ではオリオンを参《しん》、蠍を商と言った。詩人の杜甫に「人生不相見、動如参與商（人生相見ざること、動《やや》もすれば参と商の如し）」（「贈衛八處士」）という詩句がある。

　夕星は古くは「ゆふつづ」と、後には「ゆふづつ」と訓じたが、宵の明星（金星）のことで、ギリシア語ではヘスペロスと言う。わが国では『万葉集』に人麻呂や憶良が詠んだものが収められているが、西洋古典ではホメロスが天空にある最も美しい星（『イリアス』第二〇歌三一八）として挙げている。東西に分かれても星に寄せる思いはそれほど違わないということである。サッポーには上田敏が訳した美しい夕星の詩（「断片」八三）がある。「汝は晨朝《あした》の蒔き散したるものをあつむ。羊を集め、山羊《やぎ》を集め、母の懐に稚兒《うゐなご》を歸す」（初出は明治二九年二月の『文学界』で、ちょうど晩年の樋口一葉が同誌に『たけくらべ』を発表し、ようやく文壇に注目され始めた頃である）。

*

エティオピアのカシオペイアは自分の容色を誇り、海のニンフたちよりも美しいと言ったために、海神ポセイドンの逆鱗に触れ、高波と怪物ケートス Ketos に襲われる。アンモンの神が娘アンドロメダを人身御供にすれば、海神の怒りもおさまるであろうとの託宣を降ろしたので、娘は岩に縛られるが、怪物の餌食とされる寸前に英雄ペルセウスに救われる。今日ではケートスは鯨のこととされ、後に天に昇って鯨座となる（伝アポロドロス『文庫（ビブリオテーケー）』第二巻四・三）。より正確には、ケートスは胎生で肺呼吸をする水棲の哺乳類一般を指し、イルカなど含んだ言葉である。

＊

セント・エルモの火（St. Elmo's fire）の名称は三世紀後半の殉教者で、船乗りを守護聖人である聖エラスムス（エルモ）の名にちなむが、その現象そのものは古代から知られており、古代ギリシアでは、船の檣頭で一回光ると船乗りたちがヘレネー（松明）と呼び、二回だとカストルとポリュデウケスと呼んだ。彼らはスパルタ王テュンダレオスとレーダーの双生の子であるが、実はゼウスが白鳥の姿になってレーダーと交わって生まれたという伝承があり、そのためにディオスクロイ（ゼウスの息子たち）とも呼ばれる。いずれにせよ、彼らはレーダーの卵から生まれたとされる。二人はつねに緊密な友情で結ばれており、カストルが死んだとき、兄弟のポリュデウケスは遺体から離れず、後にともに星となって双子座の名で呼ばれた。彼らの妹がトロイア戦争の原因となった絶世の美女ヘレネである。

＊

大神ゼウスは女性だけでなく、若い男性にも手を出す。妻の女神ヘラはこれに嫉妬して、美しい若者アエトスを鷲に変えた。しかし、この鷲はゼウスの助けをして、別の美少年ガニュメデスを攫う。オリュンポスの宴で酒甕を運ぶ役をすることになるが、二人は後に天に昇り、わし座とみずがめ座になった（『アストロノミカ（天文詩）』第二巻一六、二九）。

ディケーは正義の女神であるが、黄金時代が過ぎて人類が堕落していくので、やむなく天に昇って星になった。アストライアー（星を意味するアステールの女性名詞）とも呼ばれた。今日の乙女座である（『パイノメナ（星辰譜）』九七以下）。傍らに正邪を判定するリブラ（天秤）をもつ。これが天秤座となる。

＊

プリクソスはボイオティア王アタマスの息子で、妹のヘレーとともに、継母のイーノーの策略によってあやうく生贄にされようとするところで、金毛の羊に助けられる。羊は人語を話し、兄妹を乗せて東方へ飛び去ったが、ヨーロッパからアジアに渡る海峡にさしかかったとき、妹が海に落ちてしまう。これがヘレーの海、すなわちヘレスポントス（エーゲ海とマルマラ海を結ぶ海峡）である。プリニクスは無事に黒海の東端にたどり着く。そこで、彼はゼウスにこの羊を犠牲として捧げる。この羊が一二星座のひとつ牡羊座となる。後年、この羊の毛皮（金羊毛皮）を探し求めて、イアソンらのアルゴナウタイ（アルゴ船乗組員たち）の物語が展開するが、これについてはアポロニオス・ロディオスの『アルゴナウティカ（アルゴ船物語）』に詳しい。

II

ギリシア・ローマ名言集

人は水に浮かぶ泡沫《うたかた》

οἱ ἄνθρωποι …… πομφόλυγες ἐν ὕδατι.（Lucianus, *Charon*, 19）

この言葉は、人の生がはかなく、空虚であることを慨嘆したものであるが、わが国の「泡沫《みつぼ》なす仮《か》れる身そとは知れれどもなほし願ひつ千歳《ちとせ》の命を」（『万葉集』巻二〇－四四七〇）という大伴家持の歌や『方丈記』の冒頭の言葉などにみえる無常観と通ずるものがある。ルキアノス作『カロン』では、冥府の河の渡し守である老人のカロンが登場して、こう語るくだりがある。「人とその一生を何に喩えてみればよいか、ひとつ語ってみましょう。流れ落ちる水流に浮かぶ泡沫（pompholyges）を見たことがあるでしょう。……小さなものは壊れてたちまち消えてしまう。あるものはもう少し長く続くし、あるものは他の泡とひとつになって大きく膨れあがりますが、これらもやがては壊れてしまう。ほかにすべはないからです。これが人の一生なのです」（一九）。

同じような表現をラテン語で探してみると、マルクス・テレンティウス・ウァロが『農業書』の冒頭において妻にこう語りかけている例がある。「急がねばならぬ。諺にあるように、人は泡沫（homo bulla）でしかなく、まして老人はそうなのだとすれば」。ウァロがこの書を書き始めたのは八十歳のことであった。

人間とその生のはかなさを表わすものに、ほかに「エペーメロス（epēmeros）」という言葉がある。アリストテレスが『動物誌』（第五巻 552b23）において、エペーメロス（蜉蝣）と呼ばれる生きもののことを語っている。夏至の頃ヒュパニス河（この河は二つあり、黒海に流れ込んでいる河のほうを指す）ではブドウの実より大きな袋状のものが流れてくるが、これが割れると翅の生えたものが生まれ、夕方まで生きていて飛び、太陽が沈むとともに死んでしまう。エペーメロスは、文字通り「一日だけ生きること、短命」を意味する。

エウリピデスの悲劇『フェニキアの女』には「現世の幸福は確かなものではなく、つかの間のもの（エペーメロス）」（五五八）という言葉があるし、セモニデスの詩を読むと、現存断片のはじめは「子よ、雷鳴らす大神ゼウスこそ、ありとあらゆる事柄の結末を手にして、望むがままに終わらせるのだよ。これを見きわめる知性（ノオス）など人の手にはない。むしろ、つかの間のものとして、われわれ人間は家畜のごとく、すべてのことをどのようにゼウスが終わらせるのかを全く知らずして生きる」（断片一）という言葉で始まっている。

これらの例をみると、人とその生のはかなさは、神という絶対的な存在に較べての無力について言われているのだということが分かる。ピンダロスは「神は望むがままにその思いを果たされる。翼もてる鷲にも追いつき、海のイルカを追い越し、驕れる人間どもはこれを挫き、別の人間には年古りぬ誉れを授ける」（『ピュティア祝勝歌』第二歌四九以下）と歌っているが、このような神観がその基礎にあるわけである。

人は影の夢

σκιᾶς ὄναρ ἄνθρωπος.（Pindar, *Pythia*, VIII 95）

『ピュティア祝勝歌』第八歌最終連には、「はかなきものどもよ。人とは何であり、何でないのか。人は影の夢」というよく知られた詩行がある。よく似た表現をほかに探せば、ストバイオスが遺した悲劇断片には、アイスキュロスの「人は一日の思慮しかもたず、信頼のできないことは煙の影と変わらない」や、ソポクレスの「人は風や煙にすぎぬ」（失われた悲劇『ロクリスのアイアス』）がある。煙の影という表現は、ソポクレスにはほかにも用例があるが、いずれもあてにならぬものを指している。

ホメロス『イリアス』にある有名な喩えも同様な例とみることができるだろう。「テュデウスの偉大な心をもつ息子よ。なぜわたしの素性を尋ねるのだ。人間の族など、木の葉のそれと変わるところがない。風が木の葉を地面に吹き散らすかと思えば、春の季節がめぐってくると、森が生い茂り、新たな木の葉の芽を吹く」（第六歌一四五以下）。懐疑主義の哲学者にエリスのピュロンという人がいて、このホメロスの句をたえず口にしていたという（ディオゲネス・ラエルティオス『哲学者列伝』第九巻六七）。この哲人が説く「賢者の平常心（アタラクシアー）」のもとにはこのような無常観があった。

いずれにしても、ホメロスの言葉は古代の作家たちが好んで引用したもののひとつである。友人の息子が急逝したという知らせを受けて、その友人のために認めたプルタルコスの『アポロニオスへの慰めの手紙』は偽作の疑いもあるが、さまざまな古典からの引用を使って語りかける筆者の言葉には心を打つものがある。人が不運な目にあうのは少しもめずらしいことではなく、誰もが同じ経験をしてきたのだと諄々と諭す。こんなことを語りながら、プルタルコスはホメロスの作品から引用している。右の言葉もそのひとつであるが、次のようなものもある。「地上に住まう人間の心は、人間と神々の父なる神（ゼウス）がもたらす一日のように移ろいやすい」（一〇四E、引用は『オデュッセイア』第十八歌一三六以下）。

汝自身を知れ

γνῶθι σαυτόν.（Plutarch, *Consolatio ad Apollonium*, 116C）

「モラリア」の作者として知られるプルタルコスが、「デルポイの二つの銘文は、人生にとっては何にもまして大切なものです。すなわち、『汝みずからを知れ』と『分を超えるなかれ』です。他のいっさいのことはこれら二つの言葉にかかっているからです」（『アポロニオスへの慰めの手紙』一一六C）と述べているが、古代ギリシアの格言として「汝自身を知れ」はとりわけ有名なものであり、さまざまな著作家がこれに言及している。哲学者のプラトンやアリストテレスのほかに、クセノポン『キュロスの教育』（第七巻第二章二〇）、伝メナンドロス『一行格言集』（七六二）、キケロの『弟クイントゥスに宛てた書簡』（第三巻五・七）など枚挙にいとまがない。

格言の意味は、「人は自分の身の程を知らねばならない」ということである。こういう話がある。テオポンポスという前四世紀の歴史家の伝えるところによると、あるマグネシア人が小アジアからデルポイにやって来た。デルポイは人も知るアポロン神の聖地である。裕福で多くの家畜を所有していた彼は、毎年神殿に詣でて数かぎりない犠牲を捧げていた。敬神の心もあったが、神に気に入られたいという欲もあった。このような心持ちでデルポイに来て、神にヘカトンベー（文字通りには、百頭の牛からなる犠牲）を献納したあと、当地の巫女であるピュティアにこう尋ねた。「神様をいちばん崇拝したのは誰でしょうか」。すると、巫女が挙げたのはアルカディアのメテュドリオンに住むクレアルコスという男であった。驚いたアルカディアの男は、ぜひともクレアルコスなる人物に会って、どんなふうに犠牲を捧げているのかを見てみたいと思った。そこで、人もあまり住まず、都市らしきものもありそうもない土地に赴いて、クレアルコスに会うと、犠牲をどんなふうにしているのか早速尋ねてみることにした。すると、貧しい農夫のクレアルコスは、犠牲獣を捧げるのを避け、ただ畑から採れる穀物の初穂のみを欠かすことなく捧げるということであった。

この話はポルピュリオス『肉食の禁忌について』（第二巻一六）に出ているが、テオポンポスと同時代の哲学者でアリストテレスの弟子であるテオプラストスの『敬虔について』（断片七）にも、名前は違うがよく似た内容の話が紹介されている。この作品は現存しないが、ポルピュリオスの右の書物に引用がある。この書物には、犠牲式は獣ではなく農作物によっておこなわれるべきだというピュタゴラスの思想に起源をもつ主張があるが、話の根底には、人間はその分を知って、つつましやかに生きるのが幸福であるという考えがあると思われる。十世紀頃に編纂された『スーダ』という辞典をみると、「『汝自身を知れ』はキロンの言葉で、過度にうぬぼれる人に対して作られた諺」とある。

この格言をソクラテスに結びつけるものもあって、アリストテレスは『哲学について』の中で、「デルポイの神殿の銘文の中で『汝自身を知れ』は最も神にふさわしいものと考えられるが、この言葉こそあの難問と探究のきかっけをあたえたものである」（同書は現存せず、プルタルコス『コロテス論駁』一一一からの断片）と述べている。これはプラトンの対話篇の中でソクラテスがこの格言にしばしば言及しているためかもしれないが、『カルミデス』では「自己を知る」ことが「節度（ソープロシュネー）」を保つことにほかならないと主張している。これがあながち架空の哲学談義とも思われないのは、クセノポンが同様にソクラテスを登場させて、この格言についてエウテュデモスと議論させているからである（『ソクラテス言行録』第四巻二・二四）。

しかし、この銘文のもとの作者が誰であったかはよく分からない。歴史家のパウサニアスによると、デルポイの神殿の入口に人間の生に有益な格言が掲げられていて、ギリシア人が賢人と呼ぶ人たちによって書かれたものだという。すなわち、イオニア地方からはミレトスのタレスとプリエネのビアス、レスボス島のアイオリス人ではミテュレネのピッタコス、小アジアのドリス人ではリンドスのクレオブロス、アテナイ人ではソロン、スパルタ人ではキロンであるが、七番目の人物はプラトンによればキュプセロスの子ペリアンドロスではなく、ミュソンという者で、この者はオイテ山（テッサリアの山）のケナイという村の出身である。彼ら七人の賢人たちがデルポイにやって来て、「汝自身を知れ」などの銘文を献納したということである（『ギリシア案内記』第十巻二四・一）。右に挙げた『スーダ』は特にキロンのものだとしているが、ディオゲネス・ラエルティオス『哲学者列伝』第一巻四〇はタレスだとしている。しかし、同書は歴史家アンティステネスを引用して、もともとはデルポイの巫女ペモノエが作ったのをキロンが盗用したという説も紹介している。

分を超えるなかれ

μηδὲν ἄγαν.（Theognis, *Elegiae*, I 335.）

デルポイのアポロン神殿に掲げられていたという箴言には、「汝自身を知れ」のほかに「分を超えるなかれ」があった。これに言及した作家も数多いが、テオグニス『エレゲイア詩集』の「分を超えて急ぐな（mēden agān speudein）。中庸こそ何にもまして最上のもの。キュルノスよ、こうすれば得がたい徳を手にすることになろう」（第一巻三三五〜三三六）がなかでも古いものである。テオグニスは前六世紀のメガラ出身の詩人で、青年キュルノスにあてた詩集の第一巻はさながら格言集の趣があり、右の引用もそのひとつである。もう少し時代が下がるがピンダロスの詩にも、「賢人たちは『分を超えるなかれ』という言葉をことのほか称揚する」（「断片」二一六）というくだりがある。賢人たちというのはギリシア七賢人を指している。後の著作家たちも、この格言を七賢人に帰しているが、そのうちの誰の言葉であったかについては、「汝自身を知れ」と同様よく分かっていない。哲学者アリストテレスは、「青年は、キロンの格言に反して、度を超して性急であるためにあらゆることに失敗する」（『弁論術』1389b4）と述べているように、この言葉をキロンのものと見なしているが、ディオゲネス・ラエルティオスの『哲学者列伝』は、キロン（第一巻四一）のほかにソロン（同巻六三）の名も挙げている。「汝自身を知れ」という格言が、プラトンが言っているように、デルポイにやって来た人に対する神からの挨拶の言葉ではなく、みずからの分を知れ、節度（ソープロシュネー）を守れという意味であるとすれば（『カルミデス』一六五A)、二つの格言はともに同じような趣旨のものだということになる。

いずれにしてもこの格言は、「『分を超えるなかれ』という言葉がことのほか好きだ」(エウリピデス『ヒュッポリトス』二六五)など人口に膾炙しているが、哲学者もピュタゴラス(ディオゲネス・ラエルティオス『哲学者列伝』第八巻九)をはじめ、プラトン、アリストテレスなどがこれを重視している。プルタルコスは、ホメロス『イリアス』の「テュデウスの子よ、わたしを過度に褒めたり貶したりしないでくれ」(第十歌二四九)が最も古い例であると主張している(『七賢人の饗宴』一六四C)。これはこじつけのようにみえるが、ヘシオドスの『仕事と日』で「程合いを守れ、何事にも好機が最善のもの」(六八四)などを見れば、この言葉が含んでいる中庸の思想はギリシア人が最も重んじたもののひとつであったことがわかる。

保証、その傍らに破滅

ἐγγύα, πάρα δ' ἄτα. (Diodorus Siculus, *Bibliotheca*, IX 10)

デルポイに掲げられた箴言には、実はもうひとつあった。シケリアのディオドロスは『歴史文庫』の中でこう記している。「キロンはデルポイにやって来ると、その神に自分の知恵の初穂のようなものを捧げねばならないと考えた。そこで、神殿のある柱に以下の三つの言葉を刻み込んだのである。すなわち、『汝自身を知れ』、『分を超えるなかれ』、そして三つ目は『保証、その傍らに破滅』であった。いずれの箴言も短くラコニア（スパルタ）風であるが、深い叡知のたまものである」（第九巻一〇）。プルタルコスは、こうした短い箴言が好まれたのは、デルポイのアポロン神が短い言葉を愛したからであり、アポロンにはロクシアスという添え名があり、通例は「曖昧さ」を意味すると考えられているが、実は「冗長な表現を避ける」という意味だという説明をあたえている（『お喋りについて』五一一B）。

さて、この箴言の意味であるが、最初の語が誤って命令文に訳されることがあるので、字義の説明を加えると、保証と破滅を意味する「エンギュアー」「アーター」（エンギュエー、アーテーとも綴られるが、こちらはアッティカ方言形）の二つの名詞が隣り合わせに並べられ、「パラ」は傍らにあるという意味の動詞である。プラトンの『法律』（第十二巻九五四A以下）を読むと、保証人になるさいには、契約事項を文書にして明記し、金額が一〇〇〇ドラクマ以下の場合は少なくとも三人の証人の前で、一〇〇〇ドラクマ以上の場合は少なくとも五人の証人の前で保証をおこなうべし、とその規定も委細を極めている。お金を借りた人の保証人になって、その人が貸し主にかわって借金を返済しなければならないはめに陥るようなことがあったからであろう。あるいは、裁判所で被告が保釈されるさいに、その保証人となるが、その人に裏切られて、保証した者が罰を受けるようなこともあった。プルタルコスは、この格言もホメロスを創案者と考えて、『オデュッセイア』の「つまらぬ者のする保証は、実につまらないものだ」(第八歌三五一)の例を挙げるが、これもこじつけの感じがする。しかし、ヘラクレスの誕生について、女神ヘラに欺かれて誓いをたてたゼウスが、その場にいた女神アーテーに腹を立て、オリュンポスから追放するという(『イリアス』第十九歌九一以下)もうひとつの例とは、関連があるかもしれない。

生まれぬのが最善

μὴ φῦναι …… ἄριστον.（Theognis, *Elegiae*, I 425f.）

名言集にはいるものであるかどうか分からないが、古代ギリシア人はこのような厭世的な言葉を好んだ。エレゲイア詩人のテオグニスには「地上の人間にとって、なによりも善いことは生まれぬこと、目を射る陽の光を見ないことだ。しかし、生まれてしまったら、できるだけ早く冥府（ハデス）の門をくぐること、たくさんの土を盛り上げてそこに横たわることだ」（第一巻四二五以下）というよく引用される詩がある。これと並んで、決まって引かれるのがソポクレス『コロノスのオイディプス』で劇中コロスが歌う言葉である。「何と考えようとも、生まれぬのが勝ちだ。しかし、この世に生まれてしまったからには、できるだけ早くもと来たところに戻るのが次善の策だ」（一二二五以下）。コロスは続いて、青春が過ぎ去った後の苦難、妬み、不和、争い、戦争、そして友のいない老年と並べ立てる。ペシミズムとはこの世を最悪のもの（pessimus）と見ることであるが、このような厭世的な思想の淵源はどこにあるのか。ひとつはヘシオドス『仕事と日』のいわゆる五時代説話に関係させるもので、金、銀、青銅、英雄の時代を経て現在の鉄の時代にいたるが、「もはや五番目の種族とともにはいたくない。その前に死ぬか、その後に生まれたい」（一七四〜一七五）と言われるように、人間の種族はひたすら劣悪化への道をたどる。五つの時代が単純な下降史観に基づくのか、そうでないのかの詮索は別として、過去には黄金時代が存在していたという夢想はギリシア人に広く流布していた。

しかしながら、黄金時代伝説とは必ずしも関係がないように思われる資料もある。キケロの『トゥスクルム荘対談集』第一巻は「いかにして死の恐怖から免れるか」がテーマであるが、その中でディニュソスの従者で、山野を住みかとするシレノスに関する物語が登場する。プリュギアの伝説上の王ミダスがシレノスを捕らえたとき、彼を放免するかわりに知恵の言葉を授けたという。同じ話がアリストテレスの失われた対話篇のひとつ『エウデモス』にも出てくる。このミュートスの出所がアリストテレスだとすれば、キケロはアリストテレスを読んで、自分の著作にこの話を取り込んだということになる。対話篇そのものは現存しないが、シレノスの語った言葉をプルタルコスが引用している。それによると、「苦労の多いダイモンと辛い運命との儚き末裔よ、どうしておまえたちには知らぬほうがよいことを私に語れと強いるのだ。みずからにふりかかる災厄を知らぬほうが人生は苦しみが少ないというもの。すべてのうち最善のことは人間のものになることはなく、最善のことにあずかることも許されない。なぜなら、すべての男とすべての女にとって生まれぬことが最善であるからだ。しかるに、その次のことで、人間がおこないうることでは第一だが、次善のことと言えば、生まれたならできるだけ早くに死ぬことだ」(『アポロニオスへの慰めの手紙』一一五E以下)と語ったという。人間にとって生より死が願わしいという思想は、さらに古くヘロドトスにも出てくる。アテナイの賢者ソロンとサルディスのクロイソスとの会見模様は、その後ペルシアの大軍によってサルディスが陥落ということもあって、『歴史』第一巻の中で特によく知られたものである。ソロンに自分の豪華な宝物を見せたうえで、「この世界で一番幸福な人間は誰か」と訊ねる。むろん王様こそ最も幸福な人間でありますと答えると思ってのことである。しかし、ソロンはクロイソスではなく、名もよく知らぬ庶民の名前を挙げる。そのひとつがクレオビスとビトンの例である。二人はアルゴスの生まれであったが、ヘラ女神の祭礼がその地でおこなわれたときのこと、母親を神殿まで連れて行こうとしたが牛車が間に合わず、彼ら自身で母親の乗った車を押して四五スタディオン（約八キロメートル）の距離を引いていった。周りにいた人たちは兄弟の体力とその孝行ぶりを誉めたたえ、喜んだ母親は「人間にとって最高のものを息子たちにあたえたまえ」と女神に祈った。願いは聞き入れられ、二人は神殿に眠ると、そのまま息をひきとったという。ヘロドトスは神がこの例でもって、人間にとっては生よりも死が願わしいことをはっきりと示されたのだと記している（第一巻三一）。

人間の一生はすべて偶然である

πᾶν ἐστι ἄνθρωπος συμφορή.（Herodotus, *Historiae*, I 32）

　ホラティウスの『エポーディー』第二歌は、「いにしえの死すべき人間のごとく、忙しさなど知らない者は幸福だ」という言葉で始まるが、さてそもそも幸福とは何かという話になると、なかなかむずかしい。ソポクレスの今は散逸した悲劇『テュンダレオス』には、「順風満帆な人の運命を幸福と言ってはならない。人生をつつがなく送り、その路程を終えるまでは」というくだりがある。これは『オイディプス王』の末尾でコロスが歌う、「されば、死すべき人の身はかの最期の日を見よ、なんの苦難にも遭わずして生涯のきわに至るまでは、なんぴとをも幸福と呼ぶなかれ」（一五二八以下）というのと同じような意味の言葉である。同じく悲劇詩人であるエウリピデスにも、「誰であれ死すべき人には、最後まで幸福であるものはいない」（『アウリスのイペゲネイア』一六一）や「誰でも順風満帆であっても死ぬまでは幸福であるとは言えない」（『トロイアの女』五〇九）とあり、これがよく知られた言葉であることがわかる。

　この言葉はアテナイのソロンのものだとされている。ヘロドトス『歴史』第一巻が伝えるリュディアの王クロイソスとソロンとの会見模様については先に述べたが、「広く世界を見聞してこられたあなたには、誰が一番幸福と思えたか」と尋ねる王に、ソロンはあなただとはなかなか言ってくれない。しびれを切らしたクロイソスは、「いったいこの私をどう思うのか」と切り出す。これに対して、ソロンは人間の一生はまず七〇年、これを日数にすると二万五二〇〇日、これに閏月を加えると二万六二五〇日ほどになるが、しかし一日として同じことが起きることはない。「されば、クロイソス王よ、人間の一生はすべて偶然であります」と言って、「人間は死ぬまでは、好運な人と呼んでも幸福な人と呼んではなりません」と結んでいる（第一巻三二）。哲学者アリストテレスは『ニコマコス倫理学』第一巻第十章において、このソロンの言葉を取りあげて、もし「人生の終わりを見る」必要があるのであれば、人は死んだときにはじめて幸福であることになるが、それは不合理なことではないか、と反論している。もっとも、ソロンには「いかなる人間も幸福ではなく、陽が見そなわす死すべきものはすべてみじめである」（「断片」一四）という言葉があるから、おそらく彼にとってはいつの時点で人が幸福であるかは重要でなかったのかもしれない。そういう哲学論議はさておき、ソロンの幸福に関するこのような考え方の根本には、人生がことごとく偶然にまかされているという見方があったわけである。なぜなら、「不死なる神々の思いは、人間にはまったく見えないからである」（アレクサンドリアのクレメンス『雑録集』第五巻一二九・六。ソロンのエレゲイア詩集に収められている）。

幸福とはある種の活動である

ἡ εὐδαιμονία ἐνέργειά τις ἐστίν. （Aristoteles, *Ethica Nicomachea*, IX 1169b29）

セネカに帰せられている偽書『運命の対処法』に、「他人が幸福だと思う人ではなく、自分で自分を幸福と思える人こそ幸福である」（一六・一〇）という言葉があるように、人はなにか心に充足感があるときに、自分を幸福だと考える。しかし、あらためて考えてみて、そもそも幸福とは何であるのか。ピュタゴラス派でプラトンの友人であったアルキュタスは数学の業績でとくに知られているが、その彼は「徳の所有ではなく、徳の実践が幸福である」（ストバイオス『精華集』第三巻一・一〇五）という言葉があった。プラトンの『エウテュデモス』にも同様の議論をソクラテスが展開している。世間では富や健康や美しさなどいろいろある善きものを所有していることが幸福であるための条件とされるが、ただそれらを所有しているだけは幸福とは言えないだろう。メナンドロスの失われた喜劇に、「俺はたくさん財産をもち、みんなから金持ちと呼ばれているが、誰も幸福だとは言ってくれない」（「断片」七二九、プルタルコス『どのようにして若者は詩を学ぶべきか』二五A）という言葉があるように、財産などをただ所有するだけではだめで、それらを使用するのでなければならない。『エウテュデモス』では、そのためにはそれらを正しく使用するための知が必要となるという結論を導いている。これは「哲学のすすめ（プロトレプティコス・ロゴス）」のよく知られた議論である。

ところで、幸福とは何かを考えるなかで、善人も悪人も眠っている時には違いがない、という面白い議論がある。睡眠中は善人も悪人もないのだとすると、「人生の半分では、幸福な人間も不幸な人間も違いがない」(『ニコマコス倫理学』1102b6)ことになる。なぜ睡眠中には幸も不幸も違いがないかというと、「睡眠は心の活動(エネルゲイア)ではなく、無活動であるから」(『エウデモス倫理学』1219b20)と答えられる。これはアリストテレスの指摘であるが、彼自身の幸福の定義は「幸福とはある種の活動である」(『ニコマコス倫理学』1169b29)である。われわれはものを見るとき、同時にそれを見てしまったと言うことができる。ものを考えるさいにも、同様のことが言える。一方、なにかを学ぶときには、それを学んでしまったとは言えない。前者が活動(エネルゲイア)、後者を運動(キーネーシス)と呼ばれるが、アリストテレスはこの区別を用いることによって、幸福は人間の活動状態にあると規定している。

健康が最善、二番目は器量よしで、三番目は富

ἄριστον μὲν ὑγιαίνειν, δεύτερον δὲ κάλλος, τρίτον δὲ πλοῦτος. (Platon, *Leges*, II 661A)

プラトンの『法律』でアテナイからの客人は、多くの人たちが語っている善は正しく語られたものではないと主張している。すなわち、「健康が最善、二番目は器量よしで、三番目は富」(第二巻六六一A)であるが、これらのものは正しく敬虔な人にはこよなく善きものとなるが、不正な人にはむしろ最悪のものとなると語られる。アテナイからの客人の主張はともかくとして、右の言葉は古代ギリシアの宴会で歌われた歌詞とされている。このような歌詞のことをスコリオンという。スコリオンとは曲がったものの意味であるが、同じ言葉が引用されている『ゴルギアス』(四五一E)に付されたオリュンピオドロスの注解では、宴会で歌を歌った人がミルテの枝を次の人に手渡すのだが、隣の人にでなく真向かいの人に渡し、その人がまた向かいの隣の人に渡すというふうに、ジグザグに続いていくためにこの名があると説明されている。一方、アテナイオスは歌の下手な者はとばして、上手な者だけが順不同に歌うから、不規則という意味でスコリオンと呼ばれるのだと言っていて(『食卓の賢人たち』第十五巻六九四A以下)、いずれが正しいのか真偽のほどはわからない。

プラトンは三番目までを挙げているけれども、実は四番目まであって、その完全なかたちのものは、アテナイオスやストバイオス(『精華集』第四巻三九・九)に挙がっている。「死すべき人間には、健康が一番に善くって、二番は器量よしに生まれ、三番は正直に稼いだ金、四番目は仲間と青春を楽しむことだ」

とある。詩の作者はエピカルモスともシモニデスとも言われるが、これも定かではない。いずれにしても一般には人間がもつ最良のものは健康だとみなされた。前四世紀抒情詩人シキュオンのアリプロンが健康の女神ヒュギエイアに捧げた讃歌「パイアン」は、「神々のうちでも最も貴いヒュギエイアの神よ、残りの人生はあなたとともにいたいもの」で始まっているし、「息災に生きるのが一番」というソポクレスの言葉（「断片」一二六）もある。ローマの詩人ユウェナリスの「健全な身体に健全な精神が宿ることを願うべし」は、健全なる身体があればおのずから精神は健全となるという意味ではないけれども、いずれにせよ体が健康でなきゃ始まらないという考えは変わらない。これに異を唱えたプラトンのほうをむしろ奇異とすべきであろう。

すべてに幸せな人間はいない

Nihil est ab omni parte beatum.（Horatius, *Carmina*, II 16）

この言葉は、死すべき人間が万事についてつつがなくあることはないという意味である。ホラティウスの『歌章』（第二巻一六）にラテン語で出ているが、もとはギリシア人の格言であったようで、エウリピデスが悲劇『ステネボイア』で登場人物の英雄ベレロポンに語らせている。英雄とティリンスの王妃ステネボイアを扱ったこの悲劇は現存しないが、アリストテレスの『弁論術』（第二巻1394b2）やプルタルコス『アポロニオスへの慰めの手紙』（一〇三B）による引用によって、右の言葉が残っている。ピンダロスに「人生は転変する日々とともに、その折々にさまざまに浮き沈みする。まことに、傷つかぬは神々の子らのみ」（『イストミア祝勝歌』第三歌一八）という言葉があるように、死すべき人間にはなにひとつ欠けることのない幸福は許されなかった。むしろ、立派な功績が続けば、必ず妬み（プトノス）の返礼を受け、「幸福はこのように禍と福とを伴う」（『ピュティア祝勝歌』第七歌二〇）ものである。「人にはそれぞれの悪がつきまとう。陽《ひ》がみそなわす人間に、まことに幸せな者などいない」（テオグニス『エレゲイア詩集』一六七以下）という詩句も同じような趣旨のものであろう。

アテナイの祭礼で、ディオニュソス神を祀る祭礼のひとつにオスコポリア祭がある。テセウスがクレタ島から帰還したのを記念した葡萄の収穫祭で、アテナイに帰り着いたピュアネプシオン月の七日目（今日の十月末）におこなわれた。プルタルコスによれば、その祭礼のおり酒を灌ぐ儀式で人びとが「エレレウ！　イウー！　イウー！」と唱えるという。エレレウは戦いの勝利を称える声であり、イウーは驚きや困惑を表わす声である。この叫び声は、テセウスが帰還した喜びを表現するとともに、無事を知らせる合図の白い帆を上げるのを忘れたために、父王アイゲウスが巌から身を投げて死んだ悲しみをも表わすものであった（『テセウス伝』二二）。これによって人間の身で完全に幸福な者などいないということを表現したわけである。ホメロス『オデュッセイア』第八歌に、歌人デモドコスがトロイア物語を歌うくだりがあるが、ムーサの女神はこの歌人をこよなく愛し、善悪を合わせてあたえたと語られている。すなわち、その視力を奪ったかわりに、甘美な歌をあたえたのであった（第八歌六三）。ゼウスの館には善と悪の二つの甕が置かれていたように（『イリアス』第二十四歌五二七）、人間には善と悪とがないまぜに送られるのである。

神は永遠に幾何学している

τὸν θεὸν ἀεὶ γεωμετρεῖν.（Plutarch, *Quaestiones Convivales*, 718B）

古代ギリシアで数学的諸学科と言えば、数論、幾何学、天文学、そして音楽理論を指していた。これらの四つの学科の修得を強調したのは言うまでもなくプラトンである。これと文法、弁論術、問答法の三つの学科を加えたものが、後世に「自由七学科」と呼ばれるようになるが、四学科（クァドリウィウム）と、三学科（トリウィウム）のいずれを重視するかで、その学派も特徴が異なってくる。イソクラテスが創立した学校では後者の修辞学中心の教育がおこなわれたが、一方、プラトンのアカデメイアでは数学的諸学科が尊重された。「神は永遠に幾何学している」という表現のギリシア語原文は間接話法形で書かれているが、これはプラトン自身が遺したものではなく、プルタルコスの『食卓歓談集』（七一八B）に出ている。登場人物ディオゲニアノスが、今日はプラトンの生誕日だから、ひとつこの高名な哲学者に議論に登場していただいて、彼の言葉を話題にすることにしよう、ともちかけている。この表現はプラトンが言いそうなことじゃないかと、ディオゲニアノスは言う。プラトンの『ティマイオス』などを読むと、宇宙制作者の神は幾何学的な図形を用いて四種類の正多面体（正四面体、正六面体、正八面体、正二十面体）を構成し、これらをあらゆる物体の基本要素に設定しているから、いかにもプラトンらしいと言われれば、なるほどとうなずかれる。

幾何学を知らざるもの入るべからず

ἀγεωμέτρητος μηδεὶς εἰσίτω.（Olympiodorus, *Prolegomena*, 9）

同様にプラトンの著作には出てこないが、「幾何学を知らざるもの入るべからず」もプラトンの言葉だとされている。ディオゲネス・ラエルティオスの『哲学者列伝』に、邪な宦官が「悪しきもの入るべからず」という言葉を自分の家の入口に掲げると、シノペのディオゲネスがこれを見て、「するとこの家の主はどうやって中に入るのかね」と尋ねた（第六巻三九）というくだりがあって、これは右の言葉をもじったものかもしれないが、よく分からない。それはともかく、アリストテレスの著作集について古代の哲学者たちがギリシア語で認めた注解集があって、古注（スコリア）と呼ばれるこれらの厖大な著作群は、プロイセン時代のドイツで逐次刊行され、アリストテレスを読むさいに、今日の研究者たちがたえず参照しているものであるが、こうした注解者のうちアレクサンドリアで活躍したオリュンピオドロス、ピロポノス、エリアス、ダビド（いずれも後六世紀頃）などが皆口をそろえて、右の表現がプラトンの哲学学校の入り口に掲げられていたと言っている。

　この言葉が意味するものは何であろうか。十五世紀の神学者にミカエル・アポストリオスと呼ばれる人がいるが、この人物は一五四三年に東ローマ帝国がトルコに滅ぼされたさいに、コンスタンティノープルから逃れて、イタリアに亡命し、西方にギリシア文化を伝えたひとりである。彼の手になる『格言集（*Paroimiai*）』が現存しているが、右の文言を引用したあと、それに続いて「幾何学は平等と正義を追究するものであるからだ」と説明を加えている。正しい平等は、算術（数論）と違って幾何学が教えるというのはプラトンの思想であるが、こうした考えをどこから得たのであろうか。スパルタのリュクルゴスは前八世紀の人で、プラトンよりはるかに前の人であるが、伝説的な立法者として知られる。この人物は国から算術を追放し、幾何学を招き入れたことで知られる。算術は民主制的で大衆好みの学問であるが、幾何学は賢明な寡頭制や法を重んじる王制にふさわしいからという理由である（プルタルコス『食卓歓談集』七一九A）。プラトンの政治的著作を読むと、彼のスパルタびいきが分かるが、リュクルゴスのこのような考えと関連があるのかもしれない。

プラトンの『テアイテトス』では、哲学論議の最中にソクラテスが「秘儀を受けぬ輩が立ち聞きしていないか注意することにしよう」（一五五E）と語るところがある。秘儀を受けぬ（アミュエートス）というのは、イニシエーションで浄めの儀式を受けていない者をいう。浄めの儀式を通過せずに黄泉の国（ハデス）に至る人は、泥の中に横たわり、一方、魂を浄められて彼の地に至る人は、神々とともに暮らすであろうという信仰があったが（『パイドン』六九C）、哲学論議で秘儀を受けていないというのは、いまだ十分な基礎学習を終えていないことを言っている。このことには、注解者ピロポノスが「ピュタゴラスの徒であったので」という一句を加えているように、ピュタゴラス派との関連が考えられる。ピュタゴラスは幾何学の原理を上方より考察し、その定理を非物体的、知性的に探究したとされるが（プロクロス『エウクレイデス「原論」注解』六五・一一）、プラトンも幾何学の本来の役割を、真実在を観るための予備教育的なものと位置づけている（『国家』第七巻五二六C以下）。

自然が技術を模倣するのではなく、技術が自然を模倣する

μιμεῖται γὰρ οὐ τὴν τέχνην ἡ φύσις ἀλλ' αὐτὴ τὴν φύσιν.（Aristoteles, *Protrepticus*, Frag. 11）

自然を表わすギリシア語はピュシス（physis）でラテン語ではナートゥーラ（natura）という。後者が英語のネイチャー（nature）の元になったことは言うまでもないが、日本語の自然がいわゆる山川草木を連想させる語であるのに対して、古典語のほうは生まれつき、性質・本性、人の気質・性格、秩序、理法などさまざまな意味を含んでいる。前一世紀ローマの哲学詩人ルクレティウスに『事物の本性について』（*De rerum natura*）という著作があって現存しているが、ここで言われるナートゥーラはものの本性、本質の意味である。この著作は自然学探究の流れをくむもので、『自然について』（*peri physeōs*）とギリシア語で呼ばれたものをラテン語で表記したものにすぎない。伝承されるところでは、小アジアのミレトス出身の哲学者アナクシマンドロス（前六世紀）が「われわれの知るかぎりで、ギリシア人のうちで最初に自然についての著作を公にした」（テミスティオス『弁論集』三六）とされている。ただし、前六世紀に『自然について』という表題の著作が流布していたかどうかは疑わしいとされる。それはともかく、もう少し後代の弁論家ゴルギアスにも『自然について』という著作があるが、内容は少しも自然学的ではない。したがって、日本語の自然という語で連想していると、とんでもない間違いを犯すことになる。

さて、自然にまつわる名言を探してみると、技術との対比で用いられることが多い。哲学者アリストテレスには、「自然が技術を模倣するのではなく、技術が自然を模倣する」（『哲学のすすめ（プロトレプティ

コス)』断片一二)というまい文言がある。これはイアンブリコスの『哲学のすすめ』が保存しているアリストテレスの言葉であるが、技術は自然が生み出すものを助け、やり残したことの埋め合わせをするためにある、と議論は続いている。アリストテレスは『自然学』でも、「技術は自然が仕上げられないことを完成させるものであり、また自然を模倣するものでもある」(199a15)と同じような主張を繰り返している。セネカの「すべての技術は自然の模倣である」(『倫理書簡集』六五・三)という言葉は、アリストテレスをふまえたものかもしれない。

したがって、何事であれ自然に従うのがよいということになる。文人のキケロは「ミネルウァの神意に反して、自然に逆らい、自然と対立してはうまくいかないものだ」(『義務について』第一巻一一〇)と述べている。ミネルウァ〔ミネルヴァ〕とはギリシアのアテナと同じで知恵の神である。ヒポクラテスの『掟(ノモス)』は医者となるための心得を語る文書であるが、資質や子供の時の学習に加えて、労苦を嫌わない精神も大切だと説くなかに、次のような言葉もある。「なによりも大切なのは自然である。自然に反するならば、いかなる治療も虚しい」(『掟』二)。「技術は自然と張り合う」(アプレイユス『変身物語(黄金のロバ)』第二巻四・二二)と言われることもあるが、概して技術は自然を模倣し、これを補完するものと考えられている。アリストテレスはまた、「技術の生み出したものよりも、自然の生み出したもののほうに多く目的と美が存在する」(『動物部分論』六三九b一九)とも語っている。もちろん、このような発言には彼の合目的的な世界観が背後にある。「自然はお尻を休息のために役立つように作った」(六八九b一五)は、これだけ読むと噴飯ものだが、アリストテレスは大まじめである。「自然は無駄なことはなにひとつおこなわない」(六五八a八)というのが彼の考えであって、お尻は重心と休息という二つの目的をもって存在しているわけである。

人間は万物の尺度である

πάντων χρημάτων μέτρον ἄνθρωπον εἶναι.（Plato, *Theaetetus*, 152A）

「正しいとか醜いとかは、自然にではなく慣習においてあるのだ」（ディオゲネス・ラエルティオス『哲学者列伝』第二巻一六）という言葉がある。哲学者アルケラオス（前五世紀）の言葉で、アナクサゴラスの弟子でソクラテスの師であり、自然研究をイオニアからアテナイに紹介した人物として知られる。慣習はノモス（nomos）の訳で、法律をも意味する言葉である。美醜正邪は人の判断によるもので、自然本来のものではないという意味であるが、これが後にソフィストたちを中心にいわゆる「ノモスとピュシス」を対比させる議論へと展開する。そうした言葉は西洋古典の中にいくらでもあるが、これを極端に推し進めると懐疑主義になる。ピュロン（前四世紀後半）は懐疑主義哲学の祖とも言うべき哲学者であるが、「何事についても真実にそうであることはなく、人間は法と慣習にしたがって行動しているにすぎない」（ディオゲネス・ラエルティオス『哲学者列伝』第九巻六一）という言葉が残っている。

右に掲げたのは、ソフィストのプロタゴラスの言葉である。正確には、「人間は万物の尺度である。あるものについてはあるということの、あらぬものについてはあらぬということの」（人間とは個々の人間を指す）と言うが、プロタゴラスがこの命題のもとに唱えているのは倫理相対主義と言うべき思想である。作品中のソクラテスは、プロタゴラスの「正・不正、敬虔・不敬といったことがらのどれひとつとして、自然によってそれ自体の本質をもつものはない」（プラトン『テアイテトス』一七二B）という主張に対して、感覚・知識説やヘラクレイトスの万物流転説と合わせてその論駁を試みている。さらに、プラトンの『法律』においても、無神論の名のもとに再びこの思想が出現するが、散文作家や詩人など若者たちの間で「知者（ソポス）」（第十巻八九〇A）の説として紹介されている。晩年のプラトンの大きな関心のひとつが、どのようにしてこうした相対主義を打ち破り、正邪善悪の概念が自然にもとづく絶対的なものであることを論証するかにあったと言って間違いないであろう。

半分は全体よりも多い

πλέον ἥμισυ παντός.（Hesiod, *Opera et Dies*, 40）

この謎のような言葉の出所はヘシオドスである。『仕事と日』のはじめの辺りで、ヘシオドスが父の遺産をめぐって争った弟ペルセスに語りかける。「以前われらは遺産を分けたが、お前はしきりと殿様方にとりいって、なにかと余分にさらっていった——好んでかかる裁きを下し、賄賂を貪る殿様方にな。愚かなる輩じゃ、半分が全部よりどれほど多いかも知らず、ぜにあおいやアスポデロスに、いかに大きな福があるかも判っておらぬ」（三七〜四一行、松平千秋訳、岩波文庫）。「愚かなる輩」は複数形で語られているが、賄賂を求める領主たちだけでなく、ペルセスその人をも指すのであろう。右の言葉については、古注が「どれほど多いか」はその量ではなく、価値のことを言っていると注解しているが、いずれにしても、続くぜにあおいやアスポデロスへの言及から、全部の所有が貪欲さを、半分が清貧に甘んじることを意味していることがわかる。ぜにあおい（マラケー）はアオイ科の野草、アスポデロスはたいていツルボランと訳されたりする水仙のような野草で、ともに貧しい人たちが口にした食べ物である（例えば、アリストパネス『福の神』五四四）。これとよく似た話は、ミュティレネのピッタコスについても伝えられている。ミュティレネはレスボス島の主要な都市であるが、ピッタコスは同島出身の詩人サッポーとほぼ同時代の人で、七賢人のひとりである。彼はミュティレネを長年にわたって支配していたが、その後市民はピッタコスに感謝のしるしとして土地を贈ったところ、わずかな土地のみを自分のものにしただけで、「半分は全体より多い」と言ったという。さらに、クロイソス王からお金が贈られたが、自分は欲しい金額の二倍のものをすでに持っているからと言って、受け取らなかったと語られている（ディオゲネス・ラエルティオス『哲学者列伝』第一巻七五）。同じ表現であるが、ピッタコスがヘシオドスの言葉を借りたのか、それとも両者の共通の源としてそのような諺が存在していたのか、明らかではない。

すでに何度か引用したが、十世紀頃にビザンチンで編纂された古辞書で『スーダ』と呼ばれるギリシア語辞典が現存していて、およそ三万ほどの項目をアルファベット順で記載しているが、その中のH《エータ》の三五〇番目の項目のところで、ヘシオドスの右の言葉を引用しながら、次のような話を紹介している。その昔二人の兄弟がいたが、そのうちのひとりが死の間際に、孤児となる息子をもうひとりの兄弟に託し、息子に残した財産の管財人となるようにという遺言を認めた。しかし、もうひとりの方は不敬虔な人で、子どもの財産を横領しようと企てたが、その後自分の財産まで失うことになった。救済を求めるこの男に対して、あたえられた答えが、「愚かなる輩じゃ、半分が全部よりどれほど多いかも知らないのか」という右の言葉であるが、こちらの方が、半分という言葉の説明としてはわかりやすいであろう。いずれにしても、ヘシオドスの言葉は「倹約の讃美」（プルタルコス『七賢人の饗宴』一五七F）として理解されていたと言うことができる。これに対して、この言葉を「適度、程合い（メトロン）」を無視してはならないという意味で理解したのが哲学者プラトンである。適度を無視して、小さなものに大きすぎるものをあたえると、船であれ、身体であれ、精神であれ、それを転覆させ、病気と不正を生じさせると言われる。『法律』では、ヘシオドスの言葉は、全体の所有は破滅をもたらすこと、半分は適度なことと解されている（第三巻六九〇E）。そして、この格言は特に国家を守護すべき支配者に対して向けられているが、その点では『国家』の理想国家論においても同様である（第五巻四六六C）。「より多くをもつ（プレオネクシア)」という欲求は、支配者の心に忍び込む病気と見なされているのである。

神々は徳の前に汗をおいた

τῆς δ' ἀρετῆς ἱδρῶτα θεοὶ προπάροιθεν ἔθηκαν ἀθάνατοι. (Hesiod, *Opera et Dies*, 289)

　こちらはヘシオドス『仕事と日』(二八九)の言葉である。ギリシア語の徳(アレテー)は「善きこと」というのとそれほど意味は変わらない。その前後の文章をみると、「悪徳はいくらでもたやすく手にはいる。そこに至る道はなだらかで、悪徳はすぐ近くにある。しかし、不死なる神々は徳の前に汗をおいた。そこに至る道は長く険しい。はじめは起伏が多いが、しかし頂上に行き着けば、その後はどんなに困難でも行き着くことはたやすい」とある。プラトンはヘシオドスのなかでもとりわけこの詩句を好み、『プロタゴラス』(三四〇D)、『国家』(三六四D)、『法律』(七一八E)と三度にわたって引用している。もっともプラトンばかりでなく、クセノポンも『ソクラテス言行録』(第二巻一・二〇)で同じくソクラテスの口から語らせているから、これはむしろソクラテスが好んだ詩句かもしれない。クセノポンのほうは古喜劇作家エピカルモスの「神々は労苦を代価として、すべての善きものを売られる」という言葉とともに引用している。もうひとつこのヘシオドスの詩句と関連して引用されるものに、ソフィストのプロディコスの作品『ヘラクレスについて』がある。この作品は現存しないが、クセノポンが長く引用しており、他にもピロストラトス『ソフィスト伝』(第一巻一二)や「アリストパネス『雲』古注」などにも出てくる。これによると、徳(アレテー)と悪徳(カキアー)が、女性の姿をして英雄ヘラクレスの前に現われる。悪徳は美しく身を装い、幸福に至る平坦で短い安楽な道のりを示してヘラクレスをしきりに誘う。徳のほうはつつましい身なりをして、むしろ長くて起伏の多い労苦の道のりを示す。ヘラクレスはむろん徳に至る困難な道を選ぶのである。

老いの閾《しきい》に立つ

ἐπὶ γήραος οὐδῷ.（Homer, *Ilias*, XXII 60）

西洋古典で老年論と言えば、キケロの『老年について』が有名であるが、その最初の例はおそらくプラトンの『国家』の冒頭で、ソクラテスがめずらしくアテナイの外港ペイライエウスに出かけて立ち寄った家で、ポレマルコスの父ケパロスに老年について尋ねた箇所であろう。ケパロスの老年談義は、「あなたはすでに詩人たちが『老いの閾に立っている』と言う年齢になっているわけですから、老年というものが人生のつらい時期なのか、それともどのようにおっしゃるのか、聞いてみたい」（三二八E）と訊かれたところで始まっている。右の表現はホメロスなどに数箇所みられる。ホメロスの世界では、戦争や体育競技が若者を主体とするのに対して、老人は語るわざに優れ、賢明な忠告をあたえる者として描かれる。神々でも先に生まれたゼウスがポセイダオン（ポセイドン）にその知恵においてまさるように（『イリアス』第十三歌三五五）、オデュッセウスはアキレウスよりも生まれに先んじている分だけ知恵も経験も多いと考えられている（同第十九歌二一九）。

一方で、'chalepon, lygron, stygeron, oloon' など老年につく形容詞はいずれも「厭わしい」「忌まわしい」といった意味である。つまり、老いるということは、長年の経験の賜である知恵をもつと同時に、身体の衰えによって苦しむということにほかならないわけである。ところで、「閾」の意味であるが、原語の oudos は哲学者パルメニデスの哲学詩の序歌に夜と昼をつなぐ門を「鴨居と石の閾が上下からとり囲む」とあるように、家の入口をも意味したから、例えば、ペネロペイアが夫オデュッセウスに「わたしたち二人が、ともに青春を楽しみ、老いの閾にたどり着くのを快く思われる神様がた」(『オデュセイア』第二十四歌二一二)のような例をみても、これを老年の始まりと考えるのが自然なように思われる。しかし、『イリアス』の二つの例(第二十二歌六〇、第二十四歌四八七)では、トロイア王プリアモスもアキレウスの父ペレウスもともにすでに老境に達しているから、これを老年の始まりと読むのは奇妙だということになる。そこで最近は、「老いの」をいわゆるgenitive of definitionの意味にとって、「老いという閾」と理解されることが多い。死の運命(moira thanatoio)が死という運命、死の終極(thanatoio telos)が死という終極であるのと同然である。このように考えるならば、老いの閾に立つとは、老いそのものが閾であって、生と死の狭間に立っているというような意味であることになる。

ヘシオドスの老年

Τὸ Ἡσιόδειον γῆρας.（*Suidas*, T 732）

これは名言というよりも諺の類であるが、「ヘシオドスの老年」という表現がある。古辞書『スーダ』や「未刊行ギリシア諺集成」が挙げるこの諺の意味は、二度も埋葬を受ける栄誉にあずかるということである。ヘシオドスの埋葬についてはいくつかの伝承が面白い話を伝えている。プルタルコスの『七賢人の饗宴』、作者不詳『ホメロスとヘシオドスの歌競べ』、ヘシオドスの古注、後代のツェツェスの注解などに出てくる話であるが、これらの資料の多くはアリストテレスの『オルコメノス人の国制』に収められている。この作品は『アテナイ人の国制』などとは違って、今日には断片資料のみ残っていて、V・ローゼ編『アリストテレス断片集』に収録されている。

オルコメノスはボイオティア地方にあるコパイス湖西岸の町であるが、この地にヘシオドスが二度目の埋葬を受けたという。ヘシオドスはエウボイアのカルキスで、ホメロスと有名な歌競べをした後（もちろんこれも伝承の一部であって、史実かどうかわからない）、デルポイに立ち寄ったが、その折りに「ネメアのゼウスの神域で命を落とすであろう」という神託が降りる。ネメアとはネメア競技で名高いペロポンネソス半島北東のネメアのことだろうと思って、その地を避けてロクリスのオイノネに赴いたのであるが、その地で歓待を受けたヘシオドスは、同宿したミレトスの男と家の娘の密通事件にまき込まれ、嫌疑をかけられたあげく、当地にあったネメアのゼウスの神域で殺されてしまい、奇しくも神託で言われたことが実現してしまう。遺体は海中に投げ捨てられるが、三日目になって彼の遺体をイルカの群れが海岸まで運んできたので、ロクリス人たちはゼウスの神域に葬った。ところが後年、ヘシオドスの生地で、ボイオティアのヘリコン山の北西にあった村アスクフが、近隣の都市テスピアイの人たちによって攻撃を受け、村民らがオルコメノスに逃げ込んだことがあった。その折りにオルコメノスの人びとが神託を求めると、「ヘシオドスの亡骸を受け取って、汝らの土地に埋めよ」という言葉が降ったので、人びとはロクリスへ行って、ヘシオドスの遺灰を受け取ると、町の広場アゴラの名祖《なおや》ミニュアスの墓の傍らに葬った。かくしてヘシオドスは二度埋葬されることになったのだという。

老いてもつねに多くのことを学ぶ

γηράσκω δ' αἰεὶ πολλὰ διδασκόμενος- Solon （Plato, *Amatores*, 133C）

昔から老年を嘆く言葉は多い。杜甫には「花は飛ぶ（散る）ことなんの急かある。老いさっては春の遅き（早く過ぎぬ）ことを願ふ」（花飛有底急、老去願春遅「可惜」）という詩句があるが、漢詩や和歌に同様な言葉があり、その点では西洋古典の世界においても例外ではない。「老年は人生の冬だ」と言ったのは、キュニコス派の哲学者メトロクレス（前四世紀後半）であるが（ストバイオス『精華集』第四巻五〇b・八四）、このように老年を慨嘆する表現はいくらでもあって、「老年はそれ自体が病気だ」（テレンティウス『ポリュミオ』五七五）という言葉すらある。セネカが老年を「治療法のない病気」（『倫理書簡集』一〇八・二八）と呼んでいるのも同じような例であるが、これにはアリストテレスが「病気は外から得た老年であるが、老年は自然な病気である」（『動物発生論』784b33）というもっともらしい説明をつけている。たいていの老人にとって老年にあることは厭わしいもので、これをシチリアのエトナ山に喩えたのは、キケロの『老年について』（二・四）に登場する小スピキオ（スキピオ・アエミリアヌス。ローマの将軍）であるが、エウリピデスの『狂えるヘラクレス』に、「若さこそわが愛しきもの、老いはいつも重荷で、エトナの巌よりも重く、わが頭《こうべ》にのしかかる」（六三七以下）という同じような表現があるから、キケロの言葉はこれから借りたものかもしれない。それはともかく、ほかの用例を求めると、前四世紀の喜劇詩人アンティパネスの言葉とされる「われらの人生は葡萄酒のようなもの、樽にわずかしか残っていないときには、酢になっちまう」（ストバイオス『精華集』第四巻五〇・四七による引用）などがある。

これに対して、老年においてもなお人間は学ぶべきことがある、と説いたのは、アテナイの立法家で七賢人のひとりソロン（前七世紀）である。冒頭の言葉はプラトンの作と伝えられる『恋がたき』（一三三C）に引用されているが、プラトンはよほどこの詩句が気に入ったとみえて、『ラケス』（一八八B）や『国家』（第七巻五三六D）など幾度か言及している。ディオゲネス・ラエルティオス『哲学者列伝』（第一巻六〇～六二）のソロンを扱った章を読むと、コロポン出身のエレゲイア詩人ミムネルモス（前七世紀後半）が、「病気も厄介な心配事もなく、六〇で死の定めに遭いたいもの」と、老年を慨嘆する詩を作ったのをソロンは諫めて、最後の詩句を取り消して、むしろ「八〇で死の定めに遭いたいもの」とすべきだと言ったとある。アモルゴスの詩人セモニデス（出身はサモスだが、入植した島の名前からこう呼ばれる）にも人生の儚さを歌った詩が多く、人の一生は老い、病気、死などの苦しみや嘆きに満ちている（「断片」一）と歌っているが、このようなイオニア風の現世的、享楽的な人生観に対して、アテナイのソロンは対照的な立場をとっていた。

もちろん、ソロンは人生を充ち足りたものとみなしていたわけではない。むしろ、先に挙げた「いかなる人間も幸福ではなく、陽が見そなわす死すべきものはすべてみじめである」（「断片」一四）という言葉が示しているように、人生についてけっして楽観していない。しかしそれでもソロンは、老年にあって人間が学ぶべきものは多いと信じた。こんな話がある。ある晩のこと、晩年のソロンが葡萄酒の盃を傾けながら、甥のエクセケスティデス（ソロンの父もエクセケスティデスと言った）がサッポーの詩を朗誦しているのを聞いていた。ソロンはその詩をたいそう気に入り、教えてくれぬかと言った。傍にいた人が驚いて「なんのために」と訊くと、ソロンは「その詩を学んでから死にたい」と答えたという（ストバイオス『精華集』第三巻二九・五八）。話の典拠であるストバイオスは、アイリアノス（『奇談集』の作者）からの転載としているが、アイリアノスの現存著作にはこの話は含まれていない。

友情はつねに益となるが、愛は時には害となる

Amicitia semper prodest, amor aliquando etiam nocet.（Seneca, *Epistulae Morales*, 35）

古代のギリシア語で「愛」と言うと、まずエロースとピリアー（フィリアーと記されることもある）が思いつく。キリスト教の研究者がしばしばエロース（性愛）、ピリアー（隣人愛）、アガペー（神の愛）、ストルゲー（家族愛）の四つを区別しているのを見かけるが、神の愛については、例えば「われわれがまだ罪人であった時に、キリストがわれわれのために死んだことによって、神はわれわれに対する愛（アガペー）を示した」（「ローマ人への手紙」五・八）というようなパウロの言葉が典拠になるのであろう。しかしながら、古代のギリシア人がエロースをもっぱら性愛に限って、アガペーと区別していたかというと、これは非常に疑問である。そもそも古典ギリシア語にはアガペーはあまり登場しない。つまり、新約聖書には名詞形のエロースがほとんど登場しないのと対比的に、西洋古典ではアガペーがあまり出てこないだけのことである。また、エロースは恋愛、性愛の意味を含んでいるが、プラトン『法律』「富へのエロース」（八三一C）のような例もある。このように類型を示すのは便利だが、うまくいかないことも少なくない。

ここではエロースとピリアーに関する西洋古典の名言を集めてみることにしよう。まず、ピリアーのほうは隣人愛に限らず、通常は「友情」「友愛」と訳される語であるが、基本的には敵に対抗して同胞・味方に抱く感情を含意する。ラテン語では友情がアミーキティアで、愛がアモルである。セネカには

「君の友人は君を愛するが、君を愛するものが必ずしも友人であるわけではない。このように、友情（アミーキティア）はつねに益となるが、愛（アモル）は時には害となるものなのだ」（『倫理書簡集』三五）という言葉がある。このように友情はありがたいもので、リウィウス『ローマ建国以来の歴史』（第四十巻四六・一二）には「友情は不滅、敵意は滅びうるものであれかし」という古い格言が引かれている。前一世紀ローマの物真似劇（ミームス）作家プブリリウス・シュルスの名で伝存する台詞集には、「友を失うこ とこそ最大の損失」（五五二）がある。同じ作家の言葉には、「友を失うと人は死ぬもの」（一九五）というのもある。人によっては友情よりも、富、健康、権力、名誉を優先する者もいるかもしれないが、キケロ（『友情について』六・二〇）はこうしたものは移ろいやすく、不確かであるから、神が人間にあたえたものの中で友情にまさるものはない、と主張している。

不確かな境遇でこそ確かな友を確かめられる

Amicus certus in re incerta cernitur. Ennius（Cicero, *De Amicitia*, 17, 64）

しかしながら、「友と思われている人の多くは友ではなく、友でないと思われていた人が友である」という哲学者デモクリトスの言葉（「断片」九七。倫理断片のひとつで、実際に哲学者の言葉かどうかについては疑義がある）にあるように、真の友人を見分けることは簡単なことではない。「舌からの友」という表現があって、エレゲイア詩人テオグニスの言葉であるが（『エレゲイア詩集』第一巻六三）、都会人は口先だけで親しくしてくるが、腹蔵なく語り合える友ではないから信用するなと諭すくだりで出てくる。「舌の先だけで友となる」はミカエル・アポストリオスの『諺集』（Centuria 7, 63）にも登場する格言である。言葉だけの友が信用のおけないものだという考えは、ホメロスの『オデュッセイア』（第十八歌一六八）やソポクレスの『アンティゴネ』（五四三）などにも見られるが、ほかにも幾つも類例があるだろう。また、「金の切れ目が縁の切れ目」という諺がわが国にもあるように、こちらが不運に陥れば、友と思っていた者も遠ざかっていくものであるが、西洋古典の中では「苦難に遭えば信用のおけるものはわずかである」（ピンダロス『ネメア祝勝歌』第七歌七八）や「事がうまく運ばなくなった人からは友が遠ざかっていく」（伝メナンドロス『一行格言集』三四）などがある。これとは逆の表現としては eutykiā polyphilos というおもしろい言葉もあって、これは「好運は友を呼ぶ」とでも訳すことができるだろう。後者はアポストリオスの『諺集』（Centuria 8, 7）に出てくる言葉だが、作者の考案というよりは、「好運な人には誰でもが親しい」（伝メナンドロス『一行格言集』七四八）などの類似の表現があって、これらをつづめたものかと思われる。

「まさかの時の友こそ真の友」（A friend in need is a friend indeed）は今日でもよく用いられる諺であるが、ギリシアにはエウリピデス『ヘカベ』に「不幸の中でこそ良き友が判然とするもの」（一二二六）という表現があり、共和政期の詩人エンニウスには、「不確かな境遇でこそ確かな友を確かめられる」という言葉があったと、キケロ（『友情について』一七・六四）が伝えている。冒頭にラテン語を掲げたが、言葉遊びのようなところがおもしろい。「遠い親戚より近くの他人」（A near friend is better than a far-dwelling kinsman）という諺に似た表現を探してみると、アテナイオスには「遠方に住む友人は友人ならず」（『食卓の賢人たち』第五巻一八七A）というのがあって、出所は作者不詳の悲劇作家とされている。

友のものは共有

κοινὰ γὰρ τὰ τῶν φίλων.（Euripides, *Orestes*, 735）

ギリシアで古くから知られている諺に「友のものは共有」がある。この言葉を好んで用いた作家にエウリピデスがいるが、『オレステス』（七三五）、『フェニキアの女たち』（一二四三）、『アンドロマケ』（三七六）に類例がある。メナンドロスの失われた喜劇作品『兄弟（*Adelphoi*）』の中でもこの表現が使われていると、十世紀の古辞書『スーダ』が述べているが、残存断片ではないらしく、岩波版「ギリシア喜劇全集」には収録されていない。しかし、このことが関係しているのか分からないが、ローマ時代の喜劇作家テレンティウスの『兄弟（*Adelphoe*）』（八〇四）には、登場人物ミキオが「昔から言うだろう『友のものは全部共有』となと」と語る台詞がある。

同じくローマの思想家キケロは、『義務について』（第一巻一六・五一）でこの諺を取り上げて、人間のみが社会を築くことができるが、そのためには人間同士の間で定められた共有関係が保たれる必要があると、この表現の中に深い哲学的な意味を見出している。キケロは家族から人類社会までその親密さの度合いに応じて結束・連帯の程度も異なると考えている。

アリストテレスの考えもこれと似ている。「友のものは共有」という諺は正しいけれども、親子、兄弟、仲間、市民とではそれぞれ共同関係が異なっているから、それに応じて友愛も正義もその程度を異にする、というのである。したがって、親子間の正義、兄弟間の正義、仲間同士の正義、市民同士の正義はそれぞれ異なっており、この点は友愛も同様である（『ニコマコス倫理学』第八巻第九章）。

一方、プラトンは「友のものは共有」という言葉をもっと厳格に受けとめて、妻子供の共有、全財産の共有までを射程に入れて考えた（『法律』第五巻七三九C）。むろん、「これがもし実現されるならば」という条件付きであるが、個人に属するものは徹底的に排除される。このような主張は、民主主義の理念に反する全体主義思想だとみる向きもあろうが、プラトンのほうはもちろん大真面目で、もし実現可能なら国家も法律も一つのものになり、神々の生き方に最も近いものとなるだろうと、信じて疑わなかった。

ところで、「友のものは共有」という言葉をはじめて用いたのはピュタゴラスと言われる。歴史家ティマイオス（タウロメニオンの）によると、この諺は当時マグナ・グラエキアと呼ばれたイタリア半島南部のギリシア人植民市で流布していたが、ピュタゴラスは当時入植した市民たちに財産の共有を勧めた。これは右に引用した『スーダ』の同箇所に記されていて、タウロメニオンがシチリア島の都市であるせいか、この歴史家の断片には、シチリアや南部イタリアから取材した記事が少なくない。

友情とは平等である

φιλία ἰσότης（Diogenes Laertius, *Vitae philosophorum*, VIII 10）

ディオゲネス・ラエルティオスは、シチリア島タウロメニオン出身の歴史家ティマイオスを典拠にしながら、ピュタゴラスが最初に語ったものとして、「友のものは共有」のほかに「友情とは平等である」という言葉を挙げている（『哲学者列伝』第八巻一〇）。アウルス・ゲリウスにも同様の記述があるが、おそらく同じ典拠によるものであろう（『アッティカの夜』第一巻九）。ピュタゴラスはサモスに学園を創設したが、深遠な思想は洞窟の中で少数の弟子たちに伝授したとされる。その活動はイタリアのクロトンに移った後も続けられ、より大きな組織になって二〇〇〇人もの人びとが、ピュタゴラスの講話のご利益にあやかろうと、家庭生活を捨てて、財産を共有しながら共同生活をおくったという。ピュタゴラスは入門する弟子に対しては、「すぐに彼らの望みをかなえることはせず、彼らの財産も共有にしなければならないと言った」（古注「プラトン『パイドロス』二七九C」）。こういう事情のためか、ピュタゴラスには友人・友情に関する言葉が少なくない。『走れメロス』（太宰治）の原話がピュタゴラス派由来のものであるのも、そうした伝統を示唆していよう（ディオドロス『歴史文庫』第十巻四・三）。

「友情とは平等である」というのは、心がひとつであるという意味で、「友人は第二の自己」とも表現される。こちらのほうは、アリストテレス『大道徳学』（第二巻一五）に登場するが、われわれがひとを友と呼ぶとき、その人と自分の心がひとつであるからで、その意味では友は第二の自己であると説明される。一方、プラトンは「平等は友情を生む」（『法律』第六巻七五七A）という言葉を古い諺として引用しているが、その意味は老いも若きも、知者も愚者も同じ分量に等しくあずかるということではないという。真の友情を可能にする平等は、数量的に等しいということではなくて、むしろ比例的なものである。この平等は別の作品では幾何学的平等と呼ばれているが、いずれにしても、ピュタゴラスが創作したとされるこうした諺について、ふたりの哲学者が真摯にその意味を探って、それぞれに解釈しているところが面白い。

エロース（恋）、あらゆるもののなかで最もあらがうことのできない神

Ἔρως, πάντων δυσμαχώτατος θεός.（Euripides, *Hippolytus*, Frag. 430）

愛を表わすギリシア語にはアプロディテとエロースの二神の名が当てられ、ラテン語では前者がウェヌス、すなわちヴィーナスで、後者がクピードー、すなわちキューピッドである。アプロディテはオリュンポス十二神の一柱であるが、もとはオリエント系の多産豊饒の神で、キュプロス島を経てギリシア本土に渡来したと言われている。ヘシオドス『神統記』（一八八以下）は、クロノスが父神ウラノスの男根を金剛の鎌で切り取り、大海原に投げ捨てると、その性器より出た白い泡（アプロス）から女神が誕生したと、例によって語源的説明をあたえているが、その女神がキュプロスに流れ着いたとされるのは、同島がアプロディテ崇拝でとくによく知られていたからであろう。一方、エロースのほうは恋するという意味の動詞エラーンが神格化したものと考えられているが、その生誕にまつわる話にはさまざまなものがある。ヘシオドスの同作品では、カオス（混沌）、ガイア（大地）に続いて誕生した原初の神々のひとつとされるが、プラトン『饗宴』（一七八B）においてディオティマが語る周知のエロース誕生譚では、エロースは神ではなく、不死なる神と死すべきものとの中間者という位置をあたえられている。さらに後の時代ではアプロディテの子供だとされたりして、その形姿も青年から幼児化し、小さな羽を生やして浮遊し恋の弓矢を放つ姿で描かれるようになった。

さて、愛にまつわる名言であるが、その抗しがたい力を語る言葉が多い。「またしてもわが身をゆさ

ぶるは四肢ゆるめるエロース。甘くて苦いあの御しがたい生きもの」（サッポー「断片」一三〇 Voigt）を筆頭に、「わたしの心を大胆に無鉄砲にさせ、絶望の時にあってもなんとか道を切り開いてくれるもの、それはエロース、あらゆるもののなかで最もあらがうことのできない神」（エウリピデス『ヒッポリュトス』断片四三〇）などいくつもある。エロースが蜂蜜を盗もうとして小さな蜂に刺され、母神のところに行って傷を見せると、アプロディテは笑いながら、「お前だって同じじゃないか、小さいくせに大きな痛みを負わせるんだもの」（テオクリトス『エイデュリア』第十九歌）と語っている。

キュプリスさまの炎《ほむら》には我慢しかねる

πῦρ δὲ φέρειν Κύπριδος οὐ δύναμαι.（*Athologia Graeca*, V 50）

「恋（愛）は盲目（Love is blind）」という格言がある。この英語はイングランド詩人G・チョーサーの『カンタベリー物語』「貿易商人の話」にある「目がな恋は盲目だもの、目が見えやしない（For Love is blind alday, and may not see）」が典拠とされているが、「盲目なのはプルートス（福の神）だけじゃない。無思慮なエロースだってそうだよ」（テオクリトス『エイデュリア』第十歌一九）や「わたしの恋（エロース）は盲目じゃなく、目は確かだ」（テミスティオス『弁論集』一七〇d）といった言葉があるから、この格言はもとを辿れば西洋古典が出所かもしれない。「ひとを盲目にするエロースも盲目」（エウスタティオス『ホメロス「オデュッセイア」注解』II 85, 18）や「恋する人は恋人には盲目なもの」（『語源大辞典』）といった用例もある。

「黄金のアプロディテさまがいなければ、人生など何であろう。喜びなど何であろう」（ミムネルモス『エレゲイア詩集』断片一）という言葉があるように、愛は人に喜びをあたえるが、同時にそれは苦しみの原因にもなりえて、「貧乏も恋情もふたつともわたしには災いだ。そのひとつには楽々と堪えてみせるが、キュプリス（アプロディテ）さまの炎《ほむら》には我慢しかねる」（作者不明、『ギリシア詞華集』第五巻五〇所収）というのがある。プラトンはエロースを快と苦の混合されたもののひとつに数えているが（『ピレボス』五〇C）、その苦しみが助長されれば狂気にもなる。語の用法の厳密な区別を得意としたプロディコスというソフィストがいるが、この人には「欲求の二倍がエロース（恋）であり、エロースの二倍が狂気である」（「断片」七DK）という面白い言葉が残っている。

「愛さないことは辛いこと、愛することも辛いこと。だけど、何よりも辛いのは、愛しても思い通りにならぬこと」（『アナクレオン風歌章（アナクレオンテア）』二九）というのはいつの時代にも言えることであろう。恋の相手が思い通りにならないと、ひとは嫉妬を感じる。英語のjealousyは嫉妬とも妬みとも訳されるが、この二つは別の概念のように思われる。中世哲学のトマス・アクィナスが『神学大全』第二巻においてうまく説明しているが、難解な哲学書をわかりやすく解説すると、妬みと焼き餅は異なっていて、妬みは他人が幸福であることに対する悲しみであるが、焼き餅とは愛の一種であり、愛は共有することを嫌うから、好きな人が他人と親しくしていると、苦痛を感じて焼き餅をやくのだという。それはともかく、一方で「愛には誓いなどない」（プラトン『饗宴』一八三B）という格言もある。一度心を許して相手の思い通りになってはみたものの、男心と秋の空で、心変わりは世の常である。『饗宴』の中世写本の欄外には、「人びとの恋愛の内緒事には、罰など定められなかった」（ヘシオドス「断片」一二四）が引用されており、ギリシアの格言を蒐集したディオゲニアノスも「愛の誓いは［破っても］罰せられぬ」（『諺集』Centuria 3, 37）という言葉を紹介している。

運はまずい審判者で、つまらぬ者に賞をあたえる

Ἔοικεν ἡ τύχη φαύλῳ ἀγωνοθέτῃ· πολλάκις γὰρ τὸν μηδὲν πρᾶξαντα στεφανοῖ.

（*Sententiae Pythagoreorum*, 130）

好運とか不運とか言われるように、運は良いほうにも悪いほうにも傾くが、運命とか宿命とか言うと、これはもう変えることができない定まったものという意味あいをもっている。英語でも前者をfortuneとかluckとか言うのに対して、後者にはfateとかdestinyとかいった語が当てられて、区別されているように思われる。古典語では、運にあたる語として、ラテン語ではフォルトゥーナ（fortuna）が、ギリシア語ではテュケー（tychē）がある。一方の運命については神格化され、ギリシア神話ではモイライ（Moirai）と呼ばれる三女神がいる。三女神のそれぞれの名は、クロト（［運命の糸を］紡ぐ者）、ラケシス（割り当てる者）、アトロポス（不変にする者）であるが、プラトンの『国家』第十巻において語られる兵士エルの物語では、ラケシスが過去のことを、クロトが現在のことを、そしてアトロポスが未来のことを司るように語られている（六一七C）。あの世にいる魂たちは、ラケシスからさまざまな運命の籤《くじ》をみせられ、それを選んだうえで、クロトのもとに赴いて、次世における運命を定まったものとし、最後にアトロポスのところで運命の糸をもはや変更のきかぬものとする（六二〇E）。このように運命を三女神で表現することは他の神話にもみられ、北欧神話のいわゆるノルン（Urd, Werdandi, Skuldの三女神）のように、三者に決まった権能があたえられている。

ギリシア語の運命は「定められたこと」という意味でヘイマルメネー（heimarmenē）とも言うが、詩文では韻律に乗せやすいアイサ（aisa）が好まれる。ホメロス『オデュッセイア』の「これから先は、母親が生んだその日に、運命（アイサ）と冷酷なるクロテス（ここではクロトの複数形が用いられる）が糸で紡いだ定めに堪えてゆかねばならぬ」（第七歌一九六〜一九八）、アイスキュロス『縛られたプロメテウス』の「必然の力には抗うことはできぬと心得て、身にふりかかった運命（アイサ）にはできるだけ平気な面持ちで堪えねばならぬ」（一〇三〜一〇五）などがその用例となる。さらにモイラの用例を探してみると、前二世紀の田園詩人スミュルナのビオンの「みんな忘れているぞ。俺たちゃみんな死すべきもので、モイラから短い命しかもらっていないことをね」（ストバイオス『精華集』第四巻一六・一五）、前出の「八〇になって死のモイラ（定め）がやって来ますように」（ソロン「断片」二〇）といった言葉がある。ローマ帝政時代の歴史家アッピアノスが著わした『ローマ誌』のうち「シュリア誌」には、「人間だけではなく、町にもモイラ（定め）がある」（五八）という面白い表現が残されている。

このように運命、宿命が変えることのできないものであるのに対して、運のほうはさまざまに転変する。運に関連する表現として、ポティオスの『語彙集』や古辞書『スーダ』は tychē Euripos を掲げている。エウリポスとはギリシアのボイオティアとエウボイア島に挟まれた海峡のことであり、潮流が変わりやすいことで知られた。「運は潮まかせ」というような訳になるだろうか。メナンドロスの失われた喜劇『農夫』の断片には「運（テュケー）の潮の流れはたちまちにして変化する」がある。運の転変を述べた例としては、「運（フォルトゥーナ）はたちまちにして移り変わるもの」（プラウトゥス『トルクレントゥス』二一九）や「女神フォルトゥーナは天が下で隷属と栄華を何度とりかえたことか」（マニリウス『天文誌』第一巻五〇九〜五一〇）がある。「運は盲目」という奇妙な言葉があって、「運は盲目で悲惨なもの」（メナンドロス『婚約者（プロガモイ）』）のほか、キケロ『友情について』（一五・五四）などに言及があるが、ひとの運はどのように展開するかわからないという意味であろうか。キケロは「運（フォルトゥーナ）ほど理に反して一貫せぬものはない」（『卜占について』第二巻七・一八）と述べている。「運（テュケー）はまずい審判者で、つまらぬ者に賞をあたえる」（『ピュタゴラス派箴言集』一三〇）という非難や、「よき運（フォルトゥーナ）とよき精神が同じ人に授かることはめったにない」（リウィウス『ローマ建国以来の歴史』第三十巻四二）といった言葉は同様な趣旨のものと考えられる。

ギリシア七賢人のひとりクレオブロスに、「運（テュケー）の転変に気高く堪えることを知れ」（ディオゲネス・ラエルティオス『哲学者列伝』第一巻九三）という言葉がある。これは運命に堪えることのようにひたすら忍従を言うのではなく、むしろ、運はさまざまな苦難をひとにあたえるから、それに立ち向かうことが肝要であるという意味であろう。エラスムスは格言集『アダギア』において、運にまつわる名言のなかに **to paron eu poiein** というギリシア語の格言をあげている。直訳すれば「手元にあるものを上手く使え」というような意味になるのであるが、運があたえるものを活用せよというような意味に解釈しているようである。この格言はディオゲネス・ラエルティオス『哲学者列伝』（第一巻七七）によれば、同じくギリシア七賢人のひとりピッタコスの言葉だとされているが、現状に勇気をもって対処してゆくなかで運も開けてくるという意味であろう。「運（フォルトゥーナ）は勇気ある者に味方する」（リウィウス『ローマ建国以来の歴史』第三十四巻四）というよく知られた言葉は古い諺からの引用であるが、ウェルギリウス『アエネイス』第十歌二八四などでも引用されている。

言葉が行動にまさることはけっしてない

λόγος γὰρ τοὔργον οὐ νικᾷ ποτε.（Euripides, *Alcmene*, Frag. 12）

イギリスのスコットランド出身の思想家トーマス・カーライルには、人口に膾炙した言葉がいくつかある。『衣裳哲学』（*Sartor Resartus*, II, chap.6）の「人間の目的は行動であって、思想ではない。たとえ、どんなに高尚な思想でも」もそのひとつで、カーライルでも特に知られた言葉である。その直前の文章から出典はギリシアの古典であるようだが、P. C. Parr による注解を読むと、この言葉をアリストテレスの読書から学んだと彼の日記に書かれていたとある。該当する箇所は『ニコマコス倫理学』の冒頭に近い章だと思われるが、そこには確かに「目的は知識ではなく、行動である」（第一巻第三章 1095a5）と記されている。しかし、Parr が注記しているように、ここでアリストテレスが言っているのは政治学・倫理学が目的とするものであって、人間の目的ではない。このように古代の格言は、近代においてはしばしばその意味が変容させられ、まったく異なる意味あいで用いられることがある。それはともかくとして、カーライルの言葉は英語の 'Deeds, not words' とか、「不言実行」などの格言とほとんど同義であるが、これに近い意味の表現を西洋古典で探してみると、冒頭に掲げたような言葉がある。

これはエウリピデス『アルクメネ』（「断片」一二）からの引用であるが、ほかにも同じ作家の『アンテイオペ』（「断片」二二六）の「言葉より行動のほうが強い」や、クセノポン『キュロスの教育』の「いま言われた言葉よりも行動のほうが、あなたには信じられる証拠となるでしょう」（第六巻四・五）、さらに七賢人のひとりミュソンの「言葉から事実をではなく、事実から言葉を推察するようにせよ」（ディオゲネス・ラエルティオス『哲学者列伝』第一巻一〇八）という言葉などなど、類例はいくらでもある。実際の行為、行動に比べて、言葉には空しいものというイメージがつきまとう。言葉を表すギリシア語はロゴスであるが、もともとロゴスには、「優しく甘い言葉（ロゴス）で心を惑わす」（ホメロス『オデュッセイア』第一歌五六）などの用例が示すように、否定的な意味が含まれていた。もうひとつ古い作品で、神々の誕生を語るヘシオドス『神統記』でも、「ロゴスども」（二二九）は争い（エリス）の子供たちで、空言とか虚言に近い意味である。

言葉は偉大な支配者である

λόγος δυνάστης μέγας ἐστίν. （Gorgias, *Encomium Helenae*, 8）

これに対して、行為、行動よりも言論のもつ力を強調したのは、弁論家やソフィストたちである。ゴルギアスは『ヘレネ頌』において、トロイア戦争を引き起こした張本人とされるヘレネを弁護しながら、「言葉（ロゴス）が心を説得し迷わせるものであるとしたら、この点でも弁明をおこない非難から解放することはむずかしいことではない。言葉は偉大な支配者であり、最も微細で目に見えぬ姿で最も神的なことをなしとげる。恐怖をなくし、苦痛をとり去り、喜びを生みだし、憐憫の情を高めるからだ」（『ヘレネ頌』八）と主張している。シケリア島レオンティノイの出身であったゴルギアスは、前四二七年に使節団長としてアテナイに来訪したが、その雄弁によって人びとの喝采を博し、その名声はギリシア全土に轟いた。そして、この弁論術がもつ力を最も警戒したのがプラトンであった。対話篇『ゴルギアス』において、登場人物のソクラテスはその本質を見ぬいて、弁論術は「説得をつくり出すもの」（四五三A）であり、法廷などで正・不正の真実を教えるのではなく、ただ信じ込ませるだけのものだと結論している。この問題をプラトンはよほど気にかけていたらしく、『パイドロス』でも再び取り上げ、弁論家を「真実に似たものが真実よりもいっそう尊重されるべきものであることを悟った人びと」（二六七A）と呼んでいる。もっとも、『パイドロス』ではこのような弁論を弄する人が、ゴルギアス以外にも何人もいたとされている。

このような弁論術の創始者と目されるのは、シケリアのコラクスとその弟子のティシアスである。彼らについては、後四世紀の弁論家ソパテルが『ヘルモゲネスの弁論術注解』（五・六）において、次のような面白い話を伝えている。ティシアスは裁判において勝利したときに一〇〇〇ドラクマを支払うという約束で、コラクスから弁論の技術を学んだ。しかし、その後もいっこうに支払おうとしないので、師は弟子を告訴して、「もしこの裁判にティシアスが負ければ一〇〇〇ドラクマを払わねばならないし、またティシアスが勝っても、勝ったのだから約束どおりお金を支払わねばならない」と主張したところ、ティシアスは少しも臆することなく、「もしわたしが勝ったなら当然支払う義務はないし、また負ければ最初の約束に従って支払う義務はないのだ」と言い返した。弁論家たちのこのような応酬を聞いた陪審員たちは困り果てて、「悪しきカラス（コラクス）が悪しき卵を産んだ」と叫んだという。これと同様の話をセクストス・エンペイリコスも『学者たちの論駁』（第二巻九七―九九）において伝えており、ディオゲネス・ラエルティオス『哲学者列伝』（第九巻五六）では、プロタゴラスと弟子のエウアトロスについての話として語られている。なお、この「悪しきカラスが悪しき卵を産んだ」は後に諺になった。

お喋りにとって沈黙ほどつらい苦しみはない

κωτίλῳ ἀνθρώπῳ σιγᾶν χαλεπώτατον ἄχθος. (Theognis, *Elegiae*, I 295)

「沈黙は金」という諺がある。これもトーマス・カーライルの言葉だとされているが、『衣裳哲学』(III, chap.3) を読むと、もとはスイスの格言で「雄弁は銀、沈黙は金 (Sprechen ist silbern, Schweigen ist golden)」と言うらしい。同じような意味の格言を西洋古典の文献の中で探してみると、アポロニオス (テュアナの) に帰せられる書簡がいくつかストバイオスの引用によって残されているが、その中に「お喋りは多くの災難を招き、沈黙は安全をもたらす」(『精華集』第三巻三六・二八) というのがまずある。もっとも、これが本当にアポロニオスの言葉であったかどうかは分からない。プルタルコス「モラリア」の『子供の教育について』には、「時をわきまえた沈黙は賢明であり、あらゆる弁論にまさる」(一〇E) という格言もある。ほかにも『箴言集』を著わした前三世紀頃のカレスには五〇行あまりのパピルス断片が現存するが、その中に「どこにいてもできるだけ舌を抑えるようにせよ。舌が時をわきまえた沈黙を知れば、老いにも若きにも栄誉をもたらすから」という言葉がある。これもストバイオス (同書第三巻三三・四) の引用から今日に残っている。

ギリシア七賢人の言いそうな言葉だから、ディールス／クランツ『ソクラテス以前哲学者断片集』収録の「七賢人」のところで用例を探してみると、典拠をストバイオスとしてソロンの「言葉は沈黙によって、沈黙は好機によって封印せよ」が挙がっていた。ピッタコスには「沈黙するすべを知らぬ者は、語るすべも知らぬ」（loqui ignorabit, qui tacere nesciet）というのがあるが、これはラテン語で書かれたアウソニウスの『七賢人の箴言』に保存されている。さらに、『ヴァティカン箴言集』には「語るのがよいことに沈黙するのは恥ずべきこと、語るのが恥ずべきことに沈黙するのはよきこと」（五七四）というのもある。こちらはピュタゴラス派の女哲学者テアノの言葉だという。

冒頭に引用されたのはテオグニスの言葉（『エレゲイア詩集』第一巻二九五）である。お喋りとは「話の抑制ができないこと」（テオプラストス『人さまざま』七）と定義されているが、お喋りを抑制することの困難さについては多くの著作家が言及している。プルタルコスの『お喋りについて』は、お喋りの人はのべつ話しているから、哲学がお喋りを治すのはなかなかむずかしいと語るところから始まっている。これに対する哲学者の言葉に「舌（あるいは口）は一つなのに耳は二つだ」というのがある。この言葉はストア派の創設者キティオンのゼノンのものらしいが、無駄話の好きな人に対して、「自然はわれわれに舌は一つ、耳を二つあたえた。話すことの二倍聞くためだ」（「断片」三二〇）と言ったという。出典は同じくストバイオスだが、ディオゲネス・ラエルティオス『哲学者列伝』（第七巻二三）にも同様の言葉が引用されている。

もの言わぬは恥ずべきことだ

turpe sibi .... esse tacere.（Cicero, *De Oratore*, III 35, 141）

お喋りは悪徳だが、沈黙がよくないことも時にはある。冒頭の「イソクラテスに喋らせておいて、もの言わぬは恥ずべきことだ」というキケロの言葉は、雄弁が沈黙にまさる時があることを教えてくれる。イソクラテスは前四世紀の人で、アッティカを代表する十大弁論家の一人だが、『弁論家について』（第三巻三五・一四一）の中でキケロが以下のような話を伝えている。アリストテレスは、イソクラテスが自分の講義を公訴や私訴の弁論から転じて空疎な文体の話に変えた結果、おおいに繁盛して、良家の子供たちが押し寄せているのを見て、悲劇『ピロクテテス』の言葉を少しもじって、右の言葉を語ったとされる。もっとも、現存するソポクレスの『ピロクテテス』にはこの言葉がないので、これは失われたエウリピデスの同名の作品（「断片」七九六）ではないかと推測されている。プルタルコス『コロテス論駁』（一一）などを参考にすると、もとの悲劇でのピロクテテスの科白は「異邦人（バルバロイ）に喋らせておいて、ギリシアの全軍のためにもの言わぬは恥ずべきこと」であったらしい。もっとも、アリストテレスの言葉はイソクラテスに対するものではなかったという伝承もある。ディオゲネス・ラエルティオスの『哲学者列伝』（第五巻二～三）を見ると、アリストテレスはアテナイの使節としてマケドニアのピリッポス王のもとに出かけていた間に、プラトンの弟子の一人であったクセノクラテスが学園アカデメイアの学頭になったので、帰国したアリストテレスがこれを知って、リュケイオンに新たに学園を開いたのであるが、そのおりに「クセノクラテスに喋らせておいて、もの言わぬは恥ずべきことだ」（ヘルミッポス「断片」四五）と語ったという。この話の典拠である『哲学者伝』（現存しない）を著わしたペリパトス派のスミュルナのヘルミッポスが活躍したのは前三世紀であるから、キケロよりはだいぶ古い。一方、キケロが伝えるほうの話は典拠が不明であるが、後年クインティリアヌスの『弁論家の教育』（第三巻一三）や新プラトン派のシュリアノス（五世紀）の注解書が同じ話を伝えている。

女性の素質は男性に少しも劣らない

ἡ γυναικεία φύσις οὐδὲν χείρων τῆς τοῦ ἀνδρὸς οὖσα τυγχάνει. (Xenophon, *Symposium*, 2, 9)

男女の素質が変わらないというのは、いまではあたりまえの話だが、古代ギリシアでは（そして、過去の多くの社会において）、女性は自然本性において男性に劣ると考えられていた。右の引用は、クセノポン『酒宴』（第二章九）において、哲学者のソクラテスが語った言葉である。続いて「ただ、知力と体力に欠けるだけだ」とあるから、これではさすがに女性がたは喜ばないだろう。しかし、プラトンの『国家』でも同様に、女性にも男性と同じ教育があたえられるべきだと主張するソクラテスの論は、女性は家の女部屋に籠もって家政に専念するものだと考えられていた当時の社会においては、革新的というよりもむしろ珍妙な説と受けとめられたのである。さらに、文学と哲学を問わず、概してギリシア人が女嫌いであったことはよく知られている。ヘシオドスの「女を信用する者は詐欺師をも信用する」（『仕事と日』三七五）を皮切りに、セモニデス、アリストパネス、エウリピデスと枚挙にいとまがなく、哲学者のほうも「女にではなく男に生まれたことで運命の神に感謝したい」（ディオゲネス・ラエルティオス『哲学者列伝』第一巻三三）という最初の哲学者タレスをはじめ、これに少しも負けてはいない。これをギリシア語で「ミソギュネース」という。女嫌いの意味である。プラトンは『ティマイオス』（九一Ａ）の中で、人間（男）が堕落すると、次には女になって転生すると言っているから、フェミニストからはほど遠いと思われるが、ソクラテスの言葉にあるように、男性も女性もその素質においては変わるところがないと考えていたことは間違いない。プラトンの弟子には二人の女性が含まれていた。マンティネイアのラステネイアとプレイウスのアクシオテアである。後者は男装して師の講義に列席したと言われている。プラトンの学校は女性にも門戸を開いていたのである。

気むずかしさの有無は、心の善悪の重要な要因である

τό γε μὴ δύσκολον ἐν ψυχῇ καὶ τὸ δύσκολον οὐ σμικρὸν μόριον εὐψυχίας καὶ κακοψυχίας. (Plato, *Leges*, 791C)

女性嫌いに似た言葉に人間嫌いがある。これはギリシア語で「ミサントローポス」という。プラトンは『パイドン』（八九Ｄ）において、人間嫌いが心の中に忍び込んでくるのは、他人を過度に信用して、正直な人間と思いこんでしまい、後になってその人物が劣悪な奴で信用できないことに気づくようなことが何度も繰り返されると、ひとは人間嫌いに陥ると説明している。ギリシア人で人間嫌いを探すと、前五世紀のペリクレスが活躍した時代にいたアテナイ人ティモンが最も有名である。プルタルコス『英雄伝』のうち「アルキビアデス伝」（一六）や「アントニウス伝」（七〇）、ルキアノス『ティモン、あるいは人間嫌い』、ほかにはアリストパネス『女の平和』（八〇八以下）と同古注、ストバイオス（第三巻一〇・五三）、アリストクセノス断片などに散見される。ティモンはもともと裕福であったが、友人らの裏切りによって財産を蕩尽してしまい、以来他人との一切の交渉を絶ってしまう。同じく厭人家の哲学者アペマントスとだけはつきあいがあったが、コエースの祭り（アンテステーリア祭二日目）にふたりで飲んでいると、「酒盛りは楽しいものだな」と言う哲学者に、「君がいなければね」と答えたという。ティモンにまつわる話は同時代の喜劇作家たちに恰好の題材を提供したが、われわれはこれらの断片資料を拾い読みするよりも、むしろシェイクスピアの『アセンズのタイモン』で面白く読むことができる。この

作品は全部がシェイクスピアのものかどうか昔から疑われており、アテネに元老院があったなど史実としてもいろいろ問題があるが、まとまった物語として読むことができるところが嬉しい。失意のうちにあったティモンに元老院が礼をもって復帰を懇願するが、これを罵りしりぞけて、ついにのたれ死にする。そして劇の最後に彼の墓碑が発見されるくだりで劇が終わる。「ここに浅ましき霊魂《たましひ》に離れて、浅ましき遺骸《しかばね》横たはる。わが姓名を知らんとする勿《なか》れ。あはれ、悪疫、汝ら生き残れる人非人共を滅盡《めつじん》せよ！」（坪内逍遥訳）。

さて、右に挙げた言葉であるが、心が気むずかしく（デュスコロス）になると、ひとは人間嫌いになると言われる。これはプラトンの『法律』の言葉である。この言葉はより正確には「心の内で気むずかしくないか、気むずかしいかは、善い心と悪しき心の小さからぬ部分である」（七九一C）と書かれている。生まれて間もない幼児を過度に甘やかせるならば、些細なことでも腹を立てる子供になり、極端に押えつければ気むずかしく、人間嫌いの人間になって、どちらも社会に適さない子供にしてしまう。したがって、われわれは子供に楽しい気持ちにさせてかわいがるだけではだめで、それは最大の破滅となりうると言われている。最大の破滅はいつも幼児教育の最初の段階で起きるからである（七九二C）。プラトンが『法律』において心をくだいたのは、子供の感情教育の重要性である。理想国家を説く『国家』とは違って、教育に関する『法律』の事細かな記述はこの作品を読む人を驚かせる。

肉食をさし控える

τῶν ἐμψύχων ἀπεχέσθαι.（Porphyrius, *De Abstinentia*, I 13）

今ではあまり読まれないかもしれないが、チャールズ・ラムの『エリア随筆』に「焼豚論」という名品がある。友人が親切にも読んで説明をしてくれた中国のある写本に、豚を焼いて食べる習慣が始まった経緯について書かれているというところで話がはじまる。豚飼いのホオ・ティが豚の餌であるブナの実を探しに林に入っていき、豚小屋の番を長男のボウ・ボウにさせた。ところがこの長男が頓馬な子で、火遊びに夢中になって藁の束に火をつけてしまい、小屋は焼け豚も死んでしまった。焼け焦げた豚を前にして途方にくれていると、なんとも言えないよい香りがしてくるので、思わず豚に触ってみて火傷をしてしまう。しかし、その時指についた皮を口にして、はじめてその甘みを味わった。戻ってきた親父がその有様を見て息子を怒鳴りつけるが、同様に肉を口にしてその旨さを知り、ついには二人で豚をすっかりたいらげてしまったという。ここでラムが言っている中国の写本が何を指すのかは不明である。

いずれにせよ、西洋古典とはおよそ関係のなさそうな話であるが、ラムのテクストを編集したA. Aingerの解説を読むと、意外にも同じ話がギリシアの古典の *De Abstinentia* の中にあると書かれている。この書は新プラトン派のプロティノスの忠実な弟子であったテュロスのポルピュリオスが著わしたものである。日本語の表題は『肉食の禁忌について』であるが、その第四巻一五を読むと、キュプロス王ピュグマリオンの時代に肉食が始まったと言われている。昔は生きものを犠牲に捧げることはなく、むしろ禁じられていたのであるが、やがて生きものを犠牲にする慣習がおこなわれるようになると、それを丸焼きにして捧げるようになった。ある時、焼けた動物の一部が地面に落ちたので、神官がこれに触れ火傷をしてしまう。思わず指を口に含んだときその旨味を知り、妻にもあたえた。王は二人を処刑するが、次の神官も同じような罪をおかし、そのようなことが続くなかで、人びとは動物を焼いて食することを覚えたのだという。つまり、肉食の慣習は火の使用と関係しているわけで、人びとが肉食の習慣をもたなかったのは火の使用を知らなかったためだと言われている（同第一巻一三）。

もっともポルピュリオスのこの書は肉食を勧めるものではない。むしろ逆に、肉食を忌避することを主張しており、右の話はユダヤ人のブタや魚の禁忌について語ったあとに出てくる。この書において肉食をさし控えよと主張する理由はさまざまに語られる。「肉食は健康に益することはなく、むしろこれを損なう」（同第一巻五二）という理由もある。しかし、より重要なのは「動物は理性的な生きものである。たいていは不完全であるが、まったく理性を欠いているわけではない」（同第三巻一八）という理由であろう。不完全でも理性を有しているならば、これを食するわけにはいかないからである。そして、理性的である動物を食してはならないというこの勧告には、さらに深い意味が含まれている。同書第四巻一九で引用されるエウリピデスの詩（『クレタ人』断片四七二）で語られているザグレウスの物語であるが、これは人間の魂の輪廻転生に関わっているからである。

この物語についてはプルタルコスの『肉食について』という小品のほうでより詳しく語られている。第一巻の終わりに近いところで、エンペドクレスの詩が引用され（その詩句が原文から欠落しているが、第二巻九九八Cの「肉という見知らぬものを着せて」（断片一二六）だと推定されている）、そのうえで以下のように語る。「この言葉によって、エンペドクレスは人間の魂は殺戮、肉食、共食いの罪の償いとして、死すべき肉体に閉じこめられているということを暗に述べている。この伝承はさらに古いものだと思われる。ディオニュソス神が八つ裂きにされたと言われる受難、ティタン族が彼に加えた暴虐、ティタン族が血ぬられた肉を味わったあと、［ゼウスが］懲らして雷光で打ったこと――これらのことは輪廻転生（パリンゲネシア）を謎めかして語った物語である」（九九六B～C）と語られている。これはトラキアに古くから伝わるディオニュソス（ザグレウス）の受難物語を指している。それによれば、ディオニュソスはゼウスとペルセポネとの間に生まれた子で、嫉妬深い正妻の女神ヘラがこの子を憎み、ティタン族をそそのかし、ディオニュソスの殺害を企てさせる。彼らは子を八つ裂きにして、その証拠を隠すために、血ぬられた四肢を喰らうのであるが、その事実が露見して彼らはゼウスの雷光に焼殺される。そして、その灰から人間が生まれたのだという。このようにして人間はティタンの犯した原罪を償うため、次々と肉体に宿る輪廻転生を繰り返すのである。かくして肉食の禁忌ももとをたどれば輪廻転生と結びつく。この話はオルペウス教とも結びつけられたりするが、歴史家パウサニアスの『ギリシア案内記』（第八巻三七・五）は、この物語の作者を同じく伝説的な人物であるオノマクリトスだとしている。

習慣によって第二の本性がつくられる

Consuetudine quasi alteram quandam naturam effici.（Cicero, *De finibus*, V 74）

「習慣は第二の天性（Consuetudo altera natura）」という格言があるが、これは西洋の古典にある言葉ではない。最も近い表現は、キケロの『善悪の究極について』（第五巻二五・七四）にある右の言葉であろう。直訳すれば「習慣によっていわば第二の本性とも言うべきものがつくられる」となる。自然や本性はギリシア語ではピュシス（physis）、ラテン語ではナートゥーラ（natura）と言われるが、人間が生まれつきもっている性格はなかなか容易に変えられるものではない。ギリシアの著作家に「生まれつきの性格（syngenes ēthos）を隠すことはむずかしい」という言葉がある。これはピンダロスの『オリュンピア祝勝歌』（第十三歌一三）の言葉であるが、同じ歌集の別の箇所でも、「燃えるような色の狐も吼えるライオンも、その生来の性格（emphyes ēthos）は変えられないもの」（第十一歌二〇）と語られている。ラテンの著作家では、ホラティウスが『書簡詩』の農業を礼讃した詩の一節において、「君が熊手を使って自然（natura）を追い出そうとしても、それはいつも戻ってきて、邪な嫌悪の念を打ち砕き、知らぬ間に勝利者となるのだ」（第一巻第十歌二四）と歌っている。このように自然のもつ力に逆らうのはむずかしいことである。しかし、習慣もまた自然に劣らないだけの力をもっている。右のキケロの文章はそのことを言ったものである。自然（本性）と習慣の関係については、アリストテレスが『弁論術』において次のような分析をしている。快と苦について考えてみると、人間は自然本来の状態に戻る動きがあるときに快を感じ、それとは逆の動きがあるときに苦を感じるものである。つまり、強制を受けるために人間は苦痛を感じるわけである。同様に、習慣づけられた行為の場合にも、強制を受けておこなう行為ではないから、人間はその行為に快を感じるという。かくして、アリストテレスによれば、「習慣はどこか自然（本性）と似たところがある。『しばしば』は『つねに』に近いけれども、自然（本性）は『つねに』起こることに、習慣は『しばしば』起こることに関わっているからである」（第一巻第十一章一三七〇a六）。

おそらくこのような古代の著作家たちの影響を受けたためであろう。近代の思想家たちも習慣のもつ力について好んで論じた。モンテーニュの『エセー』には古代の著作家たちの言葉が多く引用されているが、その中に習慣に関して論じた章（第一巻第二十三章）があって、その冒頭において、田舎の女が生まれたての仔牛を腕に抱いてかわいがったのだが、それが習慣になって、牛が大きくなっても同じように抱いて歩いたという話を紹介するところから始めている。パスカルの『パンセ』にも「習慣はわれわれの本性だ」（ブランシュヴィック版八九）といった言葉を含むいくつかの断章があるし、ラヴェッソンには『習慣論』という著作があった。あるいは、哲学者でなくても、シュイクスピア劇でハムレットが母親ガートルードに対して、叔父の寝床に近づくなと諭す場面で、「習慣は本性のありかたをも変えることができるのです。不可思議な力で悪魔を押さえつけ、あるいは追い出すこともできるのです」（『ハムレット』第三幕第四場 169-171）と語る周知の場面を思い起こすこともできるだろう。

このように習慣のもつ力も侮れないものである。ギリシアの哲人に話を戻すと、プラトンにはこんな話がある。だれかがサイコロ遊びに興じているのを見てプラトンが叱った。その人が些細なことで遊んでいるだけだと言いわけすると、プラトンは「いやその習慣は些細なものではない」と言ったという（ディオゲネス・ラエルティオス『哲学者列伝』第三巻三八）。この話はモンテーニュも『エセー』の中で引用している。プラトンは比較的初期の作品では、習慣と知識を対比的に区別して語ることが多く、例えば『パイドン』（八一B）では、一般人のもつ社会的な徳は、哲学や知性によるものではなく、むしろ習慣や訓練によって生まれてくると述べているのであるが、これに対して、晩年の著作の『法律』では、むろん習慣と知識との明確な区別がなくなったわけではないが、人間の教育、とくに幼少期の人間を教育するさいの習慣の重要性が強調されている。人間は生まれてからの三年間において性格のすべてが習慣によって植えつけられる（『法律』第七巻七九二E）。つまり、習慣（エトス）が性格（エートス）をつくるのである。教育は子供のごく幼い頃から始まっているわけで、したがって子供たちを適切な習慣のもとでしつけていく必要がある、と主張されている。「子供はすべての動物のなかで最も手に負えないものである。いまだ制御されていない知性の泉を豊かにもっている分だけ、ずる賢くて油断ができない、動物のなかで最もやっかいなものである」（『法律』第七巻八〇八D）と考えたプラトンのことであるから、これは当然とも言えるだろう。

怒りと戦うことはむずかしい

θυμῷ μάχεσθαι χαλεπόν. （*Heracleitus*, Frag. 85 DK）

怒りを扱うことにむずかしさについては、昔から多くの著作家が言及し、古くはホメロスに「怒りは思慮ある者でも煽って逆上させ、したたり落ちる蜂蜜よりもはるかに甘く、人びとの胸の内で煙のごとく充満する」（『イリアス』第十八歌一〇八以下）という言葉がある。前四～三世紀頃に活躍した喜劇作家ピレモンの現存断片には、「腹を立てている時はみんな気が狂っているのさ。だって、怒りを抑えるのはひと苦労だからな」（「断片」一五六、一五七）というくだりがある。これはストバイオスが『精華集』（第三巻二〇・四）において引用している。「怒っている人と狂っている人の違いは、時間の長さだ」（プルタルコス『王と将軍の格言集』一九九A）というのは大カトーの言葉である。冒頭の言葉は、哲学者へラクレイトスのもので、「怒りと戦うことはむずかしい。それが何を欲するにせよ、魂とひき換えにあがなうからだ」（「断片」八五 DK）とある。もっとも、ここで「怒り」と訳されたテューモスについては議論があって、哲学史家のJ・バーネットは「怒り」ではなく「欲望」の意味だと主張しており、これに同調する研究者が多い。しかし、この断片を引用しているプルタルコス『怒りを抑えることについて』（四五七D）やアリストテレス『政治学』（1315a29）、『ニコマコス倫理学』（1105a7）は「怒り」の意味で理解している。普通「怒り」を表わすギリシア語はオルゲーであり、テューモスはこれと区別するためにしばしば激情と訳される。また、右のホメロスの例ではコロスが用いられている。『初期ストア派断片集』が収録するクリュシッポスの倫理断片には、怒りを表わす類似表現が列記されていて、オルゲーは不正を犯したと考えられる人に対する報復の欲求、テューモスは始まったばかりの怒り（オルゲー）、コロスは膨れあがる怒りと説明されている（断片三九七）。ほかにもよく似た表現があるが、こうした細かいニュアンスの違いがそれぞれの文脈で正確に反映されているのかどうかは分からない。それはとにかく、プルタルコスの『怒りを抑えることについて』やセネカの『怒りについて』を繙読すると、怒りを制御するのがいかに困難であるかについて語られている。メナンドロスに帰せられる『一行格言集』には、「人間であるならば、怒りに克つことを覚えよ」（二〇）という格言がある。人間以外のものが怒ることはないのだろう（セネカ『怒りについて』第一巻三参照）。「腹を立てているときは、なにも語るな、なにもするな」（ディオゲネス・ラエルティオス『哲学者列伝』第八巻二三）というピュタゴラスの言葉もある。

怒ることを知らねばならない

θυμοειδῆ μὲν δὴ χρὴ πάντα ἄνδρα εἶναι.（Plato, *Leges*, 731B）

セネカの右の書物を読むと、怒りにはいいところがなにもないように思えてくるが、プラトンやアリストテレスを見るとそうでもないことが分かる。プラトンの晩年の著作『法律』では、「ひとはだれでも怒ることを知らねばならない」（七三一B）と言われる。しかし、できるだけ温和でもなければならない。「激しやすい性格」のもとの言葉はテューモエイデースという形容詞である。「気概がある」とか訳されたりするが、「気性の激しい」「激情の」といった意味をもっている。矯正のむずかしい行為には怒りが必要で、「高貴な怒り」が不可欠だという（『法律』同箇所）。もっと若い頃に書かれた『国家』にも同様の思想が出現する。理想国家の守護者は、「心の性質としては、怒りを知らねばならない」（三七五B）と言われ、ここでもテューモエイデースという語が用いられている。そして、同時に温和な性格をもった人間が求められる点でも同じである。これはキケロが「賢者はけっして怒ることがない」（『ムレナ弁護』三〇・六二）と言っているのとまったく対照的な見方である。キケロの場合には、ストア派的な理想が論じられているのであろう。ストア派のクリュシッポスによると、「怒りは盲目であり、しばしば明白なものを見えなくさせ、しばしば把握されたことを覆い隠すものでしかない」（クリュシッポス「断片」三九〇）からである。セネカが『怒りについて』において批判しているアリストテレスも、どちらかと言えば、プラトン的な立場にたっている。『ニコマコス倫理学』では、「しかるべき事柄に、しかるべき相手に、しかるべき仕方で、しかるべき時に、しかるべき間だけ怒る人は称賛される。このような人が温和な人間であろう」（1125b31以下）と語られている。逆に、怒るべき時に怒らないような人は愚かだと考えられている。しかし、そのアリストテレスも過度な怒りは「怒りっぽい（オルギロス）」とか「短気な（アクロコロス）」とか言って、ふさわしくないものだと主張する。なにごとであれ不足と超過は悪徳であり、中庸が求められるのである。「とりわけ心が乱れているときには、思慮ある人は不条理な怒りを抑えよ」（メナンドロス「断片」二五）という言葉があるように、理にかなわない怒りは諫められるわけである。

金は人生の不安の原因である

Ergo sollicitae tu causa, pecunia, vitae!（Propertius, *Elegiae*, III, 7）

劇作家シェイクスピアに、「金を借りてはいけない、貸してもいけない。貸せば金を失い、友も失う。借りれば倹約の気持ちが失せてしまう」（『ハムレット』第一幕第三場 75-77、ポローニアスの台詞）というよく知られた言葉があるが、お金に関する名言も古来よりたくさんある。金の貸借を諫める名言を西洋古典から探してみると、まず前四世紀の中期喜劇詩人アクシオニコスに、「悪い奴に金を貸そうものなら、当然ながら利子という苦難を背負うことになるだろう」という言葉がある。この作家の作品はわずかな断片しか残っておらず、作品名不明の引用としてストバイオス『精華集』（第三巻二・二）に一部が保存されている。ご存知のとおり、アリストパネスの喜劇『雲』は、田舎出の市民ストレプシアデスがペロポンネソス戦争で土地を荒らされ、負債の利子を払うのにも窮するありさまであったので、一計を案じて息子のペイディピデスをソクラテスの学校に送り込んで、債権者を法廷で言い負かす方法を覚えさせようとするところで、劇が始まっている。これは劇の中での話であるが、実際のところ、法外な利子を請求する悪徳の債権者がいたからこそ、このような劇が生まれたのであろう。「信用のおけない人に、お金を預けてはならないし、利子をとって貸してもならない。借り手は元金も利子も返さなくてもよいからだ」というのは、プラトンの言葉である（『法律』七四二C）。なぜ借り手が元金も利子も返済しなくてもよいかというと、当時は金の貸借は信頼関係によっておこなわれ、相手を信用して貸した金が戻ってこなくても、その責任はそういう人物に金を貸した当人にあり、借り手のほうは罰せられることはなかったからである。このような法を定めたのは、前六世紀の立法家カロンダスであるとされている（テオプラストス「断片」九七・五）。したがって、品物と金銭を交換するときに、信用で先渡しをすると、しかるべきものを受け取らなくても、その取引について法に訴えることはできなくなる。そのために、財産の上限、下限を定めて、それを超えた売買を禁じる、あるいは無効にするような法が必要だと考えられた（『法律』八五〇Ａ参照）。

金の貸し借りをはじめとして、金は人びとを不安に陥れる。冒頭の言葉はローマの詩人のプロペルティウスからのものである。『エレギーア詩集』第三巻七は、「金よ、だからおまえは人生の不安の原因なのだ。おまえのせいで、われらは早すぎる死への途を歩むことになる。おまえは人間の悪徳に恐るべき餌料をあたえる。心配の種はお前の元から生まれるのだ」という言葉で始まっている。金が人間に対してもつこのような魔力に言及した言葉はたくさんある。ソポクレス『アンティゴネ』には、「世に流通しているもので、金ほど人間に悪をもたらすものはない。金は国を滅ぼし、男たちを家から追い立て、人間のすぐれた精神を教え惑わせ、恥ずべき行為に向かわせる」（二九五〜二九七）とある。あるいは、『アナクレオン風歌章（アナクレオンテア）』には、「金を愛するものが、最初に滅びるがよい。金ゆえに兄弟なく、金ゆえに親もなく、金ゆえに戦争と殺戮にあけくれる」（二九）という言葉もある。そのために、金に左右されない人間が尊ばれた。「金に動かされることのない人が賞讃される」は、キケロ（『義務について』第二巻一一・三八）の言葉である。あるいは、コリントスの独裁者で七賢人のペリアンドロスは、「どんなことがあろうとも、金のためにおこなってはならない」（ディオゲネス・ラエルティオス『哲学者列伝』第一巻九七）と言ったとされる。さらに、ペルシア戦争の英雄テミストクレスにはこんな話がある。自分の娘を妻にと申し出た二人の求婚者のうち、テミストクレスは金のある男よりも良識のある男を選んだ。そして、「人物を必要とする金よりも、金を必要とする人物を探しているのだ」と言ったという。これはプルタルコス『テミストクレス伝』（一八）が伝える話であるが、プルタルコスは『王と将軍の名言集』（一八五E）でも同じ話を引用しており、ほかにはキケロ『義務について』（第二巻二〇・七一）やウァレリウス・マクシムス『著名言行録』（第七巻二）にも出ている。

このように金について悪く言う例には事欠かないが、逆に言えば、金が万事と言うことでもある。「金は事業の腱」（プルタルコス『クレオメネス伝』二七、他）という言葉があるように、金はあらゆる事柄の原動力となるからである。もっとも、金持ちであってもいつまでもその金を保持できるわけではない。「運は富者に金をあたえたのではなく、貸したのだ」。これはポリュステネスのビオンの言葉（『ヴァティカン箴言集』一六二）である。もとは奴隷で後に解放され哲学者となり、ディオゲネス・ラエルティオスに略伝があるが、若い頃から辛酸をなめる経験をしたところからこのような言葉が生まれたのであろう。

たくさんの医者の所に行ったから、俺は死んでしまった

Πολλῶν ἰατρῶν εἴσοδός μ' ἀπώλεσεν.（Menander, *Sententiae e codicibus Byzantinis*, 659）

医者に関する面白い言葉や話はたくさんある。冒頭の言葉は伝メナンドロスの『ヴァティカン写本による一行格言集』（六五九）からの引用であるが、同じような例として、前三世紀頃に活躍した新喜劇作家のピレモンに、「だれも具合が悪くなければ、医者はみんな具合が悪くなる」という言葉が残っている。ピレモンは二人いて、親子でともに喜劇作家であるが、引用の断片は息子の小ピレモンのもので、ストバイオス『精華集』（第四巻三八・六）を典拠としている。さらに、初期のギリシア哲学者で「暗い人」と綽名されたヘラクレイトスにも、医者を揶揄する言葉があって、「医者は切ったり焼いたりして、患者にありとあらゆる拷問をかけておきながら、ふさわしい報酬を患者からもらっていないと不平を鳴らす」（断片五八 DK）とある。「切ったり焼いたり」は当時の医者の治療についての常套句で、プラトンなどに頻出するが、クセノポン『アナバシス』（第五巻八・一八）では「医者は切ったり焼いたりするが、善き結果のためである」と言われており、こちらは医術の効用を尊重している。もちろん医神アスクレピオスを祖とする医学は、病気を治療する技術として尊敬され、当時もなくてはならないものであったが、一方では、暴利を貪るだけの不徳義な医師もいただろうし、技量の相当怪しい輩もいたと思われる。

アイソポス（イソップ）の『寓話』を読んでみると、医者をからかった話に事欠かない。眼を病んだ老婆がいて、医者を呼んでみた。平癒のあかつきには相応の費用を支払うことを約束して、治療が始まっ

た。ところが、彼女の眼に軟膏を塗るのだが、そのために周りを見ることができないことをいいことに、医者は彼女の家から少しずつ物を盗み出し、目が治ったときには、すっかり家財道具がなくなっていた。医者が治療費を請求すると、老婆は前よりも目が悪くなったと言う。「だって、あの時はわたしの家財道具はすべて見えていたのに、今はなにも見えないじゃないか」（「老婆と医者」）。また、こんな話もある。ある病人が、医者から具合はどうかねと訊かれて、「いっぱい汗をかきました」と答えた。医者は「それは結構だ」と言った。後日、同じことを医者から訊かれて、病人は「たいへん寒気がして、がたがた震えました」と返答すると、また「それは結構だ」と言う。三度目に医者がやって来て、同じことを尋ねるので、「水腫で膨れ上がっていますよ」と言うと、またもや「それは結構だ」と言う。親戚のひとりが見舞いに来て、病状を尋ねたので、病人はこう答えた。「結構ずくめで死にかけているよ」（「病人と医者」）。

医者は個々の人間を治療する

καθ' ἕκαστον γὰρ (ὁ ἰατρὸς) ἰατρεύει. （Aristoteles, *Ethica Nicomachea*, 1097a13）

哲学者の医者に関する発言を探してみると、プラトンが『国家』（三八九B）において、医者は自由に嘘をつくことができる、と語っている。その意味は嘘が有用な場合もあるけれども、その運用は専門の医者に任せるべきであって、素人が軽々しく手を出すべきではない、ということである。プラトンは医者がつく嘘と、支配者が国家のためにつく嘘とを重ね合わせて考えているのである。ほかには、プラトンが医聖ヒッポクラテスに言及した箇所がよく知られている。「魂の本性を十分に理解することは、全体の本性を理解することなしには不可能ではないのか」（『パイドロス』二七〇C）という一文である。この「全体」という語は、古注解者のヘルメイアス以来、「宇宙や万有」の意味で解されたが、最近は「魂の全体」と読むのが普通である。こうした解釈上の議論は措くとして、全体に目を向けよというのはいかにもプラトンらしい思想であり、『カルミデス』（一五六E）でも、トラキアのザルモクシスの教えとして、治療は個々の部位だけではなく、体の全体を、そして魂をというように、部分ではなく全体を配慮するべきだ、という説が紹介されているし、プラトンの晩年の作品『法律』（九〇三D）でも同じ思想が受け継がれている。

一方、アリストテレスはより経験主義的な立場に立っている。プラトンもすぐれた医者になるために経験の重要性を強調しているが（『国家』四〇八E）、『ニコマコス倫理学』第一巻第六章におけるプラトンの「善のイデア」批判を読むと、アリストテレスの立場がよく表われている。右の言葉はその章の末尾に書かれている（1097a13）。医者は「健康」を考察するのではない。むしろ、「人間の健康」を、いやむしろ「この人間の健康」を考察する。なぜなら、医者が治療するのは個々の人間だからである。同じ思想は、『形而上学』A巻のはじめにも出現している。技術と経験を比べてみると、技術者はものごとの原因を知っているが、経験家はそれを知らないので、技術は経験よりもまさっていると言えるけれども、実際に行為するという点では経験は技術にけっして劣らない。その理由として挙げられるのが、医者の例である。医者は「人間」を健康にするというのは、付帯的（偶然的）な意味においてでしかない。つまり、医者が治療するのは、カリアスとかソクラテスとかいった「個々の人間」であって、その人がたまたま人間であるということである。

運命の剃刀の上に立っていることを心して考えよ

φρόνει βεβὼς αὖ νῦν ἐπὶ ξυροῦ τύχης.（Sophocles, *Antigonē*, 996）

英国の小説家サマセット・モームに *The Razor's Edge* という作品があるが、古代ギリシア語にも「剃刀の刃の上に」という表現があった。英語と同様に、この表現は「危機的な状況」に置かれていることを意味する。剃刀を使った格言はほかにもあって、「剃刀に砥石」というのがあるが、こちらはいかに剃刀でも砥石にはかなわないということで、力の及ばぬことを無益になすことを揶揄した表現であり、リウィウスやホラティウスなどラテン作家に用例がある。一方、「剃刀の刃の上に」はいくつかのギリシア語作品に登場する。

ソポクレスの『アンティゴネ』は、テバイの王位を兄弟エテオクレスと争って命を落とし、祖国の敵であるために埋葬されずに捨て置かれたポリュネイケスの亡骸を、その妹アンティゴネが国法を犯してまでも埋葬し、そのためにみずからも命を落としてしまう悲劇の物語である。新たに王位に就いたクレオンは、埋葬を禁じた布告を知りながら、それを破ったアンティゴネに死罪を言いわたす。アンティゴネと許婚の間柄であったクレオンの息子ハイモンは、死罪は不当であると父王を説得しようとするが、無駄に終わってしまう。その後には悲惨な結末が待っていた。後にはクレオンもその過ちに気づくが、時すでに遅く、アンティゴネはみずから首を吊り自殺してしまうと、これを嘆き悲しんだ息子ハイモンが、父王に斬りつけようとするが果たせず自害し、さらには、その知らせを聞いた妻のエウリュディケまでもが剣で自害してしまう。冒頭の言葉は、予言者テイレシアスが、クレオンを諭そうと言った台詞である。死者に鞭打ってならない、そうすればその償いとしてわが子を差し出すことになろう。「あなたは運命の剃刀の上に立っておられることを心して考えなされ」（九九六）と言っている。

この表現は、さらに古くホメロスにも見出される。『イリアス』第十歌の「アカイア全軍が無惨にも死に絶えるか、あるいは生きながらえるのか、剃刀の刃の上にいる」（一七三）というネストルの言葉である。他に類例を求めるならば、テオクリトス『エイデュリア』二二の「ディオスクロイ」序歌や、『パラティナ詞華集』（九・四七五）がある。後者には、ヘレネを求めて争うメネラオスとパリスに、「ヨーロッパとアシアの王よ、おまえたちはともに剃刀の刃の上に立っている」と言われるくだりがある。

このような危急存亡の折には、それまで仲違いしていた者たちが、力を合わせて危機に立ち向かうというようなこともしばしば起きてくる。そこから、次のような表現が生まれた。

災厄はひとを結びつける

τὰ κακὰ συνάγει τοὺς ἀνθρώπους.（Aristoteles, *Rhetorica*, 1363a1）

英語のシンクレティズムは、異国の宗教が伝来した場合に、しばしば土着の宗教と入り交じり、混淆するような意味合いで用いられる。要するに宗教混淆である。しかし、この語は古代ギリシア語に由来していると思われるが、もともとそのような意味のものではなかった。仏語でもsyncrétismeと書くが、近代語の混淆の意味あいは、おそらく「混ぜ合わせる（kerannymi）」と結びつけて考えた語源解釈から生まれたものであろう。実際にはこの語はクレタ人（クレース Kres）と関連のある言葉で、ギリシア語のシュンクレーティスモスは、文字通りには「クレタ人のように共同する」を意味している。簡単に言うならばクレタ連合である。プルタルコスの「モラリア」と通称される作品群のうち、『兄弟愛』と題されたエッセーがある。プルタルコスはこの中で、「兄弟が争っているときには、兄弟の味方とは親しく交流し、その敵との付きあいは避けるようにしなければならない。すなわち、クレタ人のやり方を踏襲して、彼らは常日頃争っていたが、外部から敵がやって来ると、戦いをやめて、結束した。これが彼らが言うシュンクレーティスモスである」というような説明をあたえている。クルティウス・ルフスの『アレクサンドロス大王伝』はラテン語作品であるけれども、アレクサンドロス大王のインド攻略のくだりを読むと、スダグラカイ人とマロイ人は互いに戦争を繰り返していたが、アレクサンドロスがやって来ると聞くと、共通の敵を前にして同盟を結んだという記事がでてくる（第九巻四・一五）。これも同様な例と見なすことができるだろう。

互いにいがみ合っている者たちが結束するのは、相手を好ましいと思ってのことではない。好ましいとは思わないが、自己の存続が危うい時に、敵の力から身を守るのである。このような事態をアリストテレスは『弁論術』の中で、「災厄はひとを結びつける」というふうに表現している。同じものが時に争い合う者たちの利益になることもあるし、その同じものが双方にとって災厄である場合には、対抗するために結びつきあうからである（第一巻第六章 1363a1）。

天は自ら助くるものを助く
Heaven helps those who help themselves.

われわれがよく知っている諺で、意外とギリシア・ローマの古典に典拠があるものがある。ここからは少々趣向をかえて、こうした諺の起源を探してみよう。多少文献学的になるが、ご容赦願いたい。冒頭に掲げた英語はお馴染みの格言であるが、聖書の言葉かと思っていると、実は典拠はギリシアの文献にある。E・H・プラントルという十九世紀の研究者が書いた *Sophocles Tragedies and Fragments*, vol.2 という古本に、**No good e'er comes of leisure purposeless; And heaven ne'er helps the men who will not act** という訳が挙がっている。これはソポクレスの散逸した悲劇『イピゲネイア』からの引用で、元の出典はストバイオス『精華集』（第三巻三〇・六）である。前半部分のギリシア語を訳してみると、「目的のない閑暇はなんらの善も生まない」となるが、肝心の後半の言葉はどうもソポクレスのものではないらしく、**Kannicht-Snell** の校訂本では作者不明断片に分類されている。それはとにかくこれも訳してみると、「神は怠惰な者を助けることはない（theos de tois argousin ou paristatai）」というような意味である。

同様の表現を調べてみると、エウリピデスの失われた悲劇『ヒッポリュトス』に「まずは自分でなにかをやってみろ、それから神様に祈るんだ。行動を起こす人には神様も手を貸してくださるから」（「断片」四三二）という言葉がある。さらには、後一世紀のバブリオス『イソップ風寓話集』（中務哲郎訳『イソップ寓話集』岩波文庫では「牛追とヘラクレス」に収録）にこういうくだりがある。牛飼いが引いている荷車が窪みに落ち込んでしまった。それで牛飼いが信仰する神ヘラクレスに、何とかしてほしいと祈っていると、神はこう告げた。「自分でもなにかしてから、神々に祈りなさい」。こうした言葉からヒントを受けて、近代になってこうした諺が誕生したものと思われる。近代の詩人で『寓話集』の作者であるラ・フォンテーヌは、フランス語で Aide-toi, le ciel l'aidera（自らを助けよ、さすれば天が助けるであろう）と表現している。

二兎を追う者は一兎をも得ず

Ὁ δύο πτῶκας διώκων οὐδέτερον καταλαμβάνει.（Michael Apostolius, *Paroemiae*, Centuria 12, 33）

この諺は、同時に二つのことをしようとして、両方とも成功しない愚を語ったものであるが、その出所については『広辞苑』などで引いてみても説明がない。ラルースの諺事典（*Dictionnaire des proverbes, sentences et maximes*, par M. Maloux）を引いてみると、ルネサンス時代のエラスムスが『格言集』（Adagia, III 3, 36）で引用していると記されている。また、ラテン語作家であるが、前一世紀のローマ共和政末期の作家プブリリウス・シュルスが集めた台詞集（*Publilii Syri Sententiae*）に、まったく同じ意味の格言（lepores duo qui insequitur, is neutrum capit）が挙がっている。もっとも、ラテン語表記は校訂本によって多少異なっているうえに、引用した原文を収録している古いヴェルフリン（E. Woelfflin トイプナー版、一八六九年）の校訂本では、誤ってシュルスに帰された台詞のひとつだとされている。ヴェルフリンは欄外注で、ボーテ（F. H. Bothe）が編纂した『ラテン作家断片集』（一八二四年）以来誤ってエラスムスのラテン語が紛れ込んだものと注記しているが、いずれにせよ最近のシュルスの校訂本には採録されていない。そこで、エラスムスの『格言集』に当たってみると、その中に「二匹の兎を追いかける人は、どちらも手に入れることができない」という冒頭に掲げたギリシア語文が引用されている。ミカエル・アポストリオス（十五世紀）が蒐集した『諺集』（Centuria, 12, 33）にこの言葉が出てくるが、エラスムスが引用しているのはアポストリオスではなく、彼の息子のアルセニオスの書物のようである。いずれにしても、アポストリオスの説明には「この格言はよく知られたもの」とあるので、もっと古い時代に遡るものと推測されるが、残念ながらこれ以外には典拠がない。

少し意味が違うが、よく似た格言として「一つの藪が二匹のコマドリを養わない」というのがある。アリストパネス『蜂』に「一つの藪が二人の盗人を養うことはできない」（九二七）という言葉が出てくるが、古注にこの格言をもじったものだという説明があるから、こちらのほうがずっと古いと言えるだろう。ゼノビオス（後二世紀）の『諺集』（Centuria, 5, 11）など言及が多数ある。もっとも、コマドリと訳したが、元のエリタコスはどういう鳥か分かっていない。「二兎を追う者は一兎をも得ず」のほうも古代ギリシア由来と思われるのだが、いずれにしても、If you run after two hares, you will catch neither とか英訳されたのが日本に伝わったものと思われる。わが国にはこれと似た表現として「虻蜂《あぶはち》取らず」がある。これは虻が蜘蛛の巣にかかったのを見て蜘蛛が捕らえようとするが、同時に蜂も巣にかかった。どちらを取ろうかと迷っているうちに、両方とも逃げてしまったということである。『岩波ことわざ辞典』を引くと、江戸時代には「虻蜂取らず」という諺が広く使われていたのだが、「西諺に曰く、二兎をふ者は一兎を得ず」（『修身児訓』明治一二年）のように、明治になってこの格言が移入され広まったのだということである。

人間は人間にとって狼である

Lupus est homo homini, non homo, quom qualis sit non novit.（Plautus, *Asinaria*, 495）

万人の万人に対する戦い（bellum ominium contra omnes）は、トマス・ホッブズが一六四二年刊行の『市民論（*De Cive*）』序文において、自然状態における人間のありさまを表現するためにもち出した著名な言葉であるが、同書の冒頭にも同様な意味の言葉として「人間は人間にとって狼である」（homo homini lupus）という言葉が挙がっている。こちらもホッブズの言葉としてよく知られたものであるが、その起源は西洋古典にある。ローマの喜劇詩人プラウトゥスの作品『ロバ物語（Asinaria）』には、金銭を求めるレオニダに対して商人が、金を渡すなんてとんでもないことで、「どんな人物かわからぬうちは、人間なんて［他の］人間には、人間じゃなくて狼だ」（四九五）と言うくだりがある。ホッブズはこの言葉に並べて、別の格言として「人間は人間にとって神である」（homo homini deus）を挙げており、こちらのほうは用例が多く、「狼である」のほうはギリシアには用例を見いだせないのに対して、「神である」のほうはギリシアの諺集に収録されているから、前者は後者をもじったものではないかと思われる。ミカエル・アポステリオス（十五世紀）の『諺集』には「人間は人間にとって神である（anthrōpos anthrōpou daimonion）」（Centuria 2, 89）を挙げて、予期せずに他人に救われた人について用いられるという説明がある。他にも、ゼノビオス（後二世紀）『諺集』（Centuria 1, 91）やキュプロスのグレゴリオス（十三世紀）『諺集』（Centuria 1, 50）もこの格言に言及している。もっともダイモニオンは、ダイモン（神霊）の縮小辞であるか、あるいはダイモニオスという形容詞が中性名詞化したものであるから、神という訳が適当であるかどうかはわからない。人間の運に関わるような言葉であるから、格言の意味は「もっけの幸い」というようなことであろう。いずれにしても、ラテン語ではdeus（神）と翻訳されており、カエキリウス・スタティウス（前二〜二世紀）の断片に用例がある。

点滴石を穿つ

Constant dropping wears away a stone.

この格言は、たとえ微力でも根気よく続けるならば、いつかは成就するという意味であるが、「雨垂れ石を穿つ」とも表現される。『岩波ことわざ辞典』などを見ると、中国の前漢時代に呉楚七国の乱が起きたとき、家臣の枚乗《ばいじょう》が主君を諫めた言葉を典拠としている。すなわち、「泰山の霤《あまだれ》は石を穿ち、単極の紘《こう》（井戸のつるべなわ）は幹を断つ」（『文選』枚乗、上書諫呉王）である。しかし、英語にも、**Constant dropping wears away a stone** というまったく同じ表現があるから、冒頭の格言の起源が中国かそれとも西洋かすぐには決めかねる。さらに古くは西洋古典にもギリシア語で **petrēn koilainei rhanis hydatos endelekheiēi** という表現がある。直訳すれば「水滴も続けば岩を穿つ」だから、ほぼ同じ意味だと言ってよいだろう。これはサモスの出身で、ヘロドトスと同時代の叙事詩人コイリロスの言葉だとされている。この詩人はペルシア戦争を題材にした『ペルシカ』の作者であるが、作品は現存しない。しかも困ったことに、肝心の格言のほうは現在の校訂本である *Supplementum Hellenisticum*（H. Lloyd-Jones, P. Parsons ed.）で調べてみると、存偽断片として扱われている。つまり、コイリロスの言葉なのかどうかは定かでないのである。格言を詩人と結びつけているのは六世紀の新プラトン派哲学者シンプリキオスである。アリストテレスは『自然学』において、「すべてのものは運動しているが、われわれの感覚が気づかないだけである」（253b10）と述べているが、当該箇所への注解において、シンプリキオスはこれをこの詩人の言葉だとしたうえで、「水滴が落ちるごとに岩は磨りへっているのだが、その減少がわずかなものであるために、われわれには明らかではないのである」(『アリストテレス「自然学」注解』1196, 35以下)という説明を加えている。もっとも、同時期にアレクサンドリアで活躍したヨハンネス・ピロポノスは、むしろ前二世紀の牧歌詩人モスコスの言葉だとしている(『アリストテレス「自然学」注解』826, 13)。ほかには、ガレノスもこの格言に言及しているのだが、詩人の名前は挙げていない。かくして、この格言の由来についてはほとんど確定的なことは言えないということになる。柳沼重剛『ギリシア・ローマ名言集』(岩波文庫)では「中国伝来のことわざではない」とされているが、同書で旧約のヨブ記の「水は石を穿ち」(一四・一九)にも言及されているように、むしろどこにでもある格言だということなのかもしれない。

大山鳴動して鼠一匹

The mountains have brought forth a mouse.

この諺は、前触れが大きいわりには、実際の結果が思いのほか小さかったことを揶揄したものである。大山は「泰山」とも記され、泰山は中国の名山であるから中国起源のようにみえるが、もともとはヨーロッパの諺であって、英語にも **The mountains have brought forth a mouse** という表現がある。ことわざ辞典などを繙くと、通例はローマの詩人ホラティウス（前一世紀）の『詩論』の一節が典拠とされていることが多い。『詩論』（一三九）には「山が産気づいて、滑稽な鼠一匹が産まれる（parturient montes, nascetur ridiculus mus）」とあるが、これは昔の叙事詩人のように歌うと宣言して、そんな大口をたたきながら、なかなかそれにふさわしい作品を作れないような場合のことを言うために引かれている表現である。クインティリアヌス『弁論家の教育』（第八巻第三章二〇）もこのホラティウスの詩行に言及して、ウェルギリウス『農耕詩』の一節と比較しながら、その表現の妙を称えている。もっとも、ポンポニウス・ポルピュリオン（あるいはポルピュリオ）という二〜三世紀の文法学者が著わした『詩論』の古い注解を読むと、この表現の出自はもっと古くて、もとはギリシアにあった格言だと書かれている。

そこで、ロイチュとシュナイデヴィンが編纂した『ギリシア諺集』（E. von Leutsch & F. W. Schneidewin, *Paroemiographi Graeci*, 1839）で確かめてみると、まずディオゲニアノス（後一世紀）がこの諺をギリシア語で引いている。また、アテナイオス『食卓の賢人たち』（第十四巻六一六d）やプルタルコス『英雄伝』の

「アゲシラオス伝」（三六）を読むと、さらに詳しい情報が得られる。それによれば、テバイとの数度にわたる戦争をおこなったスパルタ王アゲシラオス（前四四四〜三六〇年頃）が、その晩年に軍資金を稼ぐためにエジプトに赴き、当地王タコスの傭兵になることを志願したことがあったが、エジプト人たちはアゲシラオスの名声を耳にして、どんな豪傑がやって来るかと心待ちにしていたところ、到着したのは小柄な八十歳を過ぎた老人だったので、思わず民衆は冗談を飛ばし、右の格言をいったとのことである。アテナイオスによると、その時にアゲシラオスは「いつか獅子になってお目にかかろう」と言い返したという。

ともあれ、この話の典拠は、アテナイオスによると、歴史家のテオポンポス（前四世紀）と、ナウクラティスのリュケアス（前四世紀か?）の『エジプト史』となっているから、プルタルコスやアテナイオスの時代よりもさらに四、五百年は遡ることになるだろう。ところで、アテナイオスがこの諺をより完全なかたちで伝えている。それによれば、「山が産気づいたので、ゼウスが恐れを抱いたが、山が産んだのは鼠一匹であった（ōdinen oros, Zeus d' ephobeito, to d' eteken myn）」である。したがって、この諺はおそらくアゲシラオスに直接関連するものではなく、むしろオリュンポスの神話との関係が推測される。さらにもうひとつ注目すべきは、この諺とイソップ（アイソポス）との繋がりである。ガイウス・ユリウス・パエドルスという紀元前後を生きたローマの寓話作家がいる。解放奴隷であったが、イアンボス詩形のラテン語で書かれた『アエソプス風寓話集（*Fabulae Aesopiae*）』を遺しており、わが国にも日本語訳で紹介されている。この書はその名の通り、散文で書かれたイソップ物語を韻文で翻案したものであるけれども、なかにはパエドルス自身の手になる作もあるらしい。そのうちには、「山が産気づき、途方もないうめき声をあげたので、周辺には大きな期待が広がった。ところが、山が産んだのは一匹の鼠だった」

（第四巻二四）という一節がある。したがって、この諺については前六世紀のイソップにまで遡る可能性が考えられるのである。ところで、大山が鳴動したときに、なぜゼウスが恐れたのだろうか。これについては、ルネサンス時代の学者エラスムスが『格言集』の当該箇所（*Adagia*, I 9, 14）において、いわゆるティタン神族との戦争（ティタノマキアー）と関連させながら、上手に解説している。つまり、大地が揺れたものだから、ゼウスはオリュンポス神族とティタン神族との戦いがまた始まるのかと恐れたわけである。しかし、そこから鼠が一匹這い出してきたので、一同思わず笑ったということである。わが国には戦国時代末期に『伊曾保物語』の翻訳が成立したが、国字本、天草ローマ字本ともにこの話は見あたらないようである。したがって、この諺がどのようにしてわが国に定着したかは分からないが、『日本俚諺大全』（一九〇八年）には「大山鳴動して一鼠《いっそ》出ず」が収められている。

この親にしてこの子あり

Like father, like son.

　これは子供というものは親の資質を受け継ぐから、立派な子供になるのは親が優れているからだという意味の格言であるが、逆に平凡な親であれば、子供もまた平凡だということになるから、「蛙の子は蛙」や「瓜の蔓になすびはならぬ」という格言もある。中国の古典で一般にはあまり名が知られていないが、孔子の子孫である孔鮒《こうふ》の作と伝えられている作品に「此の父有りて斯《ここ》に此の子有り。人道の常なり。若《も》し夫《そ》れ賢父に愚子有るは、此れ天道自然に由《よ》る。子《し》の妻の罪に非ざるなり」（『孔叢子《くぞうし》』居衛）という一文があり、これは尹文《いんぶん》（戦国時代の思想家で、自分の名をつけた著作『尹文子』がある）という人がいて、その子供の出来が悪いのに怒って子供を杖で打擲し、もしや妻が他人と通じたのではないかと疑ったのに対して、孔子の孫の孔思がこれを諫めていった言葉だという。このように、この格言は西洋古典とはおよそ関係がなさそうにみえるが、西洋にも同様の意味のものとして、**Like father, like son**（あるいは **Like mother, like daughter**）というよく知られた表現がある。

　東洋と西洋のそれぞれの格言の関連については不明であるが、英語のほうは少なくとも十八世紀には使われていたようで、*London World Fashionable Adviser*（一七八七年）に挙がっているという記録がある。わが国でも最近『そして父になる』（是枝裕和監督、二〇一三年）という映画が上演されたが、英語の表題としてこの格言が用いられているので、ご存じの向きも少なくないであろう。

さて、この格言が西洋古典の世界にもあったかどうかであるが、柳沼重剛編『ギリシア・ローマ名言集』（岩波文庫）を繙いてみると、「まったくこの主人にしてこの奴隷ありだ（Plane qualis dominus, talis et servus）」という表現で、ローマの詩人ペトロニウスの『サテュリコン』（五八）が「この親にして」の類例として挙がっている。口論のなかで出た言葉だと説明があり、同様の表現がギリシアにもあると付け加えられているが、肝心の典拠が示されていない。ところで、こうした表現が西洋古典にあるかどうかを調べるさいに、最も重宝するのが『格言集（アダギア）』というラテン語で書かれた書物である。すでに本書で幾度となく引用しているが、この書はオランダの人文主義者エラスムス（Desiderius Erasmus）がギリシア、ローマの諺を収録したものである。第一版（*Collectanea Adagiorum*）は一五〇〇年にパリで刊行されているが、その後に何度か改訂されるうちに諺の収録数も増大し、著者が亡くなる一五三六年までには四〇〇〇を超えるまでにもなっている。出典も明記され（ただし、時には記憶違いのせいか誤りもみられる）、著者によるコメントもあって、たいへん便利な書物である。もちろん、ゼノビオス（一世紀）、ディオゲニアノス（一世紀）、キュプロスのグレゴリオス（十三世紀）、ミカエル・アポストリオス（十五世紀）らの諺事典を下敷きにしたものではあるが、エラスムスの豊富な読書量がなければ書かれることはなかったであろう。

表題の格言に話を戻すと、エラスムスは catulae dominas imitantes というラテン語の項目を掲げているが、その意味は「メス犬は女主人をまねる」である。同じ意味でのギリシア語では tās despoinās hai kynes mimoumenai というらしい。そして、このギリシア語の出典であるが、灯台下暗しでうっかりしていたが、プラトンの『国家』にあった。同書第八巻五六三Cに、「犬たちは、それこそまったく諺のとおりに、『女主人そっくりに』振る舞う」（藤澤令夫訳）とある。藤澤訳では「振る舞う」と訳されているが、直訳すれば「まったくのところメス犬は女主人に似ている」となる。プラトンは当時流布していた諺を引用しているのであろうが、諺そのものに関するこれ以上の情報はない。当該箇所の古注（スコリア）も、格言のもともとのギリシア語の表現（hoiaper hē despoina, toia kha [= kai hē] kyōn）を伝えるのみで、それ以上の説明はなく、他の諺集も同様である。

エラスムスの後に増補されたテクストをみると、この格言とマルチーズとの関連が推測されている。ギリシアには、家畜を守る犬や猟の手伝いをする犬がいるが、純然たるペットもいて、とくに名高いのはシケリア島の南に位置するメリテ（現マルタ）島の小犬（Melitaia kynidia）、いわゆるマルチーズである。この犬はよほど知られていたのか『語源大辞典（*Etymologicum Magnum*）』や『スーダ』などにも顔を出す。アテナイオス『食卓の賢人たち』（第十二巻五一八f）は、南伊のギリシア人植民都市シュバリスでは、市民たちは贅沢な生活を好み、このメリテ島の仔犬をさかんに飼う習慣があったと言っているが、主人が贅沢を好めば、飼い犬もこれに似てくるということも当然予想されよう。これは推測の域をでないが、なかなかうがった解釈だと思われる。

類は友を呼ぶ
Birds of a feather flock together.

この言葉は気性の合った者、似通った者は自然と集まってくるという意味であるが、『易経』（繋辞上）の「方以類聚、物以羣分、吉凶生矣」（方《ほう》［仲間］は類を以《もっ》て聚《あつ》まり、物［生物］は群《ぐん》を以て分れ、吉凶生ず）が起源で、わが国では『太平記』（二二）に「されば人は類を以て聚る習ひなれば」との言及がある。「同類相求む」「似たもの同士」「牛は牛連れ、馬は馬連れ」などすべて同じ意味である。英語では **Birds of a feather flock together**（同じ羽の鳥は群れをなす）というかなりよく知られた格言があるが、これには十六世紀の英語で **Byrdes of on kynde and color flok and flye allwayes together**（William Turner）というかなり古い例がある。ほかには **Like will to like.** という面白い表現もあり、**Like attracts like** と言ったりもする。いずれにせよ似た意味の表現というだけで、『易経』との直接的な関連はなさそうである。ところで、西洋古典で似たような表現を探してみると、例によってエラスムスが『格言集』の中で類例を三つ分けて並べているから、これを参考にしながら調べてみよう。

Aequalis aequalem delectat.（Adagia, I ii, 20）「同類は同類を好む」。まずキケロ『老年について』に「古い諺にあるように、似たものは似たものと容易に一緒に集まる」（七）がある。キケロが使っている表現は **pares cum paribus facillime congregantur** である。修辞家のクインティリアヌスも『弁論家の教育』（第五巻第十一章四一）もこのキケロの言葉に言及している。これらはラテン語での用例であるが、ギリシア語では hēlix hēlika terpein.（terpein は不定法）と言って、「同じ年齢の人は同じ年齢の人を喜ばせる」の意味になる。プラトンの『パイドロス』（二四〇C）が典拠であるが、同じ著者の『国家』で、老人のケパロスが同年齢の集まりではお互いに若くないことを嘆くというような話の中でもこの表現が出てくる。エラスムスが挙げてはいないが、同箇所の古注やディオゲニアノスの『諺集』（Centuria2, 88）を見ると、元の表現は hēlix hēlika terpe, geronta de gerōn だとされているので、原意は「適齢の人は適齢の人を喜ばせ、老人は老人を喜ばせる」ということかもしれない。いずれにしても、「古い諺によれば」と断っているから、プラトンが創始した格言でないことは間違いない。

Simile gaudet simili（*Adagia*, I ii, 21）「似た者は似た者を喜ぶ」。これはギリシア語では to homoion tōi homoiōi philon と言うが、アリストテレス『ニコマコス倫理学』（一一六五b一七）に用例がある。プラトンの『ゴルギアス』（五一〇B）の「昔の賢人たちが言うように、似た者は似た者と友である」というのも同様の例であろう。アリストテレスはエンペドクレスの「似たものは似たものを目指す」というような自然学的な原理として引用しているから、年齢の差というようなこととはまったく違った意味あいを帯びてくるが、格言の原意はむしろ処世訓に類したものではなかったかと思われる。そのほかでは、プラトンの『饗宴』（一九五B）やプルタルコスの「モラリア」から、『似て非なる友について』などが引用されているが、特に後者では、作者不明の悲劇断片（A. Nauck の *Tragicorum Graecorum Fragmenta*, 1889, Adespota, 364 に所収）として、「老人には老人の言葉が一番快く、子供には子供の言葉が、女には女の言葉が役に立つ。病人には病人の言葉が、不運に苦しむ人には試練に耐えている人の言葉がよく効く」（五一E）という詩文が引かれているのが興味を引く。いずれも「似た者は似た者を喜ぶ」という格言が流布していて、それに基づいたものだと考えられる。

Semper similem ducit Deus ad similem.（*Adagia*, I ii, 22）「神はいつも似た者を似た者のほうに導く」。これはホメロスが典拠である。『オデュッセイア』第十七歌でオデュッセウスが老犬アルゴスと再会する直前の場面であるが、豚飼いのエウマイオスと連れだって行く途中で、不埒な山羊飼いメランテウスに出くわす。山羊飼いはふたりを指さし「卑しい奴が卑しい奴を連れて行く。神様はいつも似た者のところに似た者を連れてゆく」（二一七）と言う。ギリシア語で書かれた『諺集』の著者ディオゲニアノスが、プラトンの言葉と並べて掲げているから、関連はあるかもしれない。エラスムスも言及しているが、このような類の格言をアリストテレスが『弁論術』（1371b15）の中で紹介している。すなわち、「「同じ年齢の人は同じ年齢の人を喜ばせる（hēlix hēlika terpei）」、「いつも［似た者のところに］似た者を（hōs aiei ton homoion）」、「獣は獣を知るもの（egnō de thēr thēra）」、「カラスの側にはカラスがいる（koloios para koloion）」である。

ローマではローマ人のするようにせよ

When in Rome, do as the Romans do.

西洋古典が出所のようで、実は西洋古典の格言ではないものもある。したがって、ギリシア・ローマ名言集の看板を立てられないものであるが、ご容赦いただきたい。冒頭の格言は、わが国では「郷に入れば郷に従え」という格言で知られている。ある土地に入ればその土地の慣習や風俗に従った行動をとるのがよいという意味で、典拠は『童子教《どうじきょう》』にある。この書は鎌倉時代中期以前に成立したとされる初等教育のための教訓書で、中身は漢文で書かれており、右の格言に相当するのは「入郷而従郷、入俗而随俗」である。訓読すれば、「郷に入《い》っては郷に従い、俗に入っては俗に随《したが》う」となり、正確ではないが「郷に入らば郷にしたがう」と読まれることもある。いずれにしても、『童子教』が江戸期の寺子屋の頃まで教科書として使われたために、広く人口に膾炙している。この書に含まれる「人死而留名、虎死而留皮」（人は死して名を留め、虎は死して皮を留む）などのように、口調がよいのもよく知られるようになった理由のひとつであろう。

同様の格言が冒頭に掲げたもので、英語では When in Rome, do as the Romans do. と言う。田中秀央・落合太郎の『ギリシア・ラテン引用語辞典』（岩波書店）では、ラテン語の表現として、**Cum fueris Romae, Romano vivito more, cum fueris alibi, vivito sicut ibi.** が挙がっている（cum は si と書かれることもあるが、意味は変わらない）。同書の訳は用いずに私訳してみると、「君がローマにあるときは、ローマの慣習に従って暮らし、他の地にあるときは、その地にあるように暮らせ」となるだろうか。この成句は一見西洋古典のもののように見えるが、実は四世紀のイタリアのミラノの司教であった聖アンブロシウス（三四〇頃～三九七年）の言葉とされている。彼と同時代の哲学者に聖アウグスティヌス（三五四～四三〇年）がいる。アウグスティヌスはアンブロシウスよりは年少で、アフリカのタガステの出身であった。三八三年に哲学を学ぶためにローマにやって来たが、翌年にはミラノに移り、母モニカとアンブロシウスの影響もあって、洗礼を受けキリスト教徒となっている。ところで、アウグスティヌスがミラノに来てみると、ローマでは土曜日におこなわれていた断食が、ミラノでは同じ曜日におこなわれていない。これを不審に思って、アンブロシウスに問いただしたときに、アンブロシウスがアウグスティヌスに宛てた書簡で助言として述べたのがこの言葉である。ラテン語原文はミーニュ（J. P. Migne）が編纂した『教父全集』***Patrological cursus completus***（第三十二巻第三十六書簡）に収められている。つまり、この成句はキリスト教関連の言葉なので西洋古典には属さないというわけである。

ローマは一日にしてならず

Roma non fuit una die condita.

大都市ローマ（ローマ帝国ではない）が短日月で築かれなかったように、大事業は長期にわたる努力なしには完成しないという意味である。この表現も西洋古典と関係がありそうにみえるが、ほとんどすべての文献を網羅した *Thesaurus Linguae Graecae*（通称TLG）や *Thesaurus Linguae Latinae*（通称TLL）を探してもどこにも見あたらない。英語では Rome was not built in a day. と言うが、試みに *The Oxford Dictionary of Proverbs*（5 ed.）で調べてみると、典拠は中世フランス語だとされていて、Rome ne fu[t] pas faite toute en un jour. という一文が挙がっている。現代のフランス語だと、Rome ne s'est pas faite en un jour. となる。パリは一日にして成らず Paris ne s'est pas faite en un jour. という表現もあるが、これは古都ローマにあやかってのことであろう。ところで、中世フランス語のほうは *Li Proverbe au Vilain*（一一九〇年頃）というフランスの古い詩集に登場する。この詩集は残念ながら日本語には訳されていないようだが、十二世紀フランスの農園風景をかいま見ることができ、各詩はきまって最後に格言が語られたあと、「このように農夫は言いました（ce dit li vilains）」で終わる。農民（vilain はいわゆる農奴 serf ではなく自由農民を言う）の生きるべき道を教えたもので、『童子教』のフランス語版と言ってよいかもしれない。

ところで、この格言のラテン語表記であるが、Binder, Wilhelm, *Novus Thesaurus. Adagiorum Latinorum. Lateinischer Sprichwörterschatz*, Stuttgart, 1861 という書物で調べると、Roma non fuit una die condita（2975番）

が挙がっていて、Bebelという名前が記載されている。これはドイツの詩人Heinrich Bebelの*Henrici Bebelii Justingensis Opuscula,* 1512を指しているが、十六世紀のものであるから中世フランス語の出典よりもずっと新しい。ほかの表記としては、Roma sola die non fuerat aedificata. やNon fuit in solo Roma peracta die.（いずれも意味は大差ない）、あるいはHaud facta est una Martia Roma die.（ローマのマルス野は一日でつくられたものではない）などがあるが、いずれも後代のもので、おそらく中世フランス語で書かれたものをラテン語で表現しただけのものと思われる。ところで、この格言はセルバンテスの『ドン・キホーテ』と結びつけられることがあるが、これは原文のNo se ganó Zamora en una hora.（サモーラも一時間では落城しなかった）がローマに置き換えて英訳されたために生じた誤解だとされている。

後は野となれ山となれ
Après moi, le déluge.

この格言は、自分はやりたいだけのことはやったから、後のことはどうなろうと構わない、自分の利害の外にあるという意味であるが、江戸時代初期の談林派の俳諧集『俳諧江戸通り町』や『江戸広小路』に「折《おり》てからは跡は野となれ山桜　埋木」などの例が見られる。したがって、純然たる日本の諺のようであるが、よく知られているように、西洋には「私の後は大洪水」というこれと類似した表現がある。辞書などで調べてみると、たいていフランス語の Après moi, le déluge（= After me, the deluge）で登場する。そのわけはブルボン王朝のルイ十五世の言葉だとされるからである。ルイ十四世は「朕は国家なり」という言葉と結びつけられることの多い著名な王であったが、その曾孫にあたる十五世は祖父、父ともに早世したために幼くして王位に即いたものの、政治のほうは閣僚らに任せきりで、国民の不満が高まり、後年にフランス革命が勃発する原因をつくった人物として知られる。美貌の男子としても名を馳せ、奔放な私生活のなかで多くの愛人がいたが、そのうちのひとりポンパドゥール夫人は王の公妾として権勢をふるったとされる。「私の後は大洪水」は王ではなく夫人の言葉だとも言われている。いずれにしても、ルイ十五世の死より一五年経た一七八九年に革命が起こり、ルイ十六世の処刑でもってブルボン朝が終焉を迎えるわけであるから、右の言葉はいかにもこれを予言するかのようにみえる。

ここまではヨーロッパ近代の話であるが、例によって西洋古典の世界に類例を求めてみると、作者不詳のギリシア悲劇断片によく似た表現がある。A. Nauck編纂の *Tragicorum Fragmenta Adespota* の五一三番に載っている詩句であるが、ギリシア語原文はイアンボス調で、**emou thanontos gaia mikhthētō puri. ouden melei moi・tama gar kalōs ekhei** となっている。日本語では、「わたしが死んだら、大地は火にまみれるがよかろう。何の関わりあいもないことだ。わたしのほうは万事結構なんだから」というような意味になる。出典はストバイオス『精華集』第二巻七・一三である。『ギリシア詞華集』（第七巻七〇四）にもそのまま引用されているが、逸名作家のものとして分類しているので、やはり作者は不明なままである。二〜三世紀の歴史家ディオン・カッシオスの『ローマ史』を見ると、皇帝ティベリウスがしばしばこの詩句を金言のように口にして、トロイア戦争でトロイアの王プリアモスが祖国と王位とともに滅んだのは幸せであったとよく語っていた、と伝えている（第五十八巻二三）。おそらく王国没落後に起きた一族の悲劇を目にしなくてすんでよかったという意味であろう。十世紀頃にビュザンティオン（コンスタンティノープル）で成立した古辞書『スーダ』のT《タウ》の所を繙くと、「ティベリウス（ローマ皇帝）」の項にも同様な記載がある。ディオンも『スーダ』も共に、ティベリウス帝が愛用したのが二行詩のうち一行目だけだとしているから、前半が諺的な表現であったのかもしれない。そのほかにも、スエトニウス『ローマ皇帝伝』（ネロ）、キケロ『善悪の究極について』（第三巻一九・六四）、セネカ『寛容について』（二・二）などに引用がある。

　もっとも、この表現はブルボン家の王が口にしたとされる大洪水に言及するものではないので、そのような連関のあるものを探してみると、『ギリシア詞華集』（第十一巻一九）に次の詩文が載っている。「ダモクラテスよ、今は酒を飲んで恋をするんだ。俺たちはいつまでも／飲んでいられるわけじゃなし、いつまでも愛児とむつみ合うこともできないぞ。／頭を花冠で飾り立て、体に香油を塗りつけるんだ。／

ほかの連中が俺たちの墓にそれらを持ってくる前にな。／俺の体にある骨よ、今はたらふく酒を吸い込んでくれ。／骨が骸《むくろ》になったなら、デウカリオンの大洪水で流されちまうがいい」。ご覧のとおりの六行詩であるが、作者はストラトンと記されている。サルディスのストラトンは、二世紀初頭の詩人でおよそ百篇の詩が現存するが、その多くは『パラティナ詞華集』にも収録されている。アレクサンドリア期の碑銘詩（エピグランマタ）の例にもれず、酒と恋を歌った他愛もない詩のひとつであるが、ここでデウカリオンの大洪水が出てくるところが注目される。周知の向きも多いであろうが、古代ギリシア世界で、洪水伝説で知られるノアに相当するのがデウカリオンである。プロメテウスの子であるが、青銅器時代の人類の邪悪さに怒った大神ゼウスが大洪水を起こしたさいに、父親の知恵によって箱船を建造し難を避けたという話が、神話として語られている。あらゆるものを流してしまうデウカリオンの大洪水なら、この表現にはふさわしいように思われる。ルネサンス時代にゲラルドゥス・ブコルドゥス（十六世紀）がこうした詩文をラテン語に訳したものを、さまざまな近代語に翻訳、あるいは翻案したものが近代に出回っていく。ブルボン家の王が語ったとされる冒頭の言葉も、そうした詩文に影響されたものではないかと想像される。

　というわけで、わたしの話もこれでおしまい。後は野となれ山となれ。

Ἐμοῦ θανόντος γαῖα μιχθήτω πυρί.
οὐδὲν μέλει μοι· τἀμὰ γὰρ καλῶς ἔχει.

（*Anthologia Graeca*, VII 704）

あとがき

今から三〇年ほど昔の話だが、東京の都立大学（現在は首都大学東京に統合されている）で日本西洋古典学会が開かれたおり、プラトンのミュートス（神話）を題目にして研究発表をしたことがあった。発表後にひとりの男性がおずおずと立って質問をされた。それが岩波書店編集者の田中博明さんだった。それから、ずいぶん年月が経って岩波書店をすでに退職されていたが、わたしが自分の研究を博士論文にまとめて『プラトンのミュートス』（京都大学学術出版会）という表題で刊行したとき、田中さんはわざわざ『図書新聞』に書評を載せてくださった。そして、この度本書のもとになる原稿を版元未知谷に持ち込んで、出版の交渉していただいたのも田中さんである。学生の頃に、森進一先生（歌手ではなくプラトン学者で、泰三の名で小説も書いた）に連れられて、京都の鹿ヶ谷にあった田中美知太郎先生の自宅を訪問したことがあったが、話の中で田中さんの名前がよく出た。その時にお名前をはじめて聞いたが、先生は「はくめい」と呼んでいた。田中さんはいつも心の内に熱いものをもっている編集者だが、その田中さんに認められてこうして本にしていただいたことを心からありがたいと思っている。

本書の執筆にあたっては、内山勝利先生（京都大学名誉教授）にさまざまなご助言をいただいた。本文とカバーにあるいくつかの図版は、内山先生をはじめ、中務哲郎先生（京都大学名誉教授）、木原志乃氏（国學院大学）から拝借したものである。また、出版にさいしては、お引き受けいただいた出版社未知谷の飯島徹社長、直接編集を担当された伊藤伸恵氏にたいへんお世話になった。
この場を借りて衷心より感謝を申し上げます。

二〇一六年三月

國方栄二

II　ギリシア・ローマ名言集

小見出し索引

I　西洋の古典世界

國方栄二（くにかた えいじ）

大阪在住。京都大学大学院文学研究科博士課程修了、京都大学博士（文学）

主な著訳書
『プラトンのミュートス』（京都大学学術出版会）、『プラトンを学ぶ人のために』（共著、世界思想社）、『新プラトン主義を学ぶ人のために』（共著、世界思想社）、『哲学の歴史２』（共著、中央公論新社）、『瀧原宮と禰宜木田川氏』（私書房）、『アリストテレス全集19』（共訳、岩波書店）、『ソクラテス哲学者断片集』I～III巻（共訳、岩波書店）、『ソクラテス以前の哲学者たち』（共訳、京都大学学術出版会）、『プラトン哲学入門』（共訳、西洋古典叢書、京都大学学術出版会）など。論文は「コスモポリタニズムの起源」（『西洋古典学研究』、岩波書店）など。

ギリシア・ローマの智《ち》恵《え》

二〇一六年四月 一 日初版印刷
二〇一六年四月二十日初版発行

著者 國方栄二
発行者 飯島徹
発行所 未知谷
東京都千代田区猿楽町二-五-九 〒101-0064
Tel.03-5281-3751 / Fax.03-5281-3752
〔振替〕00130-4-653627
組版 柏木薫
印刷所 ディグ
製本所 難波製本

Publisher Michitani Co. Ltd., Tokyo

ISBN978-4-89642-494-2 C0095